Vintage Mystery Series

エドウィン・ドルードのエピローグ

ブルース・グレイム
森沢くみ子＊訳　森英俊＊解説

Epilogue
Bruce Graeme

原書房

エドウィン・ドルードのエピローグ

Epilogue by Bruce Graeme, 1934

『エドウィン・ドルードの謎』が有名なのは、文豪チャールズ・ディケンズの作品であることはもとより、残念ながら作家の死により未完のままに終わっているからである。誰がエドウィン・ドルードを殺したのか。ディック・ダッチェリーとは何者なのか。プリンセス・パファーの正体は？　これらの疑問はディケンズが亡くなった当時もいまも答えが出ることなく残っている。作品が発表されてからというもの、ディケンズが考えていた結末はこうだったのではないかという見事な推測があまた展開されてきたが、本書では、ブルース・グレアムが新手の推理を披露している。ほかとはがらりと異なる切り口――だが、原作の持ち味を活かしつつ――による作品は、大いなる喜びをもって受け入れられるにちがいない。

ブルース・グレアムはいかにして謎を解明していくのか。チャールズ・ディケンズに自身を置き換えて真相に迫っていくのではなく、現在のロンドン警視庁犯罪捜査部の刑事に捜査を行わせ、それに基づいて推理を進めていく。こうしたやり方をとれば可能性が無限に広がっていくのは言わずもがなで、ブルース・グレアムはその可能性を最大限に活用している。主人公は、お馴染みスティーヴンズ警視（『ちょっとした殺人』、『不完全犯罪』に登場、未訳）だ。

本書は多くの著名な実在人物を取り入れた想像力豊かな物語であるだけでなく、ウイットやユーモア、風刺、そしてスリルがちりばめられた作品でもある。ディケンズのファンでなくても、『エドウィン・ドルードの謎』を読んだことのない人でもこの本は楽しめる。良質のエンターテインメントを求めてやまないあらゆる人にぴったりの小説である。

主な登場人物

ウィリアム・スティーヴンズ……ロンドン警視庁警視
ヒュー・アーノルド……同部長刑事
エドウィン・ドルード……行方不明の青年
ジョン・ジャスパー……エドウィン・ドルードの叔父
ローザ・バッド……エドウィン・ドルードの許婚
ネヴィル・ランドレス……姿を消した青年
ヘレナ・ランドレス……ネヴィルの双子の妹
セプティマス・クリスパークル……聖堂小参事会員
ルーク・ハニーサンダー……ランドレス兄妹の後見人
トゥインクルトン……寄宿学校校長
ハイラム・グルージャス……弁護士
サイラス・バザード……グルージャスの書記
トマス・サプシー……クロイスタラム町長
ディック・ダッチェリー……老紳士
トープ……聖堂番
ダードルズ……石工
デピュティ……町の少年
プリンセス・パファー……老婆

Epilogue

I

ロンドン警視庁《ニュー・スコットランド・ヤード》犯罪捜査部のウィリアム・スティーヴンズ警視は、荒っぽく肩を揺する手にいらだって払いのけようとした。ところが手はいっこうに離れず、しだいに彼は深い眠りから覚めていった。

かすみのかかっていた視界がすっかり晴れて、これほど強引に眠りを邪魔したのが誰なのか確かめようと視線を上げる。ベッド脇に立っていたのは、同じ犯罪捜査部のヒュー・アーノルド部長刑事だった。

スティーヴンズは不機嫌そうに部下を見た。「いったいここでなにをしているんだ?」

「警視総監が大至急お話があるそうです」アーノルドはきびきびと答えた。

警視はあくびをして、部屋の時計に目をやった。針は十一時十五分を指している。驚きのあまり息が唇からひゅっと漏れた。「なんということだ!」彼はうめいた。「こんなに寝過ごすなんて、いったいどうしたことか」警視は額にかかる乱れた髪をかきあげた。「こんなことは初めてだ。どうして家内は起こしてくれなかったのだろう」

アーノルドは肩をすくめた。「ぼくに訊かないでくださいよ。それより、ぼくならサー・リチャードの忍耐が限界を超える前に急ぎますけどね」

「サー・リチャードというのは？」

アーノルドが信じられないという顔をした。「警視総監のサー・リチャード・メインに決まってるじゃないですか。ほかに誰がいるっていうんです？」

警視は困惑を覚えた。「わからない」正直に打ち明ける。「今朝は頭の中に蜘蛛の巣が張っているような感じだ」

アーノルドは微笑した。「率直に言って、徹夜明けのように見えますよ。夜通し遊んでらっしゃったとか？」

スティーヴンズは顎をなでた。「まさか。もっと思い出せればいいんだが。記憶にあるのは……そう、ウイスキーを一杯は飲んだな。だが、そのあとはどうしたんだったか。たしか本を持ってベッドに行った。なかなかおもしろい本で、しばらく読んでいた」

「なんという本です？」

「わからん」スティーヴンズはしどろもどろになった。

アーノルドは意地悪くにやりとした。「ゆうべのことはろくに覚えてないようですね」ベッドをざっと見たあと、そばのテーブルへ、それから床へと視線を向けた。またにやりとする。「お気を悪くされないでほしいんですが、本なんてどこにもありませんよ。実際――」あたりを見回す。「この部屋には一冊も見当たりません」

スティーヴンズも目で探してみたが、本など影も形もなかった。「まあいいさ」腹立たしげにつぶやく。「それより、急がないとな」彼はベッドから飛び出ると、手早く顔を洗ってひげを剃り、服に着替えて、アーノルドに出かける用意ができたことを告げた。

「よかった！」部長刑事は声をあげた。「さあ、行きましょう」

二人は家から石畳の通りへと出た。スティーヴンズは当惑の表情でアーノルドを見つめた。

「おかしいな」ぼそりと言う。「一晩で景色が一変したようなんだが」

アーノルドも同意見のようではあった。「たしかにかなりちがって見えますね。でも、後生ですから、できるだけ急いで歩いてください」

「だが、いつもここからバスに乗るんだ」スティーヴンズは異議を唱えた。

「今朝は一台も走ってないようですよ。実のところ、ぼくはここまで歩いてきたんです。きっとロンドン運輸公社の社員はストライキを起こしているんですよ」

「そうだな、きっと」スティーヴンズは曖昧にうなずいた。

二人は肩を並べて足早に歩きながら、通りの一方からもう一方へと戸惑いの目を向けた。うまく表現できないが、近所の様子が変わっていた。立ち並ぶ家々が昨日までと同じものでなくなっている——厳密には、窓から見えているものがちがっていた。多くの窓に重厚なカーテンがかかっていて、それが引き開けられていたり、ベネチアンブラインドが上げられていたりして、窓辺に置かれた棚や、ときにはテーブルに置かれた鉢植えの葉蘭や、一連のがらくた——貝殻でこしらえられた装飾品や、コルク栓をしたボトルに入った帆船、フラシ天のフレームに収められた写真がのぞいている。

人々もちがっていた。実業家（二人の刑事にはそう思われた）は脚にぴったりした長ズボンに両側が伸縮式のブーツを履き、ウイングカラーの白いシャツに男性用スカーフをゆるく結び、燕尾の上着はすべてきっちりボタンを留めて、異常に高さのある帽子をかぶっている。

ふいにスティーヴンズはくすくす笑いだした。「おまえもわたしと同じものを目にしているのかな、アーノルド？」

「そのはずです、警視。見てくださいよ、子供たちが輪転がしをやってます。信じられないな！あの少年、スカートをはいてますよ！」

「女性の服装も妙だよ、アーノルド！　ほら、あの帽子の縁が前に突き出したボンネットにショール。野外劇が行われていたのか。おまえは知っていたか？」スティーヴンズはいっきに結論づけた。

「いいえ」アーノルドはきっぱりと答えた。「ですが、こちらの頭が突然どうかしてしまったのでないなら――野外劇にちがいないですね」

「そうとも！」だが、スティーヴンズの声には自分を納得させようとするかのような響きがあった。

貸し馬車が賑やかな音をたてて二人の脇を通りすぎていったかと思うと、そのすぐあとを辻馬車が駆け抜けていった。二人は二台の馬車を横目で見送ったが、そんなのは序の口だった。遠雷のように低くごろごろという音とともに、農産物を山積みにした大型の荷馬車が重い足取りの農耕馬に牽かれてゆっくりと視界に入ってくる。うしろには、めえめえと抗議の声をあげながら、押し合いへし合いしている羊の群れが続いていた。

「きっと野外劇を完璧にするための演出ですよ」アーノルドはもごもごと言った。

スティーヴンズは無言だった。

二人は歩きつづけてストランド街へ入り、やがてハンガーフォード・マーケットを通りすぎ——初めは吊り橋を臨みながら、そのあとノーサンバーランド・ハウスや庭園などが見えてきて、ホワイトホールを進んでいき、アーチ道にたどり着いた。そこで二人は申し合わせたように足を止め、顔を見合わせた。

「ここはニュー・スコットランド・ヤードじゃない」スティーヴンズは首を絞められたようなかすれ声で言った。「それなのに——」

「ええ。ここに入るべきだという気がしますね」

「ああ」スティーヴンズは逡巡していたが、急にすっと背筋を伸ばした。「さあ、行こう、アーノルド」

アーチ形の門をくぐり抜けた先にあったのは、舗装状態の悪いいびつな中庭で、それをみすぼらしい建物が取り囲んでいる。その薄汚れて陰気な光景に、二人の刑事は妙に心が沈んだ。右手に警察庁舎があり、左手には二つの役所と厩舎が並んでいる。中庭の正面奥にあるのはロンドン消防署で、ほかに二棟の官舎とごちゃごちゃとした一群の建物が立っていた。移転前のスコットランド・ヤード。

官庁群の建物の一つ——かつては私邸だった——の表に制服姿の巡査が一人いて、敬礼をよこしてくる。二人は敬礼を返しながら、なんとか笑いをこらえていた。というのも、巡査が着ていたのが、かつてスティーヴンズもアーノルドも身につけていたこざっぱりとした青い制服ではなかったからだ。燕尾になっているシングルの上着は色こそ青だが、〝警察〟の文字の入った輝く銀白のボタンがその前を一列に飾っている。下に幅広の革製の襟飾りをつけた堅苦しい襟には、輪の中に警官の識別番号と文字の入った刺繍が施されていた。ズボンは白い帆布製。帽子は高いシルクハットに似たビーバーの毛皮製。かてて加えて、手にはこぎれいな白の手袋をはめており、その一方の手で所在なげに警棒を振り回していた。

二人はどうにかして心の内で思っていることを顔に出さないようにして、巡査の横を通りすぎた。建物の中に足を踏み入れると、たちまちのうちに、奇妙でありながらもどこか馴染み深い感覚に襲われた。警視総監のいるホワイトホール・プレイス四番に向かって、複雑に入り組んだ通路を進んでいく。いきなり、どう見ても大きすぎる帽子を少しゆがめてかぶった物静かで気さくな青年に声をかけられた。口にくわえたミントの小枝をひっきりなしに右へ左へと動かしている。話すときには口からとったが。

「やあ、警部補」男はスティーヴンズに――スティーヴンズはこれほど階級を低く言われて、正直むっとしていた――挨拶をした。「ある好青年だとかの失踪事件で地方へ捜査に行くそうじゃないですか。たしか名前はドルードだったかな」

「その話は初耳だよ」スティーヴンズはかすかに眉を上げた。

青年は微笑し、たちまちスティーヴンズは、なぜこの男――イギリスの偉大な探偵の一人であるアドルファス・ウィリアムスン――が同僚から慕われているかがわかった。それからスティーヴンズは混乱のあまり頭をかいた。自分はウィリアムスンとは面識がないと思っていたのに、実際に知っている。ここまで記憶があやふやになるとは、あのウイスキーにはなにが入っていたのだろう。

「まだ総監に会ってないんですか？」

「ああ」

「なるほど、それでですね」ウィリアムスンの目から鋭い警戒の色が消え、代わりに強烈な熱意が表れた。「警部補、ぜひとも近いうちにわたしの庭を見に来てくれませんか？　今年はフクシアの花が見事なんです、とりわけ新しい白い花冠が。ですが、早めに来ていただかないと満開の時期を逃してしまうかもしれない。薔薇だってそうです、一幅の絵のように咲き誇っているのを見逃す手はありませんよ」

ウィリアムスンの背後で、アーノルドがウインクを送ってきた。ウィリアムスンが刑事の本分を忘れて趣味のガーデニングについて語りはじめようものなら、別の話題に変えさせるのはなまなかなことではない。それが、ロンドン警視庁に巡査として配属されてから警察本部長までのぼりつめるアドルファス・ウィリアムスンなのだ。

「喜んで伺うよ、ウィリアムスン」スティーヴンズは慌てて応じた。「だが、その話はまた今度にでも。総監が待っておられるんだ。もう行かなければ」

ウィリアムスンはにこやかにうなずいた。「もちろんですとも、警部補。すばらしい品種の薔薇が幾株かあって、それをお見せ――」あとの言葉は、彼が角を曲がっていってしまったため聞き取れなかった。

スティーヴンズとアーノルドは薄暗く陰気な廊下を進んでいき、警視総監の部屋にたどり着いた。年長のスティーヴンズがドアを叩いた。「入りたまえ」応答があったので、二人はドアを開けて中へ入った。

こぢんまりとした部屋で、窓から光が差し込んではいるが、外がろくに見えないほど窓ガラスが汚れているせいで、ただでさえ侘びしげな光景をよりいっそう陰鬱に浮かび上がらせている。色褪せたカーペット、総監の前にある机、背もたれのまっすぐな馬毛の椅子が数脚、サー・リチャードのシルクハットと手袋、傘が掛けられた帽子掛けといったみすぼらしい家具。そして最後に、警察制度を整備した大物政治家サー・ロバート・ピールの写真を含む数枚の銀板写真。

サー・リチャード・メイン本人は、七十に手が届かんとしていたが、そのしわの刻まれた顔は、彼が辣腕をふるって、如才なく、また忍耐をもって重責を果たしてきた人物であることをむしろ強調していた。

「おはよう、スティーヴンズ君にアーノルド君」総監はあっさりと言った。「ここへ呼んだ理由を説明するからかけたまえ」いかにも座り心地の悪そうな椅子に軽く片手を振った。

スティーヴンズは頭が混乱してくらくらしながら、指示に従った。アーノルドも椅子に腰を下ろしている。スティーヴンズの中の半分はなにがどうなっているのかさっぱりわからない状態だった——妻がいつもの時間に起こしてくれなかったこと、前の日まではなめらかなマカダム舗装だった通りが石畳になっていたこと、貸し馬車、恐ろしく不格好な服を着た人々、きわめつきはホワイトホール・プレイス四番の陰気な廊下と狭くて薄汚い総監室。

当惑した脳のある部分は一連の不可解な出来事をありのまま受け入れまいと抵抗していたが、別の部分はこうした異常な物事を驚くほど淡々と受け入れたうえ、知らないはずのことをよく知っていた。そのせいで、荒唐無稽なことが次の瞬間にはすこぶる普通のことに、奇妙奇天烈なことが平凡なことに思えたりした。

たとえば、ハンガーフォード・マーケットとハンガーフォード橋だ。あそこにあるのはチャリング・クロス駅で、市場など存在するはずがない、と頭の片隅で思っている。その一方で、あの場所に別の建物が立っていたことなどいっさい知らなかったかのように、市場の存在を認識している。しかも、市場の名称がハンガーフォード・マーケットだとわかっていた。

市場と同様のことが、ホワイトホール・プレイス四番とサー・リチャード・メイン警視総監についても起こっていた。総監室までの道順を誰に教わったわけでもないのに、ごく自然にそこへの行き方を見つけていた。警視総監はサー・アーサー・サマーズで、その執務室はニュー・スコットランド・ヤードにあったはずだと漠然と感じていながら、サー・リチャード・メインもまさしく総監で、仕事の指示はこの元法廷弁護士から受けているにちがいないとわかっていた。それどころか、スティーヴンズは総監のある神経質な癖を心得ていて、その癖が出るのをいまかいまかと待っていたので、予期していたとおりサー・リチャードがそれをやっても驚かなかった。

朝の挨拶を終えると、すぐに総監はスティーヴンズに目を向けた。「きみなら興味を持つだろうが、スティーヴンズ君、わしはトマス・サプシーなる人物から思いがけない手紙をもらったのだ。彼はクロイスタラムの町長で、町から姿を消した人物についてしたためている」目の前の机に伏せてあった手紙を取り上げ、警視に差し出した。「自分で読んだほうがよかろう、スティーヴンズ君」

スティーヴンズは身を乗り出して手紙を受け取った。

ケント州クロイスタラム、ハイストリート、〈ナンズ・ハウス〉そば

ホワイトホール、ホワイトホール・プレイス四番、サー・リチャード・メイン警視総監殿

謹啓

歴史ある宗教の町クロイスタラムの町長といたしまして――当町は、誠に僭越ではありますが、わが町民が誇りを持って代々受け継いできております栄えある特権を与えられた立憲的な町であります――また絶対的な法の力というものを信じている治安判事といたしまして、わたくしは犯人が罪を逃れていることで、美しい町の輝かしい歴史に汚点となりかねない事件の詳細をお知らせしておくことが自分の務めと、こうした立場にある者としての責務と感じまして、筆を執るしだいであります。

町長といたしまして、わたくしは当町まで刑事を一名派遣していただけるよう、請い願うしだいでございます。当地の制服に身を包みました巡査たちはまだ理解しておりませんが、わたくしは、この刑事というものが、犯罪を行った者を逮捕するという骨の折れる任務を請

け負うのだと認識しております。こうした方々に、わたくしが強い疑念を抱いているあるイギリス人らしからぬ人物についてわたくしの知るすべてを喜んで開示いたします。

敬白

クロイスタラム町長トマス・サプシー

＊

「これではさっぱり要領を得ませんね」スティーヴンズは総監に手紙を返した。

「たしかにそうだが、ほかの善意の人々と同様、彼も彼なりの疑念を抱いているわけだよ」総監は小さく笑った。「言っておくと、スティーヴンズ君、ケント州警察の警察本部長からも遺漏のない捜査のために刑事を一人よこしてほしいと要請が来ているのだ。そして本部長は、人品卑しからぬサプシー氏は犯罪について大げさに騒ぎ立てているのではないと請け合っている。手短に説明しておくとだな、スティーヴンズ君、ある好青年――ジョン・ジャスパー氏の甥にあたるエドウィン・ドルード氏――が八か月ほど前に行方不明になったのだよ」

「一年近くも前の話ですか？」警視は驚いて口を挟んだ。

「八か月前だよ」総監は動じずに続けた。「謎めいた状況でね。八か月前のクリスマスイヴに、エドウィン・ドルード氏とネヴィル・ランドレス氏はジャスパー氏の夕食に招かれた。二人の青年はその夕食会に出たあと、そろってジャスパー家を辞去した。それ以降、不運なドルード氏は行方しれずとなって、川で溺れたものと思われている」

「ネヴィル・ランドレス氏はどのように説明しているのですか？」

「その点はなにも聞いていない。本部長からの手紙にあったことは、先ほどきみに話したとおりだ」

「本部長はこれほど長い時間が経ってからＣＩＤに派遣を要請したことについて、なにか書かれておられたのでしょうか」

「ＣＩＤというのは？」サー・リチャードは奇妙な声で問い返した。

スティーヴンズは手で目をこすった。頭が混乱して、わけがわからなくなっていた。警視総監がＣＩＤの意味するものを尋ねてくるとは！　どんな田舎の子供でも、ＣＩＤがロンドン警視庁犯罪捜査部の略称だということはまず知っている。それなのに……それなのに……

一時的な記憶喪失か！

「刑事課です」気がつくとスティーヴンズは普段と変わらない声で答えていた。

「ああ、そうだ、そのとおりだよ、スティーヴンズ君。捜査に乗り出すのが遅れたことは、自分たちで謎を解こうというケント州警察の正当な熱意のせいにするしかあるまい。だがもちろん、州警察はロンドン警視庁のように能率的な刑事課というものをまだ確立していないからな——われわれが誇ってやまない刑事課を」サー・リチャードは思いやりをもって付け加えた。

「ありがとうございます、総監」スティーヴンズはぼそぼそと言った。

「礼にはおよばんよ。ところで、スティーヴンズ君、わしがきみに一刻も早くクロイスタラムへ出発して、エドウィン・ドルード氏の失踪事件を調べてもらいたいと強く願っていることは、きみも理解してくれるだろうね。アーノルド巡査部長にきみの捜査を手伝わせよう」総監はそこで二人の刑事をまじまじと見たが、心に浮かんだ言葉は口にはしなかった。トマス・サプシーからの手紙をつまみあげ、再びスティーヴンズに差し出す。「これはきみが現地へ持っていったほうがいいだろう、スティーヴンズ君。サプシー氏への紹介状代わりになる。話は以上だ、きみたち。では、捜査がうまくいくよう期待しているよ」

スティーヴンズとアーノルドは立ち上がった。「全力を尽くします、総監」スティーヴンズが言って、二人は総監室を出ると、中庭の方へ歩いていった。かつてこの中庭の周辺にはイングランド王がスコットランド王をもてなすために建てた壮大な宮殿があった——それでこのホワイトホールの四分の一区画はスコットランド・ヤードとして知られているのだ。

建物の外に出た二人は、信じられないといった顔で見つめ合った。しばらくののち、スティーヴンズが髪に指を突っ込んでやりきれなさそうに頭をかいた。「いったいぜんたい、総監は今頃になってわれわれがどんな手がかりをつかむと考えておられるのだろう」彼は顔をしかめた。「どうして本部長はもっと早い時点で要請しなかったんだ？」

「八か月も前のクリスマスイヴですか」アーノルドはスティーヴンズの疑問には応えようとはせず、考え込んでいた。彼は短く笑った。「おっしゃるとおり——手がかりなんて望めそうにもありません」しばらくの間のあと言い足した。「エドウィン・ドルードという名前にどことなく聞き覚えがありますよ」

「わたしもだ」とスティーヴンズ。

「それはそうと、町長の手紙はいつの日付になってました？」スティーヴンズはポケットから手紙を取り出して広げ、住所の下に日付を探す。

「さあな。日付があったという記憶もないよ」アーノルドが肩越しにのぞいた。

「見なかったと思ったんだが」スティーヴンズはつぶやいた。

アーノルドが突然声をあげた。恐怖に打たれたと言ってもいいほどのその声音に驚き、スティーヴンズは部下を振り返った。

「どうした？」彼はすぐさま問いただした。

アーノルドの目は輝きを失い、顔は蒼白で、手足がこわばっている。

重ねてスティーヴンズは訊いた。「なにがあった？」

アーノルドは震える指で手紙の左下の隅を示した。「見てください」声がかすれている。

スティーヴンズはアーノルドの指の先を目で追い——世界がぐらりと揺れたように思った。

ショックのあまり自分が少しよろめいたのだった。

手紙の日付は一八五七年七月六日だった。

II

スティーヴンズはシャツの襟元に指を突っ込んでゆるめようとした。呼吸するのが容易ではなかった。自分が十九世紀の五十年代にいるという途方もない認識に息が詰まったように感じていた。アーノルドが彼の様子を見て、弱々しく微笑んだ。

「一八五七年って書いてありますよね？」

警視はうなずいた。

「どういうわけか、それが異様なことのような気がして」アーノルドは唇を湿らせた。「ぼくは二十世紀も三十年代に突入していると思い込んでいたものですから」

「わたしだってそうさ。二人して夢を見ているんだろうか、アーノルド」スティーヴンズは短く笑った。「奇妙じゃないか？　どちらも同じ——未来で生きている夢を見るとは」周囲の建物の方へ手を振り動かす。「わたしの一連の悪夢はきわめて鮮明で、一時はもう少しで自分が——」

彼はふいに言葉を切った。目はアーノルドの服装を下から上へとたどっていた。靴、靴下、折り目がきれいについて裾をきっちり折り返したスラックス、襟が開いた（周囲の人々と比べるとだが）ダブルの上着、ネクタイ、最後は部長刑事がぼんやりと指でもてあそんでいる中折れ帽。そのあと、自分の服装に目をやった。

「だが、アーノルド、われわれの服装を見ろ！　ヴィクトリア女王が君臨していた時代のものじゃない。やれやれ！　わたしは頭がおかしいのか？　二人ともどうかしてしまったのか？　いや、ちがうぞ。わたしはこの年――その、このというのは、いまわれわれがいると思っている年という意味だが――以降に起こった出来事を知っているぞ」

「普仏戦争（一八七〇年に勃発）やボーア戦争（一八八〇年勃発）、世界大戦（一九一四年勃発の第一次世界大戦）のことを言ってるんですか？」

スティーヴンズは部下をじっと見つめた。「そうだ。だが、まだ普仏戦争が宣言されていない一八五七年であるなら、宣戦布告されたとき――」彼はくすくす笑いそうになった。「戦争が始まる前にどういう結果になるかわかっていることになるな」

アーノルドは首をこっくりとさせた。「世界大戦が勃発したときにも、どう行動をとればいいのかわかりますね。軍需工場で働くのもいいかもしれません」

「それで、ベルギーで気持ちの悪い泥に足をとられながら進む代わりに、暮らしに困らない程度のささやかな財産を築いて引退するんだ」スティーヴンズはしばらく口をつぐんだ。「だが、こんなのはばかげている。世界大戦が始まる頃にはわたしは墓の中だろう――生きていたとしても、もうよぼよぼさ」

「いまが本当に一八五七年だったらの話ですよね？」

「どう考えても、われわれは愚にもつかないことをしゃべっているぞ、アーノルド。なにより――」スティーヴンズはまたしても当惑した表情でみすぼらしい首都警察の本拠地を手で示した。「いまが一八五七年でないとしたら——ニュー・スコットランド・ヤードはどこにある？　この一群の建物はどうしてここに立っているんだ？　サー・リチャード・メインと会って話をしてきたばかりじゃないか、当時の——いや、現在の……」ふとそれ以上続けるのを思いとどまって口ごもった。「言ってもせんないことだ。自分でも本当はなにを言いたいのかわからないよ」

「ぼくもまったく同感です」アーノルドは共感を込めて相槌を打った。当惑に顔をしかめている。「どうしてわれわれには総監室への道順があっさりわかったんでしょうか」

「そこだよ！　われわれは自分がどこにいるのかわからないと考えているのに、実際はわかっているんだ」スティーヴンズは大きく息をついた。

アーノルドは上司をさぐるような目で見つめた。「こう言っては気を悪くされるかもしれませんが、警視はぼくより長く生きてらっしゃいます。こうした状況で、なにか——超自然的なことが起こった可能性はあると思いますか？　二人とも過去に運ばれてしまったのでは？」

スティーヴンズはじっくりと考えてみた。「その疑問には、大学で学んだおまえのほうがわたしより答えられるだろう。つまりおまえは、生まれ変わりの逆のようなことが起きたと言っているのか？　だがそれよりも、われわれはこの一八五七年で現実に生きていて、ゆうべは未来をのぞき見ることが許されたというほうがありえそうじゃないか？」

アーノルドはかぶりを振った。「それなら、この服やなんかはどこで手に入れたんですか？」

再びスティーヴンズはすぐには答えず、考え込んだ。ついに深くため息をついた。「わたしは現代における奇跡というものは信じないんだ、アーノルド」

「ぼくもですよ」アーノルドの目が急に明るくなった。「でも、仮にそれが起こったのだとしたら――」

「だとしたら？」

「すばらしく興味深い時間を過ごすことになりますよ。過去と現在――現在というのは、二十世紀半ばにさしかかろうとしているほうですが――を比較して評価できるわけですから」

警視はすっと背筋を伸ばした。「あれこれ推測したところで時間の無駄だ。現にわれわれはここにいて、そしてここで存在せざるをえないのだから。エドウィン・ドルードの件を調べるよう命令を受けている。捜査に取りかかってしばらく様子を見てみてよう」

アーノルドは元気よくうなずいた。「了解です。ところで――クロイスタラムはどこにあるんですか？」

スティーヴンズは声をあげて笑った。「さあな。誰かに訊かないと。ちょうどいい、あそこにウィッチャー警部補がいる」彼は声を張りあげた。「ウィッチャー！」

数ヤード先で建物から建物へと急ぐ男がいたが、声をかけられて足を止めると、くるりと向きを変えて二人の方へやってきた。

「おはよう、スティーヴンズ警部補。おはよう、巡査部長」

警視は眉を寄せた。〝警部補〟と呼ばれたのはこれで二度目だった。「なあ、わたしは警視だよ、覚えておいてくれないか」彼は不機嫌そうに訂正した。

ウィッチャーが訝しそうにスティーヴンズを見つめ、口の端をかすかにゆがめる。それに気づいたアーノルドは、上司を少し脇へ引っ張った。「この時代には警視の階級は存在しないんじゃないでしょうか」彼はくすりと笑った。「文法的にもおかしいですし。どういう意味かおわかりでしょうけど」

スティーヴンズは悲しげに首を振った。「こいつはわたしにはややこしすぎるよ」

「それなら」アーノルドは励ますように言葉を続けた。「われわれは未来を垣間見たことにして、あなたはその時点で警視にまで昇進していたわけですからよかったじゃないですか」

朗報だった。スティーヴンズは先ほどよりずっと愛想よくウィッチャー警部補に向き直った。

「クロイスタラムはどのへんだ？」

「ストルードの近くだ」

「そこへはどう行けばいい？　チャリング・クロスから列車か？」

ウィッチャーの口が小さくぽかんと開き、彼は正気を疑うような目つきで二人を見た。「チャリング・クロスだって？　チャリング・クロスに列車なんか走っているはずがないだろう。からかってるのか？」

スティーヴンズはうめいた。「いや、なんでもないんだ。とにかく、クロイスタラムへの行き方を教えてくれないか。そこに善意の通報者がいるんだ」

「お安いご用さ。列車でストルードまで行き、そこからクロイスタラムのハイストリート行きの乗合馬車があるはずだ。六時出発の列車があるよ」

「ありがとう」

ウィッチャー警部補はゆがんだ笑みを浮かべたまま、二人に頭のてっぺんから足の先までさっと視線を走らせると、いっそうおもしろがるように小さく歯を見せて笑いながら立ち去った。

スティーヴンズはこの視線に無関心ではいられなかった。顎をさすって、「われわれの服装は人目を引くようだ。だが、着替える気など毛頭ないぞ。だいいち、みなが着ているような服など持っていない」

「ぼくもです」アーノルドは少年っぽくにやりとした。「人には〝最先端〟の服装だと言うことにしましょう」

列車の出発時間まで、二人の刑事はまるきり未知のロンドンを歩きまわって過ごすことにした。理解を超えた時代の移動による違和感が徐々に消えていくと、二人は目に飛び込んでくる光景にがぜん興味を覚えるようになった。それで、そろそろターミナル駅に向かわなければならないと気づいたときには後ろ髪を引かれる思いだった。

駅に到着すると、ちょうど列車が到着していた。客車の内部をのぞいたところ、ストルードまで腰を落ち着けるしかない座り心地の悪そうな木製の座席が目に入り、二人はそろってうめき声をあげた。

先客のいない客車を探して乗り込み、それぞれ端の席を確保する。だが、二人がその客車を占領できたのはつかのまのことだった。まもなく二人の男性が乗車してきて、反対側の端の席に座り、熱心に話しはじめた。

六時をだいぶ過ぎてから、車掌が笛を鳴らした。すさまじい衝撃が何度か伝わってきたあと、機関車がゆっくりと列車を引っ張りはじめた。

「やれやれよかった」とアーノルド。「ストルードまでそれほど時間はかからないはずですよ」

スティーヴンズも相槌を打ったが、ほどなく二人とも意見を変えることになった。都心の建物が密集した地域はたちまち後方に去って、あっというまに緑の草原と農地のまっただ中にはいたものの、列車はのんびりがたごとと線路を進んでいき、ついに二人は神経が我慢の限界まで張り詰めた状態に追いやられてしまった。

「おかしなものだが」スティーヴンズはむっつりと言った。「わたしはかねがねスピードを出すのは神経によくないと思っていた。大変な誤解だったよ！　こんなのろのろ運転をされるくらいなら、時速六十マイルで飛ばされるほうがずっとましだ」

「のろのろ運転？　のろのろ運転ですと？」客車の反対側に座っていた男の一人から横槍が入った。「あなたが誰かは存じないが、この列車は安全上ぎりぎりの速度で走っていることが理解できていませんな。これ以上スピードを出すと大変なことになりかねない」

スティーヴンズは喉の奥のほうで不満そうにうなったが、アーノルドはいたずらっぽく男をけしかけた。「大変なこととは、なにがですか？」

「なにがとおっしゃったのか。なにが大変だって！」男はいっそう背筋をぴんと伸ばし、目を吊り上げて彼を睨みつけた。「人が、と言うべきじゃないかね。きみの質問に答えるなら――この列車に乗っている全員がだよ。きみには初歩的な科学の知識もないのかね？　いまこの列車が走っている時速をはるかに超えるスピードで大気中を移動すれば、われわれを待っているのは死ということになる。いいかね、死だよ」男は力を込めて繰り返した。「肺がじゅうぶんな量の酸素を取り込めなくなって、みな窒息死するのだ」

激高した男が再び仲間の方に向き直ると、アーノルドはこらえきれずにくっくっと笑った。

列車は轟音を響かせ、蒸気を勢いよく噴き出し、止まりかけては、またがくんと揺れて進んでいった。座席がますますその硬さを増すように思えてくる。スティーヴンズとアーノルドは何度も居心地が悪そうに座席の上で身じろぎをした。それでもついに目的地にたどり着き、二人はプラットフォームに降り立つと、狭い場所に縮こめていた手足を伸ばせることを喜んだ。

駅の外で、屋根が低くて平たい乗合馬車が目に入った。馬車には列車からと思われる客が何人か乗り込んでいるところで、荷物運搬人が客の荷物を次から次へと屋根に積んでいき、やがてその高さは、屋根の上に据えられた御者台を越えるほどになった。馬車のそばに身体の幅に見合った背の高い男が立って、作業を指図している。男は片手に長い鞭を持ち、暖かい夜だというのに厚手の肩マントを羽織り、三角帽をかぶって決めていた。

「この馬車はクロイスタラム行きかい？」スティーヴンズが尋ねた。

男は軽く帽子に触れた。「へい、そうです」

スティーヴンズはためらいをみせた。「中に二人乗れるだろうか？」

乗合馬車の御者はぎょろ目を御者席に送った。「まあ、この上にもう一人は乗れるけんども、でかい男が二人座れるほどじゃねえ。もう一人は中に入ってもらうしかないね。席が埋まっちまう前に急いだほうがいいよ」

二人の刑事は車内の狭苦しい空間を疑わしそうにのぞいたあと、座りにくそうな御者席に視線を移した。

「ほかに選択肢はないな」とスティーヴンズ。「アーノルド、わたしよりおまえのほうが細身だから、御者席に乗れ。耳寄りな情報も聞けるかもしれない」

アーノルドはうなずいて、御者席へとよじのぼっていき、スティーヴンズは馬車の中に身体を押し込めた。御者もすぐアーノルドのあとに続いた。御者自身は心地よく身を落ち着け、膝掛けをかけて、鞭を勢いよく振ると、野太い声でわけのわからない言葉を怒鳴った。彼がなんと言ったにせよ、馬にはきちんと伝わったようで、勢いよく走りはじめた。

「旦那はこのへんに来るのは初めてでっしょう」御者は馬車が動きだすとすぐに砕けた調子で話しかけてきた。「あっしはジョーっていうんです。前に来たことがなけりゃ、ご存知ねえでしょう」

「ああ、来たことはないよ」アーノルドは請け合った。「クロイスタラムはまったく初めてなんだけど、友人と二人で何日か過ごそうと思っているんだ」

「おや！　大聖堂を見に来なすったんですね」

「そうなんだ」クロイスタラムに大聖堂があることなど知りもしなかったが、アーノルドは調子を合わせた。

「ほらね！」とジョー。「遠くアメリカまで足を延ばしたって、クロイスタラムくらいすばらしい町には出会いっこありませんよ。もう見どころ満載。保証します。やっぱり〈アームズ〉にお泊まりで？」

「ほかに宿屋があるのかい？」

「そうっすねえ」ジョーは疑わしげな口ぶりになった。「旦那らみたいな紳士は〈トラヴェラーズ・トゥーペニー〉にはお泊まりなさらんでしょうなあ。それに〈クロージャー〉も、紳士がお好みになるシタビラメのフライや子牛のカツレツやシェリー酒を出すんですが、かわいそうに、誰も泊まりはせんのです。紳士がたは、ハイストリートの中央付近に立つ大きな時計の向かいにあって、判事さまが巡回裁判中に定宿にしなさってる〈アームズ〉にお泊まりなさる」

「どうやらぼくら向きの宿だな」アーノルドは言って、しばらくしてからまた口を開いた。「クロイスタラムに友人が住んでいるんだ。以前はよく連絡をくれていたけれど、ここ二年くらい音沙汰がなくてね。ぜひとも彼を訪ねたい。きみならクロイスタラムの住人のあらかたを知っているんじゃないかな？」

「へえ、おっしゃるとおり、クロイスタラムにゃ知らない者はいませんし、あっしが知らなくても、向こうがあっしをジョーって知ってまさ」

「ドルードという名前なんだ。エドウィン・ドルード」

「エドウィン・ドルードですって！」ジョーの声には奇妙な響きがあった。「エドウィン・ドルードさんを訪ねていっても無駄ですよ、旦那」

「どうしてだい？」

「あの人はクロイスタラムに住んじゃいません。叔父さんのジョン・ジャスパーさんに会いに来てただけで。でも、それが会えない理由じゃないです。エドウィン・ドルードさんは八か月前に亡くなったんですよ」

「亡くなっただって!」アーノルドは愕然として繰り返した。

「へえ、少なくともあっしはそう思ってます。いや、絶対そうにちがいねえ。んだから、殺したやつをこの手で取り押さえたのは当然のことでさ」

アーノルドは意味をはかりかねた。「殺人犯と思われる人物をきみが捕まえたと言ってるのかい?」

「そのとおりでさ。ネヴィル・ランドレスっていう若者ですよ。殺ってないなら、なんだってクロイスタラムから姿を消して、誰も行き先を知らないんです? そういうこってすよ」

「鋭い意見だね」アーノルドはさりげなく持ち上げた。

「あれは八か月前のクリスマスの朝でしたよ、町長閣下があっしに言ったんです。『ジョー、仲間を何人か連れてあのイギリス人らしからぬネヴィル氏をドルード氏殺害の容疑で捕まえてこい』。それで、あっしは仲間を七人集めて、このネヴィル氏を捕まえに向かった。ところが、住んでる場所に行ってみたら、やつは徒歩旅行に出かけちまってたんです。で、あとを追って〈ジルティッド・ワゴン〉っていう居酒屋へ行ったら、やっこさん、そこでお茶にトーストとベーコンを食ったんだが、一足ちがいで店を出てったところだった。

前方を歩いていくやつを見かけたんで、あっしらは追いかけていきました。いきなりやつは通りからそれて、高い生け垣のあいだを進んでた荷馬車についていった。仲間の一人が『なんか怪しいぞ』って言ったんですが、あっしはネヴィル氏に追いついて捕まえるぞって答えたんでさ。

あっしらも荷馬車についていって、ネヴィル氏に追いついた。で、あっしと仲間三人がやつの前方にまわりこんで、残り四人が、いわば退路を断つかたちになった。あっしらは歩きつづけてました。やっこさんはあっしらを胡散臭そうに見るし、こっちも似たような目つきでやつを見ていた。そのうち荒れ地へ出て、やつは足を止めると、こう訊いてきたんでさ。『どうしてこんなふうにつきまとうんだ？　泥棒の集団か？』

仲間の一人が『答えるな』とあっしらに警告した。『口をつぐんでたほうがいい』

『口をつぐんでたほうがいい、か。それはまたなぜだ？』やつが訊く。誰も答えずにいると、やつは『こそこそした連中にしては賢明な忠告だな。前後四人ずつで囲まれようと、おとなしく従う気なんてないね。前に四人いようと、ぼくは通り抜けたいと思っているし、そうするつもりだ』

あっしらは一言も返さなかった。

『八人でも四人でも二人でも、いいからかかってこい』やつはかっとしたように続けた。『勝ち目がなくたって、そっちも無傷じゃすまさんぞ。これ以上行く手をふさぐなら、ぼくは本気だからな』

そう言い放つと、やつは頑丈なステッキを肩に担いでさっさと歩きだし、あっしらのそばを通り抜けようとしたから、あっしもじりじりとやつに近づいていった。で、手を伸ばせば届くところまで来たときでさ、やっこさんがステッキであっしに殴りかかってきたから、あっしもやつに殴りかかった。

二人とも地面に倒れ込んで取っ組み合いになった。でも、仲間がやつにつかみかかってきたとき、あっしは連中に叫んだんだ。『こいつから手を離せ！　フェアプレーでいくんだ！　あっしにとっちゃ、こいつは女みたいに華奢な身体つきだし、仰向けだ。自由にしてやれ。あっし一人で大丈夫だ』。で、そのとおりでしたよ、たいした面倒もなかった。ってことで、まさにこの手で殺人犯を捕まえたってわけでさ」ジョーの声には深い満足の響きがあった。

「どうしてそんなにもネヴィル・ランドレスがエドウィン・ドルードを殺したと確信してるんだい？」

「そりゃ、旦那、町長閣下がそう言いなさってるからでさ」

「町長がまちがってる可能性だってあるんじゃないか？」

ジョーはその問いかけにあきれかえった。「閣下がまちがうだって！　閣下はクロイスタラムで一番偉いお人だ」ジョーはきっぱりと言い切った。「まあ、聖堂参事会長を除けばだけど」おもむろに付け加える。「それに、ネヴィル氏がエドウィンさんと前から揉めてたのは誰だって知ってることでしょう？　前に二人がジャスパーさんちで一緒のとき、ネヴィル氏はエドウィンさんの頭にボトルやナイフやフォークやデカンターを投げつけたって話じゃないすか」

「へえ！」アーノルドはこの事実と、できるだけ早急にジョン・ジャスパー氏から事情を訊くと心に留めた。「ドルードの死因は？」

「川で溺れたんでさ」

「遺体はあがったのかい？」

「うんにゃ」

「だったら、どうして殺されたとわかるんだい？」

ジョーは相手を憐れむように見た。「彼が殺されたことを知らない者なんていませんよ」小ばかにしたようにつぶやく。「ほら、旦那、ハイストリートに入りましたよ」

その口調は、おしゃべりはこれでおしまいだということを告げていた。そこでアーノルドは、建物が点在する長いハイストリートに注意を向けた。静かな通りは物音があちこちに反響するせいで、馬の蹄の音がこれまでの二倍の音量で聞こえて騒々しかった。

市場――刑務所――集会所――教会――橋――礼拝堂――劇場――図書館――宿屋――揚水機――郵便局などを通りすぎ、乗合馬車の停車場へと到着した。

ジョーが手綱を引いて馬を止めると、たちまちあたりは混乱の渦と化した。宿屋の馬丁や荷物運搬人その他もろもろが荷物めがけていっせいに殺到し、馬車の乗客は我先にと降りようとし、誰もが声高にしゃべっている。

この喧噪の中でアーノルドとスティーヴンズは人の波をかき分けてなんとか合流すると、〈アームズ〉へと歩いていった。ほどなく二人は目的地に着いた。そこは正面が赤煉瓦と石造りの大きな建物で、外観からは家庭的で快適そうな印象を受けた。

二人はそろって中に入った。外観だけでなく内部の雰囲気もよかった。玄関ホールはゆったりとしていて、常緑植物があちこちに飾られている。奥には来客をもてなすためのバーがあって、バラエティに富んだたくさんのご馳走がガラス製の保護ケースの中に並べられていた。二人の左右にはそれぞれコーヒールームと商談スペースがあって、さらに左手には幅広の大階段が上階へと続いていた。

どう考えても、真っ先に足を運ぶべき場所はバーだった。そこで二人はバーに直行し、周囲で噂話に花を咲かせていた数多くの好奇心旺盛な人々の注目の的になった。

スティーヴンズはバークレイを二杯注文した。すぐに泡立つビールが取っ手つきの大ジョッキに注がれて二人の前にぐいと押し出されてきた。

「乾杯！」とスティーヴンズ。

「乾杯！」アーノルドも声をあげる。

二人はそれぞれビールをひと息でたっぷりと飲んだ。閉じていた目を開け、満足そうな笑みを交わす。

「うん、一八五七年製のビールに乾杯」アーノルドは声を潜めて言い、またごくごくと飲んだ。

「こうしてみると、過去に戻るのもそうひどいことじゃないかもしれませんね！」

III

翌朝早く、二人の刑事は一緒に宿屋を出て、ハイストリート沿いの〈ナンズ・ハウス〉の隣にあるというトマス・サプシー氏の邸宅を目指した。〈アームズ〉からさほど歩かないうちに、二人は目的地を発見した。戸口の上に据えられた、かつらをかぶってトーガをまとった男の巨大な木像でそれとわかった。

スティーヴンズはあきれ果てたような目でその像を眺めた。「なんだ、このばかでかい像は？」

アーノルドは目を細くしてじっと像を見つめた。「まあ、聖人かもしれませんが、ふつう聖人は木槌を手にうろついたりしませんよね。ひょっとして」彼はふと思いついた。「親愛なる町長が競売人でもあるということは考えられないでしょうか。この像は競売人のトレードマークみたいなものかもしれません。ほら、床屋の看板が紅白の柱になっているようなものですよ」

「床屋の紅白の柱にはある種の美しさがあるがな」スティーヴンズはぼやいた。「ドアをノックしてみろ」

スティーヴンズは言われたとおりにドアをノックした。邸内から足音が聞こえてきて、ほどなくぽっちゃりとした女中がドアを開けると、不審そうに二人を見た。

「トマス・サプシー氏はご在宅かな？」スティーヴンズが尋ねた。

「はい、いらっしゃいます」若い女中は答えて、かすかな忍び笑いを漏らした。

「では、ロンドンから来た二人の男がお会いしたがっていると伝えてくれたまえ」警視は、娘がどうにも笑いをこらえきれないことに気づいて、ぶっきらぼうに用件を告げた。

「かしこまりました」女中は苦しそうに言うと、ひいひいと笑いながら、猫の額のように狭い玄関ホールから右手にある部屋へと姿を消した。

低く響く声が聞こえてくる。すぐに出てきた女中は、今度はいくぶん怯えたような表情になっていた。それにもかかわらず、二人の姿を見まいと視線は慎重に床に落としたままだった。「どうぞこちらへ」女中は右手の部屋のドアを開けた。

玄関ホールをゆっくりと横切って、二人は部屋に足を踏み入れた。部屋には二つの窓から光が差し込んでいたが、どちらの窓も小さいうえに家具が所狭しと置かれているせいか、サプシーが一方の窓のすぐ前に陣取っていて光の大半を遮っているせいか、それほど明るくはなかった。

「おはよう、お二人がた」サプシーは礼拝などで祝福の言葉をつぶやいていると錯覚するような、よく響くなめらかな声で言った。「クロイスタラムの町長、トマス・サプシーのあばら屋へようこそ」

「お会いくださって感謝いたします」スティーヴンズは軽く頭を下げた。「われわれはロンドン警視庁の者です。警視総監からエドウィン・ドルード氏の失踪にからむ事件を捜査せよとの指示を受けてこちらへ参りました」

「おお、そうですか、そうですか！」サプシーは二人を尊大な目で見て、わずかに愛想のよさの陰った声でしゃべった。「警視総監が速やかに――その――要請に応えてくださったとはありがたいことです。どうぞおかけください。さあさあ、遠慮なさらずに」

二人は見るからに座り心地の悪そうな椅子にそろそろと腰を下ろした。

「それでは、お二人がた――いや、名前を知らないもので――」サプシーは返事を期待するように語尾を濁らせた。

「スティーヴンズ警部――部補です」スティーヴンズは自己紹介をした。「こちらは部下のアーノルド巡査部長」

「お二人にお会いできて光栄ですよ。では、スティーヴンズさん、わたしの口からエドウィン・ドルード氏失踪の全容をお聞きになりたいんでしょうな」サプシーは一呼吸おいた。「その前に、ご説明しておくべきだと思うのですが、わたしからこの恐ろしい事件について聞くということは、スティーヴンズさん、あなたはその話を、わたしが生来の謙虚さを損なうことなく言うとするなら、幸いにもいくばくかの洞察力と知識のある男から聞くということです。

わたしは生国から一歩たりとも出たことはないものの、世界を相手にしている男であるということをわかっていただかなくてはなりません。この喜ばしい状況は、スティーヴンズさん、わたしの天職によるものです。競売人という職業柄、外国を訪れたことはなくとも外国のほうがわたしのもとへやってくるのです。異郷の地からやってきた美術品や工芸品はそこで暮らす人々の風俗や習慣を教えてくれます。わたしはいまや外国のものに関してはちょっとした大家ですよ。フランスの時計、中国の磁器、アフリカの象牙、ロシアの聖画像《イコン》がわたしの手を経ていきますが、それらは初めて目にするものであるのに、フランスの時計と思われるものなら『パリ!』と言い、中国の磁器と思われるものなら『北京、南京、広東!』と言うわけです」

サプシーは賞賛のしるしでも期待するかのようにスティーヴンズを見たので、警視はもごもごと言った。「知識を得る驚異的な方法ですね」

「まさにそうです」サプシーは得意満面で答えた。「もうこのへんでわたしのことはよろしいでしょう。エドウィン・ドルード氏の話をしましょう――あんないい青年がね、いい青年がね!

彼はわれらが大聖堂で聖歌隊長を務めるジョン・ジャスパー氏の甥で、人格者と言ってもいい立派な人物なのです。

一年ほど前のローザ・バッド嬢――エドウィン君（これ以降、彼のことはこう呼ばせてもらいますよ）の大切な人です――の誕生日のときに聞いたことですが、彼は叔父さんのもとを訪ねてはちょくちょく泊まっていたそうです。ちょうどその頃、ヘレナ・ランドレス嬢とその兄のネヴィル氏がクロイスタラムにやってきました」

「どうしてです？」スティーヴンズは訊いた。

町長は煩わしそうに彼をちらりと見た。「勉学のためですよ。ヘレナ嬢はトゥインクルトン女史が経営する女子寄宿学校に入学することになり、ネヴィル氏のほうはわれらが大聖堂の小参事会員であるセプティマス・クリスパークル師のもとに滞在して彼から教わることになりました」

サプシーは大聖堂のことを話すときは、この世に大聖堂は二つとなく、さらにそれがクロイスタラムの住人の総意であるかのように、決まって『われらが大聖堂』と表現した。

「なるほど《アイ・シー》」

「なにが見《シー》えると言うんです？」町長は居丈高に問い返した。

スティーヴンズはうろたえた。「なんでもありません、サプシーさん……言葉のあやなんです」彼は口ごもりながら弁解した。

「比喩にしてもいいかげんにすぎますぞ」サプシーはたしなめて、大目に見ようという態度で椅子の背にもたれ、両手の指先を合わせた。「目にすることのできないものをどうやって見るというのか」

「ネヴィル・ランドレス氏については？」スティーヴンズは話題を本筋に戻した。

「そうですね、スティーヴンズさん、先ほど申し上げたように、ネヴィル氏とヘレナ嬢はクロイスタラムにやってきました。二人とその後見人のハニーサンダー氏を歓迎して、セプティマス・クリスパークル師は自宅での晩餐会に三人を招きました。晩餐会にはローザ・バッド嬢やジョン・ジャスパー氏、エドウィン君を含む数人の友人もいました。

招待客が帰る頃になると、ネヴィル氏とエドウィン君は二人の若い女性を〈ナンズ・ハウス〉――おわかりになるでしょうが、それがわれらがトゥインクルトン先生の女子寄宿学校の名前なのです――に送っていきました。若い女性の目がなくなると、二人は言い合いを始めて――」

「二人が口論したことをなぜ知っているのですか？」スティーヴンズはまたしても質問を挟んだ。

「ジャスパー氏が激しい言葉の応酬をたまたま聞いたからですよ。のちにわたしが町長の権限においてエドウィン君の失踪について調査を行ったとき、そのことを知りました。むろんジャスパー氏ほど尊敬に値する紳士が口論を耳にしたのは、二人をなんとか仲直りさせようと奮闘したからです。言い争う両者のあいだに入って、彼は二人を諫め、その場はなんとか収めることができました。そうして三人は一杯飲んで気分を直してから別れようと、ジャスパー氏の部屋に行くことになりました。往々にして、よかれと思ってしたことが最悪の事態を招いてしまうことはあるものです」

サプシーの言い方があまりに悲嘆にくれていたので、アーノルドは思わず首をねじってスティーヴンズを見やると、彼は盛大に洟をかんでいた。二人の刑事には、このご立派な競売人が服装においても振る舞いにおいても聖堂参事会長の熱烈な模倣者なのかどうか判断がつかなかった。

「ああ！　それがジャスパー氏が善意からしたことに当てはまってしまったのです」サプシーは悲しげに天井を仰いだ。「三人がジャスパー氏の部屋に足を踏み入れてまもなく、また口論が起こって、ネヴィル氏はエドウィン君を無作法なやつであるとか、つまらぬ自信家だと言って非難したかと思うと、手にしていたワインの残りをエドウィン君の顔に浴びせました。それどころか、ワインに続いてずっしりとしたガラス製のゴブレットも投げつけようとし、ジャスパー氏が彼の腕をつかんで止めに入らなかったら、エドウィン君に致命傷を負わせかねなかったところです」

「どうやら頭に血がのぼりやすい男のようですね」警視はネヴィルの印象を口にした。

「イギリス人らしからぬ男ですよ」サプシーは秘密を打ち明けるように答えた。「世界の研究者として、わたしはこのネヴィル氏に指を突きつけ、『イギリス人らしからぬ男』と言うことのできる恵まれた立場にいます。なにしろあの兄妹はこれまでの人生のほとんどを未開の野蛮な国で暮らしてきたのですから」今度は声に嫌悪感がにじみ出ていた。

「それはどこの国です？」スティーヴンズは興味を覚えて尋ねた。

「セイロンですよ」サプシーがぼそりとつぶやく。「セイロン！」

「ほう！」警視はこの事実を頭の中にメモした。「ランドレス氏がドルード氏の顔にワインを引っかけたあとはどうなったんですか？」

「この粗野なイギリス人らしからぬ男はジャスパー氏の手を振り払ってゴブレットを暖炉に投げ込むと、テーブルにあったものをいくつかエドウィン君に投げつけ、このままではすまさないぞとあらんかぎりの声で叫びながら、ひどい興奮状態のまま家から飛び出していきました」

「二人は仲直りをしたんですか？」

「表面的には。スティーヴンズさん、表面的にはですよ。エドウィン君を殺してしまいかねないところだったのに、ジャスパー氏もクリスパークル師も見上げたことにもう一度二人の関係を修復しようと尽力したんです。この思いやりから出た提案をエドウィン君はすぐさま了承しましたが、ネヴィル氏のほうは最後までごねたあげくしぶしぶ受け入れたというだけでした。それでも、この敬服すべき二人の紳士の努力はまるきり無駄とはならず、ジャスパー氏はネヴィル氏を説得して、間近に迫ったクリスマスイヴにエドウィン君と自分と夕食をともにするという約束を取り付けました。よりにもよってクリスマスイヴとは……もっと縁起のいい日だって選べたでしょうに」サプシーは宗教とからめて締めくくった。

「それで、三人は食事をしたんですか？」スティーヴンズはもどかしそうに確認した。

「ええ、しましたよ。三人で食べました。その夜は約束どおり三人でテーブルを囲み、ネヴィル氏とエドウィン君は日付が変わる頃にそろってジャスパー氏の家をあとにしました」

「どうして二人一緒だったんです？　ドルード氏は叔父さんの家に泊まらなかったんですか？」

「いいえ、泊まることになっていました。ところがネヴィル氏が奸計を巡らせてエドウィン君を多少とも安全な叔父さんの住まいから誘い出したんです。二人は――これほど説得力に欠けた口実なんて聞いたことがありませんよ——真夜中に川へ風の様子を見に行ったんです」

スティーヴンズはぽかんとした表情で町長を見つめた。「真夜中になにが見えると期待していたんでしょうか。風の様子とは、どういう意味です？　二人は川が大きく波立つ様が目にできると思っていたんですかね」

「まったく同じ問いかけをわたしも自分にしましたよ」サプシーはしたり顔で言った。「ネヴィル氏による話はまったくもって信じがたくはないですか？」

「ええ、たしかにすんなりとは飲み込めませんね」

サプシーは口をあんぐりと開けた。「飲み込むだって？」訝しげに聞き返す。「どうして川の水を飲みたがらなくてはならないのかね？」

アーノルドの左目がぴくっと動いたのが視界に入って、スティーヴンズは固く唇をすぼめた。

「わたしの言葉遣いは無視してください」彼はぶすっと言い訳した。「時代を先取りした物言いにすぎませんから」

町長は重々しくかぶりを振った。「こう言ってはなんだが、わたしにはあなたのおっしゃっている意味がさっぱり理解できませんよ、スティーヴンズさん」

「気になさらないでください、町長。ランドレス氏がドルード氏と風の様子を見に川へ行ったあとはどうなったんですか？」

「あいにく、それについてはネヴィル氏の証言しかないのです」町長は硬い口調で答えた。「われわれクロイスタラムの住民にわかっているのは、翌朝、多くの町民が聖堂小参事会員邸の前に寄り集まったときのことだけ。なぜ集まっていたかというと、一晩中すさまじい風が吹き荒れたせいで大聖堂の時計の針が吹き飛ばされ、屋根から鉛板がはぎとられ、大塔のてっぺんから石材までいくつかむしりとられてしまったからなのです。そこで、職人が被害状況を確かめに行ったんですよ。

職人たちの作業を見守りながら待っていたとき、気の毒なジャスパー氏がどこからともなくわれわれの真ん中に現れたんです。顔面蒼白で、まともに服も着ておらず、ぜいぜいと息を切らしていました。開いた窓のそばにたたずんでいるクリスパークル師を見上げ、『わたしの甥はどこですか？』と声を張りあげました。

クリスパークル師はそれに答えて、『ここにはいませんよ。あなたと一緒じゃなかったんですか？』

『いいえ。ゆうべネッドはネヴィル氏と川へ風の様子を見に行ったきり、戻ってきてないんです。ネヴィル氏を呼んでくれませんか！』

『ネヴィルは今朝早く発ちましたよ』とクリスパークル師。

『今朝早く発ったですって？　中へ入れてください！　中へ入れてください！』ジャスパー氏は叫んでいました。

その頃には、われわれも、なにかよくないことがエドウィン君の身に起こったにちがいないと気づいていました。クリスパークル師がジャスパー氏のためにドアを開けたとき、ジャスパー氏がわたしにも中へ入って事情を聞いてほしいとせっつくので、治安判事としてわたしも中に入れてくれるよう頼み、聞き入れられました」

「それで、あなたは中に入ったんですか？」とスティーヴンズ。

「ええ、職務として中に入りました。わたしは職務にいいかげんだと陰口を叩かれたことはありませんし、この先そう言われることもないでしょう。ジャスパー氏から聞いたところでは、ネヴィル氏とエドウィン君は真夜中に川を見に行った——先ほどあなたがした問いかけをわたしはここで自分にしましたよ——ネヴィル氏はクリスパークル師のもとに戻っていましたが、エドウィン君はジャスパー氏の家には帰らなかった。そしてそのネヴィル氏は次の朝早くに二週間の徒歩旅行という名目で家を出た。わたしはネヴィル氏の逮捕状を請求することにしました。

数時間後、ネヴィル氏はクロイスタラムに連れ戻され、そこに居合わせたクリスパークル師がこの異端者をわたしのところに連れてきました。それでこの粗末な部屋で——はからずもわたしの家で、わが最愛の妻エセリンダが、彼女ほど献身的な妻がどんな夫をも満足させるほどに妻の務めとして長年にわたって優美に飾ってきたこの応接室で、ネヴィル氏は自らの意思で陳述をしたのです」

「彼の言い分はどんなものだったんですか？」警視は単刀直入に訊いた。

これまで刑事の側から口を挟まれるたびに眉をひそめてきたサプシー氏は、今回の質問にも眉をひそめたが、行儀の悪い子供の気まぐれに付き合ってやろうという態度で応じた。「ネヴィル氏はエドウィン君と川へ行ったことは認めましたが、川辺にいたのは十分ほどで、二人は一緒に歩いて——疑わしい男の言い分ですが——クリスパークル師の家の玄関前まで戻って、二人はそこで別れ、ネヴィル氏は家に入り、エドウィン君は叔父さんの煉瓦造りの家に帰ったと主張しています。ああ！　エドウィン君は戻らなかったというのに。彼の魂が安らかならんことを！」

「ランドレス氏とドルード氏は食事のあいだにまた一悶着を起こしたんでしょうか、それとも、二人はかなり友好的だったんでしょうか」

町長はまごついた様子で刑事を見つめた。「しまった！　しまった！」小さくつぶやく。「それをネヴィル氏に確認することなんて頭をよぎりもしませんでしたよ」少しのあいだ口をつぐんでいたが、すぐに晴れやかな表情に戻った。「そんな質問、したところで無駄というものだったでしょう」彼は穏やかな口調で言い訳した。

「どうしてです？」スティーヴンズはすかさず尋ねた。

「なぜならば、イギリス人らしからぬネヴィル氏はわたしに真実を話してはいないと思われるからですよ」

「その食事の席にいたジャスパー氏には確認しましたか？」

町長は答えに窮した。「いいですか、きみ、わたしは訴追側弁護人でも被告側弁護人でもないんですよ。ネヴィル氏に対する証拠が逮捕状を発行するのに妥当なら、そうする務めを担う治安判事として話を聞いたまでです」

「逮捕状は発行されなかった？」

サプシーは憤然として両手を上げた。「ええ、そうです。わたしはこの件に陰惨な面があるという意見を述べ、ネヴィル氏に短気と執念深い性質を有する邪悪さについて講義しました。また、同じ人間の命を奪うことは、自分の所有物ではないものを盗むことだと彼に指摘しました」

「彼はその点をそれまで理解していなかったのでしょうか」スティーヴンズは重々しく尋ねた。

その質問は聞き流された。「さらに、ネヴィル氏を拘留するのはわたしの職務である——それにわたしは職務に忠実ですし——と伝えようとしていた矢先に、クリスパークル師が気高く立派に若者の自由を訴え、彼の面倒を見ると、求めがあればいつでも彼を出頭させると約束したので、わたしはネヴィル氏を投獄したいという気持ちを抑えました」

「それでその件は片付いたのですか？」

町長は片方の手を上げ、彼のなめらかな口がまたもや弁舌をふるいはじめた。悲しい事件の結びとなるどころか、ここからが本題——とは言わぬまでも話半ば——といった感じだった。

クリスパークルはある朝早くクロイスタラム堰へ日の出の散歩に出かけ、目の前に広がる景色を眺めていたとき、ふと堰の隅で朝日を受けてなにか光り輝くものに目が引き寄せられた。彼はさっと服を脱いで水に入り、そこまで泳いでいって堰の木材をよじのぼったところ、裏にＥ・Ｄと頭文字が彫り込まれた鎖つきの金時計を発見した。

これに力を得て、痛ましいドルードの遺体を発見できないかと何度ももぐってみた。遺体は探し出せなかったが、土手の軟らかな泥に突き刺さっていたシャツピンを見つけた。

彼はシャツピンと金時計を町に持ち帰って、町長に手渡した。金時計はジャスパーだけでなく、貴金属商によってもドルードのものだと確認された。その貴金属商は、クリスマスイヴの午後——正確には午後二時二十分に——ドルードのために時計のネジを巻き、時間を合わせたのだった。さらに彼は、ネジが巻き直されていないことから、時計はドルードが叔父の家を出た真夜中からほどなくして持ち主から奪われたあと、数時間後に捨てられたものと考えられるという見解を示した。

これらの新たな証拠はランドレスに対する町の人々の感情を刺激した。ランドレスの執念深くて乱暴な性質についての噂（町長が嬉々として結びつけた）は広まっていき、人々はささやきあった——彼は妹の目がないところではなにをするかわからない、イギリスへ来る前には数人の現地住民を鞭打ちにより死なせたことがある、もう少しで個人指導教師の母親（クリスパークル夫人）の死期を早めるところだった、クリスパークルの命を奪う恐れがあった——

さらに、こうした証拠によって町長は疑わしき男を拘留することにした一方で、遺体の捜索をいっそう進めた。ランドレスは拘留され、さらに拘留期間を延長されたが、遺体はあがらなかった。結局のところ、ランドレスは自由の身となった。

「それからいくらもしないうちに」町長は締めくくった。「ネヴィル氏はクロイスタラムから出ていき、それ以来この麗しの町で彼の姿を見かけた者はいない」声にはかすかではあるがいらだちが混じっており、スティーヴンズはもう帰ってくれという意思表示と受け取った。

町長にはまだ訊きたいことがいくつかあったが、次の機会にしたほうがよさそうだと判断したスティーヴンズは、椅子から立ち上がった。アーノルドも腰を上げ、大仰な挨拶の言葉を交わしたあと、気がつくと二人はハイストリートに戻っていて、通りの向こうにある大時計が昼時だと告げていた。

それをきっかけに、二人は昼食をとることにした。

IV

食事を終えたばかりの二人は空になった食器を前に向き合って座っていた。どちらも大いに満足していた。

「それで、この事件をどう思う、アーノルド？」

「不可解な要素がたくさんあって、捜査を行う価値はじゅうぶんにあるように思います。言うまでもなく、もったいぶった大ばか者の町長はネヴィル・ランドレスの犯行だと信じているのは明らかで、しかもこれまで耳にしたかぎりでは、それなりの根拠もあります。真夜中に風の様子を見に川へ行ったという点がさっぱり理解できません。生まれて初めて強風を経験したというわけでもないでしょうに」

「まったくだ。それにだ、アーノルド、真夜中にいったいなにが見えるというんだ？　もっとも、満月がきらめく光をここいら一帯に投げかけていたら――ちなみに、詩的に表現しようとしているんじゃないぞ――真夜中に出かける意味はあったかもしれない。だが、大聖堂が被害を受けたことから考えると、単なる強風などという生易しいものではなかっただろう。暴風と言ってもいいほどのものではなかったのか。そうだとしたら、ふつう暴風が吹き荒れているときに空は晴れていないだろう」

アーノルドは考え込むような表情で、まだ目の前にあったワイングラスの柄をもてあそんだ。

「その晩、二人はどのくらい飲んだんでしょうか。ほろ酔いかげんだったなら、なぜ出かけたかということの理由になるかもしれません」

「鎖つきの金時計とシャツピンの説明にはならないだろう。貴金属商の話が、夜中に川へ行ったという以上にわたしを悩ませている。仮にランドレスがドルードの頭を殴って川に突き落としたとしよう。死体は流れにのって堰の方へと向かい、いずれ堰に流れ着くが、どういうわけか鎖つきの金時計はドルードのポケットから落ちて、都合よく木材に引っかかった。金時計の例に続いて、シャツピンは死体から離れて川岸へと流れ、土手の泥にこれみよがしに突き立った。おまえには筋の通った説明だろうか?」

アーノルドはくすくす笑った。「残念ながら、まったく納得できないと言わざるをえませんね」

「そうとも!」スティーヴンズは意を得たりとばかりに声をあげた。「では、ランドレスがドルードの頭を殴ったあと、その死体から身元がわかるようなものを奪うことにしたとしよう。所持品を取り出した彼は、死体を川へ投げ落とし、死体は漂い流れて、やがて視界から消えた。一方で、ランドレスは宝飾類も次々に川に放り込んで始末していった。これでは、またもや鎖つきの金時計は流れていって自ら堰の木材に引っかかったことになるという問題に直面するが――」

「それは不合理だ、とかの古代数学者のユークリッドならそう意見するでしょうね」アーノルドが口を挟んだ。

「そのとおり！　事件をどの角度から見ても、常に宝飾類はいずれは発見される場所に用意周到に置かれたという結論にぶつかる。なぜだ？　もったいぶったわれらが友人の注意をそらすためだ」

「つまりドルードの死体を探すなら川以外の場所というわけですか？」

「賛成できないか？」

「賛成するに決まってるじゃありませんか。それに、ほかにも根拠となるものがあります。ドルードが溺れたのなら、どうしてそのあと死体が出てこないのでしょうか」

長く続いた沈黙を破ったのはスティーヴンズだった。「むろん、宝飾類がそこにあった理由はもう一つ考えられる。ドルードは自発的に姿を消し、だが彼なりの理由があって、溺れたかのように見せかけるために手がかりを残したのかもしれない」

アーノルドはうなずいた。「仮説——われらがトマス・サプシー氏ならそう呼ぶでしょう——は心に留める価値がじゅうぶんにありますよ。そんなふうに姿を消さなければならない理由があったのだとしたら、それを探り出すのはわくわくしますね。ついでに言うと、どうして二人の若者は喧嘩したんでしょうか」

「その点はわたしも気になっているんだ。町長殿に訊くつもりだったが、いかにもわれわれを追い出したがっているふうだったから、別の機会まで寝かせておいたほうがいいと判断した。ネヴィル・ランドレスがいまどこにいるのか知りたいよ。その若者に事情を聞く必要があるだろう」

「ひとまず、ジョン・ジャスパーに会いに行くというのはどうですか？　彼に話を聞けば、いくつかの点ではっきりするかもしれません」

スティーヴンズは深い吐息を漏らして、名残惜しそうに空のワイングラスをじっと見つめた。

「古きよき時代には生きるということに対する報いがあったな」

アーノルドはにやりとした。「ある、でしょう」

警視は低くうめいた。「その話を蒸し返すのはよそう、頼むよ。謎は一度に一つでじゅうぶんだ」

彼は顎をさすった。「知っているか、アーノルド、わたしには妻がいたと思ったんだ！」

「ぼくのほうは、この地球上で最高にすてきな女性と婚約していたと思ってましたよ」アーノルドはため息をついた。「あなたの奥さんとぼくの婚約者は未来にしまいこまれてしまったんですよ」彼はおどけて笑ってみせながら、先ほどから五十回は視線を送っている人物にまた目をやった。

スティーヴンズはアーノルドの視線の先を追って、かぶりを振った。「行ってこい、アーノルド。わたしは行きずりの恋を楽しむには年をとりすぎた。とはいえ」彼は遠い過去を思い出すようにつぶやいた。「昔なじみのピエール・アレンはわたしがパリへ行くたびにいい思いをさせてくれたものさ」

「ぜんぜん年なんかじゃないですよ。だいいち、ことによるとまだ生まれてさえいないかもしれないんですから」アーノルドは茶目っ気たっぷりに目をきらめかせた。

警視は不機嫌そうにうなりながら、のろのろと立ち上がった。「さあ行くぞ、アーノルド、仕事に戻るんだ。このジャスパーという男が自宅にいるか確かめよう。だが、まずは買い物をしないとな」

「買い物ですか？」

スティーヴンズは自分とアーノルドの服を指差した。「人からじろじろ見られたり、笑われたりするのにはもううんざりだ。郷に入れば郷に従え。一八五七年にふさわしい身なりを整えよう」

アーノルドはとたんに笑いだした。「われわれが女性でないのが残念ですよ」

「なぜだ？」

「女性なら、来年のモデルを着ていると言えますからね」

＊

広く流行している服を身につけ、二人はハイストリート沿いに歩いていくうちに、上に門番小屋のあるアーチ形の門に着いた。宿屋の給仕人から教わったとおりに、この門をくぐって中をのぞいた。短い通路の壁に続いて、真鍮の飾り鋲が打たれた木製のドア、その上方に二階に光を取り込んでいるらしい大きく開いた格子窓がある。ドアも開いていて、その奥にある階段が見えていた。

門の反対側にも低いドアがあり、二段下がったところに〝トープ〟と雑に書かれた楕円形の表札が掲げられていた。通りの向かいのドアと同様にこのドアも開いていて、その奥の梁が交差す

るアーチ天井の部屋だけでなく、椅子に腰掛けている頭の大きな白髪の男まで丸見えになってい
た。
スティーヴンズとアーノルドがどうしようか決めかねて立っていると、二人の存在に気づいた
らしい老人が声をかけてきた。「こんちは！　誰を探していらっしゃるのかな？」
「ジョン・ジャスパーさんを」スティーヴンズが答えた。
老人は門番小屋の階段の方へ頭を傾けた。「ジャスパーさんの部屋は階上《うえ》だよ。いまは大聖堂
にいなさるが、彼の身の回りの世話をしているトープ夫人に訊けば、ジャスパーさんがいつ頃戻っ
てきなさるか教えてくれると思いますよ」
「ありがとう」スティーヴンズは楕円形の表札にちらりと目をやった。「あなたはトープさんで
すか？」
老人はいかにも愉快そうに喉を鳴らして笑った。「わしはダッチェリーと言います、ディック・
ダッチェリー。トープさんは聖堂番ですよ」彼は自分のいる部屋とその奥の部屋をぐるっと手で
示した。「わしは、〈トープシーズ〉――デピュティがトープ夫妻をそう呼んどるんです――の下
宿人です。夫妻はこの階上に住んどります。トープ家の玄関は境内の角を曲がったところにあり
ますよ。呼べば夫人は下りてくるでしょうが、いやいや、そうするまでもないですな、ほら、ちょ
うどジャスパーさんが戻ってきましたよ」
スティーヴンズとアーノルドが振り向くと、肌の浅黒い男が大聖堂の方から境内を歩いて横
切ってくるところだった。どこか疲れたような動作で、目はうつろだ。帽子をかぶっていなかっ

たので、たっぷりとした髪が烏の濡羽色で、きちんと梳かしつけられているのが見てとれた。頬ひげも漆黒で、きれいに整えられている。長ズボンはたるみ一つなく脚にぴったりしていて、燕尾の上着も身体に申し分なく合っていた。

男は近くまで来て初めて、二人がそこにいることに気づいたようだ。そして二人の存在を意識した男は、自分が注目されていることに目を留めて、物問いたげな視線を返してきた。

「ジョン・ジャスパーさんですか？」スティーヴンズが尋ねた。

「ええ、そうです」ジャスパーは深みのある耳に心地よい声で答えた。

「われわれは警官です。ロンドン警視庁から来ました」警視が説明する。「あなたの甥御さんが失踪された件を捜査しておりまして、いくつかお尋ねしたいことがありますので、ご協力願えると助かります」

狂喜乱舞せんばかりの表情がジャスパーの顔に浮かんだ。「なんという朗報！」彼は感に堪えないというように声をあげた。「ずいぶん時間がかかったがついに祈りが聞き届けられた。さあ、二階に上がってください、お二人とも、さあ、二階に上がって」嬉々として言いながら、ジャスパーは先に立って二人を階上へ案内し、ドアを開けて陰鬱な部屋に二人を通すなり、熱心に椅子を勧めた。

スティーヴンズとアーノルドは椅子に座ると、すかさず室内に視線を走らせた。部屋はさほど広くなく、片隅に置かれたグランドピアノや大判の楽譜用の譜面台、古びた本がぎっしり並んだ壁際の本棚にかなり占領されていた。

「それでは」ジャスパーは自分も椅子に腰を下ろしながら口火を切り、黒い目で何度も二人を見た。「お聞きになりたいことすべてにいつでもお答えします。その前にお話ししておいたほうがいいと思いますが、わたしはネッドを実の息子ででもあるかのように、いえ、それ以上に大事に思っていました。彼への愛情が深かったぶんだけ、神よお許しください、彼が殺されたときには、必ず犯人に罪を償わせると心に誓ったのです」

「殺害されたことがどうしてわかったのですか?」スティーヴンズが質問した。

ジャスパーは乾いた笑い声をたてた。「そんなことを訊かれるとは思ってもいませんでした。わたしの言い分などお役に立つかどうか。わたしの主張に基づく確固たる証拠となるものなどないのですから。とはいえ、かわいそうなネッドの宝飾品が発見されたことは、わたしにとっては彼が殺されたことを示すじゅうぶんな証拠です。わたしの心の声が――哀れな青年に対する深い情愛から生まれた直感が――ネッドは命を奪われたと告げるのです」

「それでは、ジャスパーさん、いまはその深遠な質問について詳しくお尋ねするのは控えましょう。まず、エドウィン・ドルード氏について教えてもらえませんか。われわれは彼があなたの甥であるという点しか知らないことを念頭においておいてください」

「甥は、わたしの被後見人でもあります。ネッドは先代のドルード氏と結婚したわたしの姉の一粒種です。ネッドの母は、残念なことに、彼を産んでまもなく息を引き取りましたので、ネッドは彼の父親にとってこの世に残された唯一の面倒を見る相手でした。それはもうかわいがっていました。先代のドルード氏は大手土木会社の共同経営者でした。彼は亡くなって、ネッドに会社の共同出資権を残したので、ネッドは会社で仕事をしていますが、成年に達すれば、そしてその時点で生きていれば、父親の出資権を引き継いで共同経営者となります。わたしは彼が成年となるまでの後見人および管財人に指名されました」

「甥御さんが亡くなった場合、その出資金はどうなるんですか？」

「会社のほかの共同経営者たちの共有財産となるでしょう」

スティーヴンズは考え考えうなずいた。「話を続けてください、ジャスパーさん」

「喜んで。ネッドはロンドンで下宿暮らしをしていましたが、しょっちゅうクロイスタラムに来ていました。わたしを訪ねてというだけでなく——わたしの彼への情愛が一方的なものではなかったようで嬉しく思っていますが——トゥインクルトン先生の生徒である婚約者のローザ・バッド嬢にも会いに来ていたんです」

「婚約するには若すぎたのでは？」

ジャスパーは驚いた顔をした。「若すぎるということはありませんよ、彼は慣習に従って婚約に至ったんです。ですが、本当のことを言えば、ネッドとローザは何年も前から結婚の約束をしていました。というより、子供の頃から二人は将来一緒になることが決まっていたんです、二人の父親たちによって。この夏には結婚していたはずでした」

「これは驚きましたね！」スティーヴンズはかなり衝撃を受けていた。「それで、この父親同士が取り決めた結婚はエドウィン・ドルード氏が生きていたなら執り行われていたんですか？」

ジャスパーは一瞬ためらった。「このかねてから予期されていた祝い事は、現実のものとはなっていなかったように思います。クリスマスイヴの前日、わたしの甥で被後見人であるネッドとローザ嬢は婚約を解消したんです」

スティーヴンズはさっと身を乗り出した。「これは重要な事実です、ジャスパーさん。婚約が解消になったのは、二人の合意のもとによるものでしょうか、それともローザ嬢からの申し入れですか？」

ジャスパーはため息をついた。「ああ！　わたしは知らないんです。二人が別々の道を歩むことになったいきさつをお答えできるのはローザ嬢だけです。ネッドはその残念な決定について何一つ教えてくれませんでした」

「なぜでしょう？」

「わたしがどれほど二人の結婚を心待ちにしていたかわかっていたからでしょう。ネッドが死んだあとになって、ローザ嬢の後見人を務めるグルージャスさんから婚約解消の話を聞きました」

「二人の別れが甥御さんの死に関係しているという可能性は？」

聖歌隊長の目は異様な熱をおびてぎらぎらと光っていた。「大いにありえます。思い切ってわたしの考えを言わせていただくと、哀れなネッドがそうした個人的な事柄をそれほど秘密にしてさえいなければ、彼は命を失うようなことにはなっていなかったかもしれません」

「どうしてですか？」

「ネッドを目の敵にしていたネヴィル・ランドレス君が、恋敵と信じている彼を排除するという極端な手段をとることになる——わたしは彼がとったと確信していますが——ということにはなっていなかったでしょうから」

「なるほど！　若者二人の口論の原因はローザ嬢に関係することだったんですね？」

「そうとも言えるし、そうでないとも言えます。というのも、ネヴィル君がローザ嬢にぞっこん惚れているのは周知の事実でしたが、彼は野蛮な性質の持ち主でもあったからです。その性質を言い表すなら、情熱、憤怒、拒絶された虎ですよ。たとえローザ嬢の愛が得られると考えていなかったとしても、かわいそうなネッドを殺すことに喜びを覚えて、恐ろしい衝動に駆り立てられたのだろうと思います」ジャスパーは椅子から立ち上がった。「日記をとってきましょう。甥とネヴィル君との喧嘩について書き留めてありますから」

ジャスパーは部屋を横切っていくと、別のドアを開けて奥の部屋へ消えたが、一分としないうちに、小ぶりの革表紙の日記を手に現れた。

「日記をつけていることを笑わないでくださいよ」彼は真顔で頼んだ。「一握りの人は承知していることですが、わたしの人生は孤独なものです。わたしは芸術に人生を捧げており、仕事が生きがいと思われています。でもそうではありません。窒息するような単調な生活がたまらなくいやで――」彼は言葉を切ると、訴えかけるように、げんなりした表情で大きく腕を広げてみせた。「運命に逆らうことはできません。せいぜい自分を慰めるのが関の山。気晴らしの方法が自分の心の奥にある考えを文章にすることなんです。

日記をお見せする前に、わたしにとってはとてもつらいことですが、この悲しい事件の始まりについてお話ししなければならないでしょうね。ネッドとネヴィル君が初めて出会った夜にいさかいを起こしたことをご存知ですか？」

「聞いてはいますが、ごく大まかな内容でして」スティーヴンズは用心深く答えた。「あなたならもっと詳しく教えてくださるのではないかと思っていますよ」

「ええ、詳しく知っています、とても詳しくね。ローザ嬢を含むほかの客とともに、わたしはセプティマス・クリスパークル師の家で晩餐会の席に着いていました。わたしたちが一堂に会していたのは、ネヴィル君とヘレナ嬢を町の新たな住人として歓迎するためです。ネヴィル君がローザ嬢を見るときの目に浮かんでいた表情については、くどくどと説明してあなたがたをうんざりさせるまでもないでしょう。わたしにはその目つきだけですぐにそれとわかりました。二人の若者がローザ嬢とヘレナ嬢を〈ナンズ・ハウス〉へ送っていってまもなく、わたしは亭主役《ホスト》におやすみの挨拶をしました。偏頭痛がしていたわたしは、ひんやりとして心地よい空気に熱っぽい額をさらして、冷やしたいと思いました。

遠回りをして帰る中、〈ナンズ・ハウス〉が見えてきました。驚いたことに、ネヴィル君とネッドが怒った様子で対峙し、興奮して声高にしゃべっているではありませんか。わたしがそこへ到着する前になにがあったのかはわかりませんが、ネヴィル君が『──きみが恵まれていなければ、失った時間を取り戻そうとするんじゃないのか。だが、たしかにぼくは〝多忙な生活〟とは無縁の中で成長したし、ぼくの考える礼節は異教徒の中で形作られたものだ』と言うのが聞こえました。

ネッドが、『どんなたぐいの人々の中で成長しようと、最高の礼節というものは、他人の私事に口を出さないということではないかな。きみがその手本を示すなら、ぼくもそれにならうと約束するよ』

『きみは自分が身のほど知らずだとわかっているのか？』ネヴィル君は続け、『ぼくがイギリスへ来る前にいた世界では、きみはその責任を問われるだろう』

『たとえば、誰にだい？』ネッドが聞き返しました」

話を続けるジャスパーの顔に悲しげな表情が浮かんでいた。「その場に立って二人の口論を聞いていられなくなったわたしは、木の陰から出て二人を諫めました。いわばネヴィル君をもてなす側であることを忘れているとネッドを叱りつけ、ネヴィル君に対しては癇癪を抑えるよう訴えたのです。なんとか仲直りさせることができたので、その和解をしっかりしたものとするために、一緒にわたしの家に来て、この部屋で友好の証として別れの杯を交わすよう説得しました。すべて順調にいっていました、ネヴィル君があの絵に目をやるまでは」

ジャスパーはマントルピースの上に掛けてある描きかけの若い女性の肖像画を手で示した。

「ローザ嬢の絵です」彼は説明した。「ネヴィル君が不機嫌そうにこれをちらちら見ているのに気づいて、わたしは彼に誰の絵かわかるかと尋ねました。

『わかりますよ、でも、本人は少しも喜ばないでしょうね』

『手厳しいね。ネッドが描いたもので、わたしにくれたんだよ』

『悪いことを言ってすまない、ドルード君』ネヴィル君は謝りました。『描いた本人がこの場にいると知っていたら――』

ジャスパーは言いよどんだ。「ここでも二人を仲裁せざるをえなくなりました。火口と火打ち石のように、二人は一緒にいると必ず火花が散るのです。わたしは二人をなだめて、ワインをなみなみと注いだゴブレットをそれぞれに渡すと、翌日ロンドンへ戻るネッドの道中の安全を願って三人で乾杯しました。

それなのに、またすぐに火花が散ることになってしまいました。ネヴィル君が、ネッドはもっと苦労というものを知っておいたほうがよかった、そうすれば、いまよりは物事をわきまえた男になれていただろうから、と言葉をぶつけてきたのです——そう、中傷したのです」ジャスパーは怒りもあらわに付け加えた。「ネッドほど物事をわきまえた若者などいないんですから。

ネッドはたちまち腹をたて、激しい言葉の応酬が続いたあと、ネヴィル君が、『そうとも、ぼくがイギリスへ来る前にいた世界では、きみはその責任を問われるだろうと言ったんだ』

『そこでだけでかい？』ネッドが問い返します。『たしか、ずいぶん遠方じゃなかったか？ああ、そうとも！そんな遠く離れた場所ならどうということはない』

ネヴィル君は顔を真っ赤にして立ち上がりました。『ここでだって同じだ。世界中どこでだって！きみの思いあがりにはもううんざりだ、うぬぼれるにもほどがある。きみは自分が稀有ですばらしく貴重な存在であるかのような物言いをするが、実際はつまらない口先だけの人間だ。きみは有象無象の一人で、つまらない口先だけの人間だ』

そこまで侮辱されて憤慨しないはずがありません。『ばかにつける薬がないとはこのことだな！』ネッドがやり返しました。『どうしてきみにわかる？きみは黒い肌の有象無象やつまらない口先だけの男なら見ればそうとわかるかもしれないが、白人については判断できまい』」

ジャスパーは悲しげに頭を振った。「言い過ぎだったのはたしかです。でも、挑発されたことを考えてみてください。ネヴィル君は激高しました。彼はワインの残りをネッドの顔にぶっかけ、ゴブレットまで投げつけようとしましたが、寸前のところで、わたしは彼の腕をつかむことができました。

ネヴィル君はあっさりとわたしの手を振り払い、卑劣な攻撃を続けるかどうか心を決めかねているかのようにしばしのあいだ微動だにしませんでしたが、ありがたいことに、最後の瞬間に考えを変えてゴブレットを暖炉の中に叩きつけました。そうして、部屋を飛び出していきました」

「ちょっと待ってください」警視が話を遮った。「ランドレスがあなたの甥御さんに投げつけたものはほかになかったんですか？　フォークやナイフは？」

ジャスパーは短く笑った。「いいえ。噂を真に受けないでください。わたしはネヴィル君が好きではありませんが――彼がネッドを殺したと本気で信じていますから、ありていに言って彼を憎んでいますが、不当に苦しめたいとは思いません。二人が揉めたときに実際はなにがあったかは、いましがたわたしが説明したとおりです。

あの夜、あれからわたしが抱いた感情については、あえてお伝えすることはないのかもしれません。ネヴィル君の目に宿っていた猛々しい光を見て、わたしはネッドが心配になりました。いてもたってもいられなくなって、寝る前に日記をつけることにしたのです。

どうぞ、ご自身でお読みになってください。その翌朝のぶんも」

ジャスパーは部屋に持ってきていた日記を開きながら手渡し、二人の刑事は読みはじめた。

真夜中過ぎ。先ほど目にしたばかりのもののせいか、大切なネッドの身になにか恐ろしいことが振りかかるのではないかと病的なまでの不安にさいなまれている。この不安は理屈で考えても、どうやっても抑えられない。あらゆる努力も水の泡。あのネヴィル・ランドレスの悪魔に取り憑かれたような興奮、怒りに駆られていたときの力、相手を殺さんとする凶暴な激情にわたしは慄然とする。そうした感情が心の奥深くから湧き出てくるあまり、わたしはネッドがなにごともなく眠っていて、血の海に横たわっているのではないことを確かめるために、彼の部屋に二度も様子を見に行った。

「いささか大げさではありませんか、ジャスパーさん?」スティーヴンズはにこりともせずに尋ねた。

「続きを読んでください」ジャスパーはかすれた声で催促した。

ネッドは起きて帰っていった。いつものことながら、屈託がなく、人を疑うことがなかった。わたしが用心するよう警告すると、笑って、強い男という点では自分だって絶対にネヴィル・ランドレスに引けをとらないと言う。わたしは、そうかもしれないが、邪悪という点ではおまえは比ぶべくもないと釘を刺しておいた。ネッドはそれでもまじめに取り合おうとしなかったが、わたしはできるだけ遠くまで見送りに行き、まったく意に染まないことながらしぶしぶネッドと別れた。こうしたなんとも形容しがたい漠然とした不吉な予感――疑う余地もない事実に基づいている感情をそう呼ぶなら――を振り払えないでいる。

スティーヴンズは日記を持ち主に返した。「なかなか興味深いですね」つぶやくように言う。「ですが、ランドレスがあなたの甥を殺害したという決定的な証拠はないにも等しい。それでは、ジャスパーさん、クリスマスイヴの夕食会について話してもらえませんか。たしかその晩、二人の若者があなたと食事をしたのですよね？」

「ええ、そうです」

「ランドレスと甥御さんとあなたの三人で食事をするというのは、あなたの提案ですか？」

ジャスパーは言いよどんだ。ややあってから、「いいえ」と答える。「正確にはわたしではありません。わたしは甥のことが気がかりでしたから、できれば二人を引き離しておきたかった。ある日クリスパークル師がわたしを訪ねてきました。和平の使者として来たと言うのです。ネヴィル君とネッドを仲直りさせたがっていました。

わたしがどうやってその気高い思いつきを現実のものとするのか尋ねると、クリスパークル師は自分のためにわたしに一肌脱いでほしい、ネッドと連絡をとって、心の広い甥にいつもの明るく活気あふれる感じで、仲直りの握手をしてもかまわないという手紙を書いてくれるよう説得してほしいと頼んできました」

「それで、あなたはその頼みを引き受けたのですか？」
「そうです。これがネッドから受け取った手紙です」ジャスパーはまた部屋から出ていき、開封ずみの封書を持って戻ってくると、スティーヴンズに渡した。

親愛なるジャック

敬愛してやまないクリスパークルさんと直接会ってやりとりしたときの話にぼくは感激したよ。そこで正直に打ち明けると、あのときのぼくはランドレス君に負けないくらいわれを忘れていたし、過ぎたことは水に流して、あらためて彼と友好的な関係を結べたらと願っている。

どうだろう、ジャック、ランドレス君をクリスマスイヴのディナーに招いて（安息日だけど、よい日に行うことはますますよくなるはずだから）、集まるのはぼくたち三人だけにしてその場で全員が握手を交わし、それでその件はもうおしまいにするというのは？

親愛なるジャックへ
いつも心からの愛情を込めて

エドウィン・ドルード

追伸。今度の音楽のレッスンのときにプッシー嬢によろしくと伝えておいて。

「見事な手紙だ」スティーヴンズは感想を漏らした。「それにしても——その——プッシー嬢とは——」

「ネッドがローザ嬢につけた愛称ですよ」ジャスパーが低い声で説明した。

「音楽を教えてらっしゃるんですか、ジャスパーさん？」

「わたしは音楽教師なんですよ。それで、ローザ嬢の音楽の才能を伸ばそうと及ばずながら努力していました。ですが、残念なことに彼女の魅力あふれる美しさがクロイスタラムの陰鬱な町に色を添えることはもはやありません。数週間前に彼女はロンドンへ行ってしまいました」

スティーヴンズはローザの転地には関心がなかった。「クリスマスイヴの夕食会に話を戻しますが、二人の若者はどんな感じでしたか？　喧嘩腰でした？」

「いいえ」ジャスパーはゆっくりと答えた。「ネヴィル君とネッドが喧嘩腰だったと証言したならば、わたしは神の目から見て偽証の罪を犯すことになるでしょう。ですが——」彼は口ごもった。「ネッドのいる方やその上に掛けてあるローザ嬢の肖像画に視線を向けるときのネヴィル君の目にはいつも奇妙な表情が浮かんでいました」

「二人はかなり飲んだのですか？」

「ポートワインをいくらかと、香料や卵黄を入れて甘くしたホットワインを少しだけですよ」

「二人とも、いやどちらか一人でも酔っていましたか？」

「ああしたおめでたい季節には誰だってほろ酔い気分くらいにはなるでしょう」

「まあ、それはそのとおりですね」スティーヴンズは低くうなった。「それでは、ジャスパーさん、どうして二人は真夜中に家を出ることになったんですか？」

「ネヴィル君の提案でした。食事を始めた頃から風が強まってきていまして、ネヴィル君がそのことを話題にしたんです。ネッドは笑いながら『いや、ネヴィル君、ぼくは風が大好きなんだ。耳元をかすめていくときの笛のような音がたまらない。それに、風を思い切り深く吸い込むと生き返ったような気分になる。風が激しくなったときには、川に行くのが一番だ。きみもいつか行くべきだよ』すかさずネヴィル君が言いました。『そろそろおいとましないと。ドルード君、いまから川へ連れていってもらえないか、頼むよ』

いつもどおり気っ風のいいところをみせてネッドはすんなりと了承し、ネヴィル君が別れの挨拶をわたしにしたあと、二人で家を出ていきました」ジャスパーの顔がぴくぴくしはじめた。目は膜がかかったようになり、頰から血の気がすっかりなくなって、刑事たちの胸に不安が広がった。ジャスパーは痙攣に苦しんでいるかのように身体を震わせていた。

「どうされました？」スティーヴンズが尋ねた。

ジャスパーは感情を抑えこんだらしく、まもなく死人のような様相が消えていった。彼は力なく微笑んだ。

「どうもすみませんでした。ネッドへの愛情ゆえに、彼が陽気に手を振ってドアから出ていったときの情景を思い浮かべると、こんなふうな嘆きに襲われてしまうのです。ああ！　愛しいネッドの身になにが起こるのかわかってさえいれば、あっさりと彼の命を救えたはずなのに。

悪い予感がしていたことを思えば、もっと具体的な方法で二人に注意しなかった自分を悔やんでも悔やみきれません。わたしがあらゆる恐れを書きつづった日記をお読みになりましたね。それなのにわたしは、行動に移すこともなく、手をこまねいていて、かわいそうなネッドを見殺しにしてしまったのです。もう二度と彼に会うことはできない」彼はうなだれた。

スティーヴンズとアーノルドは落ち着かなくて身体をもぞもぞと動かしていたが、そのうちジャスパーは顔を上げた。

「ともあれ」ジャスパーは話の続きに戻った。「もうお話しできることはほとんどありません。それから一時間ほど、どうしてネッドは戻ってこないのだろうと訝りながら起きていましたが、とうとう眠気に勝てず、いつのまにかうとうとしはじめ、目が覚めると朝になっていました。そこで起き上がってネッドが戻ってきているか確かめに行きました」彼はわずかに言葉がつかえた。「戻ってきていませんでした。わたしが眠っているあいだにネッドは命を奪われていたんです」またしても彼は深い悲しみに身を震わせた。

「さて、あの音楽教師をどう思う？」スティーヴンズはアーノルドと大聖堂の敷地をゆっくりと散策しながら訊いた。

「なんとも妙なやつです」アーノルドはじっくりと考えながら答えた。「話し方が少しなめらかすぎるのが気に入りませんね」

「わたしは、かわいい甥をいささか溺愛しすぎているのが引っかかった」警視はむっつりと言った。

「ぼくはそうは感じませんでしたよ。ジョン・ジャスパーについて一つだけ真実があるとするなら、それは彼の甥に対する愛情だと思いました」

「どうしてネヴィル・ランドレスを憎悪する？」

「自分の愛する者を殺した相手を憎むのは当然じゃないですか？」

「そりゃそうだ。それでも、この件には、まだわれわれの知らない側面があるという気がしてならない。とはいえ、状況証拠はどれもネヴィル・ランドレスを殺人犯として指している——ドルードが殺されたものとしての話だが——のは認めざるをえないが。まず、二人の若者がいがみ合っていたことだけは疑問の余地がない。次に、そのいがみ合いは別として、もう一つ動機がある——弱いものではあるが、それよりはるかに弱い動機で人が殺人を犯したケースはこれまでごまんとある。ランドレスはエドウィン・ドルードと婚約していたローザ・バッドに夢中だった。ひょっとすると、ドルードを排除すれば、ローザを手に入れるチャンスがあると思い込んだのかもしれない。

さらに、機会もあった。ランドレスとドルードがクリスマスイヴの夜に川へ行ったのはまずまちがいがないようだ――だが、ドルードが戻ってきたことを裏付けるものはない」スティーヴンズは思案げに顎をさすった。「はっきり言って、クロイスタラムまで足を延ばしてきたのはまったくの時間の無駄だったような気もする。それでも――」にやりとする。「わたしは大いに楽しんでいるよ」一呼吸おいてからまた口を開いた。「人生がより穏やかなものに思えるんだ――その、未来におけるものよりも。そう思わないか、アーノルド？」答えを待たずに続ける。「クリスパークルに事情聴取をしたら、ここでの仕事は終わりとしよう」

「ドルードの死体を探す場所の見当がつけばいいんですけど」アーノルドがしみじみと言った。「わたしも同じことを思っていたよ」スティーヴンズは相槌を打った。「ドルードが川に突き落とされていなかったとしたら、そしてもはや生きていないとしたら、その死体はどこかにあるはずだ。どこか近くだろうか。おや、聖職者がやってきたぞ。クリスパークルの住まいがどこにあるのか彼に教えてもらおう」

二人はその聖職者に尋ねた。相手が微笑する。「わたしがクリスパークルです。わたしと話をなさりたいのですか？」

スティーヴンズはうなずいて、アーノルドと自分を紹介した。二人がいささか驚いたことに、ほんのごく一瞬ではあったが、聖堂小参事会員の顔を恐れの色がよぎった。

「よろしいですとも」クリスパークルは礼儀正しく応じた。「お力になれることがあるならば、なんなりとお訊きください。大聖堂周辺の散策を続けますか？　それとも、落ち着いて静かに話のできるわが家のほうがよろしいですか？」

　スティーヴンズは雲一つない空をちらっと見上げた。天気が突然崩れる心配はなさそうだ。「気持ちのよい午後なので、このまま外でお願いします」今度は大聖堂に目をやった。「ずいぶん古い時代の建物なんでしょうね」

「おっしゃるとおりです。もともとの基礎部分はたしかローマ時代のものですが、最初に大聖堂を建てたのはサクソン人で、その後デーン人に破壊されました。ノルマン人によって再建されたあと火災に遭いましたが、再び建て直され、何度か新しい部分が追加されてきました。ノルマン様式の会衆席はとりわけ注目すべきものがあります――いやいやスティーヴンズさん、わたしは少し熱く語りすぎてしまいましたね。あなたがたは古い大聖堂の歴史を聞くためにはるばるロンドンからいらっしゃったわけではないでしょうに」

「ええ、あいにくとそうなんです」スティーヴンズはクリスパークルの講義を拝聴する気になっていたので、しぶしぶそう答えた。「それでは、まずはネヴィル・ランドレス氏とその妹のヘレナ嬢について教えてください。一年ほど前にランドレス氏はあなたの教え子となったのでしたね。どういういきさつでそうなったんですか？」

「なかなか間接的なんですよ、スティーヴンズさん」クリスパークルはためらうことなく応じた。「ご存知かもしれませんが、クロイスタラムきっての美人であるわたしの母――ええ、本当ですとも――には、慈善活動に関心を寄せる姉がロンドンにいます。伯母は――聖堂小参事会員はこほんと咳をした――〝博愛協会本部における中央支部合同総会〟の会員で――」

「なんとまあ！」スティーヴンズは低く驚きの声をあげた。

「そうなのです！　博愛主義者というものは、肩書についてもそうですが、善意の人ではあるが愚かでもある人々からの寄付金による支援に対して自分自身にも寛容だとわかりましたよ。こう話すと、慈善家だと公言する者をわたしが少しも評価していないことは推測できるでしょうね。

しかしながら、伯母はぼくとは異なる見解を持っています。博愛協会とのつながりを通して、伯母はルーク・ハニーサンダー氏が会長に選ばれたことを知りました。ネヴィル君とヘレナ嬢は双子で、セイロンで生まれました。父親はその直後に亡くなったため、二人は父親のことは知りません。母親は再婚しましたが、二人がまだ幼い頃にこれまたこの世を去り、法的な監督権は継父に残されました。この継父が少なくともキリスト教精神に反するような男だったそうです。死者の悪口を言うのは聖職者にあるまじきことですが、それでも、わたしは彼が哀れな子供たちにろくに食べるものも着るものも与えなかった、けちで最低の人間だったということを否定する気はありません。死の順番がまわってきたとき、彼は子供たちの後見人としての権限をルーク・ハニーサンダー氏に移譲しました。

そのハニーサンダー氏に――彼はできるかぎり速やかにその責任から逃れたがったとしか思えません――伯母はネヴィル君の個人指導教師としてわたしの名前を気前よく挙げ、それで、何度か手紙のやりとりがあったあと、ネヴィル君はぼくが面倒を見ることになり、ヘレナ嬢はトゥインクルトン先生の寄宿学校の生徒になったわけです」

「ネヴィル・ランドレス氏について知っていることはこれで全部ですか？」スティーヴンズは驚

いて尋ねた。

クリスパークルは首を振った。「いいえ、ほかにもあります——ええ」彼は物静かな口調で答えた。「何か月か勉強を教え、一つ屋根の下で暮らすうち、ネヴィル君と——」少し口ごもって、さっとスティーヴンズを見たが、その顔がかすかに赤みをおびているのを警視は見逃さなかった。「彼の妹についてよく知るようになりました」言葉を続ける。「二人に対して、わたしは最大の敬意を払うとともに、これ以上はないほどの同情を覚えました。

ネヴィル君のことを誰からも愛される若者だと表現すると言い過ぎでしょう。幼い頃に肉体的にも精神的にも多大な苦痛を味わってきたために、感情の抑制がうまく利かない性格となってしまいました。いつだったか彼はわたしに、妹が継父に殴られる場面を幾度も見たと打ち明けてくれたことがあります」

「ランドレス氏は頭に血がのぼりやすいタイプでしたか?」

「ええ、まあ、そうでした」クリスパークルは不本意そうに認めた。「わたしのもとへ来た当初、ネヴィル君はすぐにかっとなって手に負えないほどでした。しかも悪いことに、怒りに駆られているときの彼は思ったままを口にしてしまうのです。ほかの人たちの耳のある場所で何度も軽はずみな発言を繰り返した結果、残念なことに、ネヴィル君は偏見の目で見られるようになってしまいました。けれどもわたしは、ほかの人々や彼本人が信じているほど彼は復讐心に燃えてはいなかったと確信しています。

気の短さを憂慮して、わたしは幾度となくネヴィル君を諫めました。そして嬉しいことに、それが彼の振る舞いにいくばくかの影響を与えたのです。彼はどんどん変わっていきました」

「それでは、あなたは彼がどこにいるのかご存知なんですね？」スティーヴンズが間髪を入れずに訊いた。

小参事会員は顔をしかめ、自分に腹をたてているかのように口元をかすかにゆがめた。「知っています」ややあってから正直に言う。「ですが、どんなに頼まれようと居場所は教えませんよ」

「するとあなたは、本当のところ、彼がエドウィン・ドルード氏を殺したと思っているのですね？」

「とんでもない」クリスパークルは温和な彼にしては驚くほど決然と答えた。「わたしは自分自身のことのように彼は無実だと断言できます」

「クリスパークルさん、あなたはどういう根拠があってランドレス氏は無実だと言うのですか？たとえば、彼はクリスマスイヴの晩——まあ厳密には、クリスマスの朝ですが——零時を過ぎてまもなく、あなたの家に戻ってきたんですか？」

返事をしたときの小参事会員の声は悲しげだった。「それが、スティーヴンズさん、わたしにはわからないのです。母とわたしは常日頃から早い時間にベッドに入ってしまうものですから。あの晩もそうでした。とくに翌日のクリスマスの夜は遅くまで起きていることになるのがわかっていましたので。それで母もわたし自身もネヴィル君が何時に戻ってきたのか知らないんです」

「彼は玄関ドアの鍵を持っているんですか？」

「あの夜は持っていました。帰りが遅くなるだろうと踏んで、わたしのを貸したんです」

「どうしてランドレス氏は翌朝あれほど早い時間に出立したんですか？　お気を悪くされるかも

しれませんが、クリスパークルさん、クリスマス行事のあいだは妹や友人とクロイスタラムに留まるという流れが自然ではないでしょうか」

小参事会員が警視の問いに答えるまでにたっぷり一分は沈黙があった。深く考え込んでいるようだったが、彼はついに重い吐息をついて、スティーヴンズに意識を戻した。

「あなたの質問に答えるには、わたしは内々に相談されたことを打ち明けるしかなさそうです――」

スティーヴンズははっと思い当たった。「ランドレス氏がローザ・バッド嬢に心を奪われてしまったことを言っているんですか?」

クリスパークルは驚きに目をみはった。「ネヴィル君の遺憾とも言うべき愛情がそれほどみなの知るところとなっていたとは思っていませんでした」彼は乾いた声で答えた。「ですが、嘆かわしい話の一端をお聞きになったのであれば――たしかにそれはネヴィル君の評判を高めるものではありませんし、それのせいで彼の不幸を願う者も大勢いるようです――彼の評判を高める側からも聞いてもらわなければ、公正で信用できるものとならないでしょう。

ネヴィル君はローザ嬢がまだドルード君の許婚であったにもかかわらず、心から彼女に惹かれていました。わたしの忠告と自身の良心に従って、彼は自分の感情を徹底して抑えました。ですが容易なことではありませんでした。彼のような気質の持ち主にとって、そうした自然な感情を抑制するのは並大抵のことではなかったはずです。

クリスマスの数日前のこと、ネヴィル君が相談に来て、自分が動揺して憂鬱になっているだけでなく、他人まで動揺させてしまっていることが気になっていると、心の内を吐露しました。クリスマスに他人の心を乱したくなかった彼は、徒歩旅行に行かせてもらえないかと尋ねてきました。自分が町を離れれば、ほかの人たちは悩まずにすむはずだし、自分も感情をなだめるいい機会になるはずだからと。哀れな青年のために、わたしはその計画を無条件に承認しました。これでおわかりでしょう、ネヴィル君が朝早く家を出たこととドルード君の失踪に関係はないのです」

「それはわかりませんよ、クリスパークルさん」スティーヴンズはそっけなく言った。「徒歩旅行に出かけるということ自体が周到に練られた計画の一部だったとも考えられますから」

小参事会員はため息をついた。「哀れなネヴィル君。彼の妹とわたし以外は誰も彼のことを信じてくれそうにない」

「それはちがいます」スティーヴンズは慌てて相手を安心させた。「刑事というものは自分では決して意見を持たず、事実を掘り起こすことだけを職務としています。ランドレス氏があらかじめ計画を練っていた可能性があると指摘したからといって、わたしが彼の有罪を確信しているということではありません」

「そう説明してくださってありがとうございます。おかげで、いくらか心が軽くなりました」小参事会員は二人の男を好奇心をそそられた目でさっと見やった。「わたしがクロイスタラムの外の世界には疎いのかもしれませんが――率直な物言いをお許しください――私服の警官というものはかなり猜疑の目で見られていると思っていました」

スティーヴンズはアーノルドが肘で軽く突いてくるのを感じたが、なんとか真面目くさった表情を崩さずにいた。「われわれはそういった偏見に打ち勝ってきているのです、クリスパークルさん。ところで、ランドレス兄妹はお互いをどう思っているのか教えてくれませんか」

「二人とも相手に深い愛情を抱いていますね」

警視はうなずいた。「そうであるならば、こういう仮説は成り立たないでしょうか。ドルード氏がヘレナ嬢を侮辱してランドレス氏がそれに気づき――その結果、ドルード氏を殺したかもしれない、とは思いませんか?」

「全面的に信頼してお答えするなら、ネヴィル君の性格からいって、そのようなことに気づけば、彼は迷わずその場で報復したはずです。ですが、スティーヴンズさん、そんな仮説はわれわれが知っている二人の青年にはとても当てはまらないでしょう。エドウィン君は気持ちのいい青年です。鈍感でのんきなところがあるかもしれませんが、立派な人物です。エドウィン君がヘレナ嬢を侮辱したことを示す根拠はいっさいありません」

スティーヴンズは自分が微妙な話題に触れていることに気づいた――クリスパークルの口ぶりが憤慨せんばかりだったからだ。

「すみません。ただ単にドルード氏を殺害するに至る可能性のある動機を見つけ出そうとしたにすぎないのです。これ以上はもう言いません。それでも、二人の若者のあいだにあったいさかいについてなにか教えていただけるなら、感謝します」

「あいにく、あまり知らないのです。二人はローザ嬢とヘレナ嬢を〈ナンズ・ハウス〉へ送っていくために一緒に家を出ました。そのあとだいぶ経ってから、玄関ドアを叩く音が聞こえました。

ドアを開けると、ネヴィル君でした。こんなことをお話しするのは胸が痛むのですが、予想外に酔っていました」

「しらふではなかったんですね？」スティーヴンズは素早く確認した。「それほど飲んだとは聞いていませんでしたが」

「かなり意外ななりゆきでしてね。どこへ行っていたのか尋ねると、ネヴィル君はジャスパー氏の家にいたと言うんです。そして自分がひどく無作法な振る舞いをしたと告白しました。わたしは、『そのとおりだね。きみはかなり酔っているぞ、ネヴィル君』と指摘しました。

彼は、『そうみたいなんです。でも、今度ちゃんと説明すれば納得していただけると思うんですが、ほんのちょっとしか飲んでないのに、どういうわけか、いっきに酔いがまわってしまいました』

正直な話、わたしは懐疑的でした。『そういう言い訳は前にも聞いたよ』

『どうも――ぼくの頭はすっかり混乱しているようです。それでも――ジャスパー氏の甥のことと同じく本当のことなんです』」

「ランドレス氏はそのあとありのままを話してあなたを納得させたのですか？」

クリスパークルはうなずいた。「ええ、スティーヴンズさん、ネヴィル君は話してくれました。翌朝、彼はたしかに酒は飲んだが、グラスにワインを一杯だけだと断言しました」

「はっきり覚えていないという可能性は？」

「ネヴィル君は真実を話してくれたとわたしは思っています」小参事会員は力を込めて答えた。

「ランドレス氏がドルード氏と口論したことをあなた以外で話したのは？」

「一人もいません。わたしもそのことについて口にするのはいまが初めてです」

「ですが、町じゅうの人が知っていますよ。噂では、ナイフやフォークをはじめ、ありとあらゆるものをドルード氏に投げつけたことになっています」

「それはないでしょう」クリスパークルはあっさり否定した。「人は自分の利益にもならないことを触れ回ったりしませんよ」

「では、ランドレス氏とドルード氏のいさかいをしゃべったのが、当事者二人でもあなたでもないとしたら——いったい誰が？　ジャスパー氏でしょうか」

「そのような推論を引き出したり、人を疑ってかかったりするのは、わたしの役目ではありません」クリスパークルはやんわりと言葉を返した。

小参事会員はきわめて誠実に話していたので、スティーヴンズもアーノルドもクリスパークルは裏表のない人物だという思いを強めていった。短い時間とはいえ、ともにいるあいだに、二人は彼の人柄のよさにすっかり感心するようになっていた。クリスパークルはまさに神の代理人で、それゆえに二人は彼の良心の呵責というものを重くみた。どうして気性の荒いランドレスが彼に感化されて変わっていったのかということにも合点がいった。

「お尋ねしたいことはこれでもうほぼ全部です、クリスパークルさん」ほどなくスティーヴンズは言った。「どうしてランドレス氏はあなたの家を出て州都のメイドストンで暮らすことにしたんでしょうか」

「メイドストンではなくてロンドンですよ」クリスパークルは疑いもせずに答えた。「かわいそうなネヴィル君！　みなに疑惑の矛先を向けられて。彼は犯してもいない罪で苦しめられました。除け者にされたんです。いわれのない憎悪の的にされて。人々は彼にちらちらと視線を向け、その目の中に彼は〝人殺し！〟という非難の色を見てとっていました。人々が話しかけてくると、彼はその声音に〝人殺し！〟という響きを聞き取っていました」クリスパークルは悲しげに首を振った。「わたしは聖堂参事会長に掛け合い、『罪を犯したことのない者がまず石を投げよ』というヨハネによる福音書の一節をもとにした説教を彼にしてもらいましたが、人々は先人ほどには神の言葉に耳を傾けてくれませんでした。

わたしを悲観主義者とは見ないでください」クリスパークルは真顔で続けた。「ですが、来るべき世代の人々の魂のことが不安でたまらないのです。わたしの子供時代に比べれば――わたしはまだ若いですが――敬虔な気持ちや親への献身的な愛情が薄れています。教会はその権威を失いつつあります。悪魔が徐々に勢力を増してきているのです。わたしは清教徒のように厳格ではありませんが、ホイストなどというカードゲームの大会に対するすさまじいまでの熱の入れように愕然としてしまいます。自分がまちがっていますようにと神に祈っていますが、この国の若者はどんどん堕落していて、家で自分の人生について思いを巡らせるよりも、自分の楽しみを優先させることばかり考えています」

「若者のことは憂慮しなくても大丈夫ですよ、クリスパークルさん」スティーヴンズはかすかに含み笑いを漏らして小参事会員に明言した。「彼らはいざというときにはちゃんと使命を果たしますし、彼らの子供の世代もそうです」

「もしかすると、そうかもしれません！」クリスパークルは大聖堂の時計に目をやって、たじろいだ。「すみません、もう行かなくては。母と家でお茶を飲む予定だったのですが、約束の時間に十五分も遅れてしまいました。きっと母はわたしが帰ってこないので気を揉んでいることでしょう」彼は手を差し出した。「では、失礼します。なにかお力になれることがあれば、いつでもどうぞ。あなたがたの努力が成果を上げ、ネヴィル君にかかっている嫌疑を晴らしてくれるようお祈りしています」

＊

小参事会員が立ち去ってからしばらく、二人の刑事はどちらも押し黙ったままだったが、境内の中の散策を再開させ——とりわけアーノルドは——目の前に威容を誇って立つ由緒ある灰色の大聖堂をしげしげと眺めた。高い塔は東の方から淡い灰色に変わりはじめた蒼穹に向かって堂々とそびえたっている。

「なんと平穏で心が安らぐんでしょう」やがてアーノルドがつぶやいた。「未来の耐えがたいほどの喧噪からすると、嘘のように静かだ。路面電車ががたんがたんと音をたてて旧ハイストリート沿いに走り、脇道ではモーリス社とオースチン社の小型自動車が追い抜き競争を繰り広げ、向こうに見える古い墓地をハイカーが踏みつけながら出入りし、あるいは六ペンス支払って地下墓所を見学したり塔にのぼったり、古色蒼然とした門番小屋のそばに立つ行商人が大聖堂の絵葉書を売り、観光客が神聖な場所からありとあらゆる街角に至るまでスナップ写真を撮る、七十五年後のこの場所を想像できますか？」

「発展の報いか！」

「そう思いますが、残念な気がします。ぼくは現実的ではないのかもしれません。覚えてらっしゃいますか、ぼくが捜査を命じられた六か月前の――つまり、ここから八十年ほど先のということですが――特異なケースのことを。事件を解決するために、骨董品に詳しくならざるをえなかったわけですが、おかげで、昔のものに興味を覚えるようになりました。そして、いまは過去のこの時代にいて、眠気を誘うような古めかしい町の中に立っています。ここはとても静かで、聞こえるものといえば日除けがはためき、ポンプで汲み上げた水が跳ね、馬に牽かれた車がときおりハイストリートを通るごろごろという音くらい」

「ミヤマガラスも鳴いているぞ、アーノルド」スティーヴンズは日暮れが近いことを大きな鳴き声で告げながら塔の周辺を飛び回っている鳥を指差した。「それに、しばらく前から大聖堂の鐘も繰り返し鳴っている」

気のせいか、警視の声にどことなく揶揄する響きを聞き取って、アーノルドは鋭い眼差しでさっと上司を見た。「あなたはこの場所にいてもそんなふうに感じないんですか？」

「感じないね。おまえの心に訴えかけているこの静けさは、わたしには息が詰まりそうだ。本物の騒音が聞けるなら、なにか変化が起きてくれるなら、なんでも差し出そうという気さえする。

電話のベルの音でも聞こえたなら、記録的な速さでそこへ飛んでいくだろう。おや！」スティーヴンズはいきなり大きな声を出した。

警視がしゃべっているうちから、願いは叶えられ、静寂は打ち破られていた。大聖堂の方からオルガンの音がしだいに大きくなりながら聞こえてきて、澄んだ荘厳な音楽が境内にこだまする。すぐに二人は耳を傾け、やがて聖歌隊の歌声――少年たちの歌声は天使が歌っているかのようだった――が流れてきた。

音楽は高まっていったあと小さくなり、また豊かな盛り上がりをみせて、二人の感情を揺さぶり、心の琴線に触れた。二人は魂が洗われるような感覚に包まれ、歩みを止めてその場に立ち尽くし、いっそう熱心に聞き入った。

少年たちの歌声がかすかにささやくようなものへと絞られていく中で、独唱者の透明感のある銀鈴を振るような歌声が響く。

アーノルドが落ち着かない様子で身体をもぞもぞ動かしはじめた。「もう行きましょう」だしぬけに彼は小声で言った。「どういうわけか、殺人とこの場所を結びつける考えが――その――神聖さを冒瀆しているように思えるんです」彼は大股に大聖堂から離れていき、スティーヴンズはおとなしく部下のあとについていった。

VI

〈アームズ〉は陽気な雰囲気にあふれていた。店内は満席で、あちらこちらから賑やかなおしゃべりが聞こえてくる。ビールの入ったジョッキを前に木製の長椅子に腰掛け、スティーヴンズとアーノルドは周囲の朗らかな客たちを見渡して、無言でいることを楽しんでいた。とはいえ、それもあまり長いあいだのことではなく、いまやアーノルドの思考は、捜査中の事件のことに戻っていた。

「今回の事件は不可解なことだらけですね」アーノルドはおもむろに口を開いた。「ドルードとランドレスがジャスパーの部屋で口論した際のジャスパーの証言を覚えてらっしゃいますか？彼の話では、ゴブレットをドルードの頭めがけて投げつけようとしたときに——無理ないですよ、ぼくだって『ばかにつける薬がない』なんて言われたら、なにか投げつけますね——彼はランドレスの腕をつかんで止めに入ったが、あっさり振り払われたということでした」

「ジャスパーの証言どおりだとしたら、ランドレスは血の気の多い虎と——うーん、そうだな、おまえの好きなものでいいよ——を足して二で割ったような人物だな」

「まさにそれが、ジャスパーの話からぼくが受けた印象です。ですが、乗合馬車の御者のジョーから聞いた話を覚えてますか？　彼の言葉を借りれば、ランドレスは『あっしにとっちゃ、女みたいに華奢な身体つき』で、たしかにジョーはランドレスをやすやすと組み伏せてしまいました」

「ジョーは大柄でがっしりしているぞ」スティーヴンズが指摘した。

「わかっています。ただ、体格の差を差し引いても、血の気の多い〝虎〟なら、追い剝ぎだと思った相手には、実際のランドレスよりもはるかに抗戦したんじゃないでしょうか。それに、ジャスパーだって弱々しくは見えません。ぼくには、ジャスパーが現場の状況を誇張しているか、ランドレスの腕をそれほどがっちりとはつかんでいなかったように思えてならないんです。

さらに言うなら、ぼくの推測は漠然とした可能性の域を超えませんが、ジャスパーの部屋で繰り広げられた口論について噂を広めた張本人はジャスパーじゃないでしょうか。ぼくにはそうとしか考えられません。あなたも同じでしょう？」

スティーヴンズは思慮深くうなずいた。「ああ。だが、どうしてジャスパーがそんなことをしなければならないのかがちっとも見えてこない。たしかに彼はランドレスを恨んでいるが、それはランドレスが甥を殺したと思い込んでいるからだ――どうしてドルードが行方不明になる前に彼を目の敵にしなければならない？」

「ジャスパーは事件には関与してないんじゃないでしょうか――もっとも、実際に事件があったとすればの話ですが」

「嘘をつく動機はなんだ？」今度はスティーヴンズが尋ねた。「それも、きわめて強い動機が必要だぞ。ジャスパーのドルードに対する愛情は本物だと確信しているからな。わかっているかぎりでは、彼がドルードの死で金銭的な利益を得ることはない。それでも」警視は決然とした口ぶりで結論を言った。「問題の人物であるジャスパーについてもっと掘り下げて調べたほうがいいだろう。そして、甥を片付ける動機になりそうなものがわずかでも見つかれば、明確な容疑者として彼に焦点を絞る」

「ランドレスのことはどうするんですか？」

「彼のことも忘れてはいないよ、アーノルド。真夜中に川へ行くという口実は眉唾ものだとまだ思っているからな。ランドレスの件で次にやるべきことは居場所を突き止めて、当時の状況について彼の言い分を聞くことだ」

「それに、クリスパークルは？　われわれが刑事だと身分を明かしたときに、ほんの一瞬でしたが、恐怖と言ってもいい表情が顔に浮かんだのをごらんになったでしょう」

警視は笑った。「ああ、見たとも。初めは引っかかったが、簡単に説明がついたよ。彼は――ヘレナ・ランドレスのことを考えて不安だったのさ」

「彼女に恋しているということですか？」

「まちがいないね。クリスパークルはネヴィルのことを信用している――だが、万一われわれがネヴィルを犯人と考えるものを発見した場合に備えて、われわれを彼から遠ざけておこうという魂胆だ」

「だったら、次はどんな手を打つつもりなんですか？」

「本庁に電話して、ランドレスの居場所を突き止めるのに何人か出してもらおうと思っている。

アーノルド、おまえはジャスパーから、ドルードの父親が共同経営者だった土木会社の名前を聞き出してくれ。そうすれば、その会社へ誰かをやって、原資が会社に戻っているか確認できる。ついでに、ドルードの下宿先も突き止められる。ドルードの遺体があがったかどうか確かめるために、すべての船に伝言を送っておくのも悪くないかもしれんが――」含み笑いが聞こえてきて、スティーヴンズは途中で言うのを止めた。

部下の笑いはいっこうに収まる気配がない。

「なにがそんなにおかしい？」スティーヴンズはむっとして訊いた。

「まだ未来の夢を見てますね。この時代じゃ、無線電話は一般に広まってませんよ」

スティーヴンズは動揺したときの癖で、ゆっくりと目をこすった。「なんてことだ！」震える声でつぶやく。「おまえの言うとおりだ、アーノルド。わたしはまさに水から出た魚になったような気がしはじめているよ。この時代に比べれば、未来の捜査は楽な作業になるな。ロンドンに戻って一連の捜査を自分たちでやるしかなさそうだ」

「私服の刑事が十五人もいない現状では、そうするしかないですね、警視」

そのとき、会話を邪魔する者が現れた。気付けに一杯やったかのように陽気な顔に天使にも似た笑みをうっすらと浮かべたでっぷり太った給仕係が、手紙を片手に肉屋へ売られる寸前のアヒルのようによたよたと歩いてきたのだ。

「どちらがスティーヴンズさんで？」

警視がうなずいてみせた。「わたしだ」

「あなたに手紙です。町でも手を焼いてるいたずら小僧がついさっき届けてきました。一度がつんとお仕置きしたくてしょうがないんですが、この太っちょの脚ときたら、あいつみたいな悪がきを走って追いかけるのにはまるで役に立ちませんで」そう言うとようやく手紙を――どうやら最後までしゃべるために手にしたままだったようだ――スティーヴンズに渡して、ワインをもう一本持ってこいと声を荒らげて要求している短気な年配の紳士の方へ、どすどすと重い足音を響かせながら戻っていった。

スティーヴンズは手紙を開いて読んだ。

エドウィン・ドルード氏の謎めいた失踪を捜査しているのであれば、ロンドンの〈ステープル・イン〉にいる弁護士のハイラム・グルージャス氏を訪ねよ。有益な情報が得られるであろう。

善意の者より

スティーヴンズはひゅーっと口笛を吹き、黙ったままアーノルドに手渡した。アーノルドは手紙に目を通して、くすくす笑った。

「よくある〝情報提供者〟ですか。ここは一つ、この人物の協力で捜査が正しい軌道に乗ることを願いましょう」そしてアーノルドはグラスを掲げた。

＊

翌日、二人の刑事は苦もなく〈ステープル・イン〉を見つけ出すことができた。難しかったのは、数多い部屋のどれがグルージャス氏のものかを突き止めることだったが、いくつもの表札を虚しく眺めていくうちに、中庭を囲む建物の外で小さなスツールに座っている老人にでくわした。

「グルージャスさんの事務所をご存知ですか?」アーノルドが尋ねた。

老人はぼんやりと彼を見上げた。「はあ?」と震える声で言う。

「グルージャスさんの事務所がどこにあるかわかりますか?」アーノルドはもう一度尋ねた。

「ああ」

二人は期待を込めて待ったが、それ以上の答えが返ってこない——どうやら老人はうとうとしているようだった。

「ちょっと、グルージャスさんの事務所を知っているか訊いてるんですけど?」アーノルドはむっとして大きな声を出した。

「知っとるよ」

またしても沈黙が流れる。「おいおい!」アーノルドはしびれを切らして叫んだ。「事務所はどこかって訊いてるんだ」彼は怒鳴った。

老人はきょとんとした顔をした。「どこにあるのか知らんのかね?」

「知らないから訊いてるんじゃないか」アーノルドはもう堪忍袋の緒が切れかけていた。

「じゃが、まだ訊かれとらんよ」と、老人。「わしが知っとるかどうか尋ねなさったか」

「くそ！」アーノルドは荒々しく悪態をついた。そのあと、「で、どこにあるんですか？」

「前から同じ場所にあるよ、お若いの」老人は中庭に面して並ぶ建物の方へ親指をぐいと動かしてみせた。「三階さ」

「三階のどの建物です？」

「隅っこのに決まっとるだろう。ほかのどこにあるというのかね。ちっとは頭を使ったらどうだ、お若いの？」老人は容赦なく言った。

アーノルドはかろうじて喉から声を絞り出して礼を述べると、示された建物へと急ぎ、そのあとから、笑いをこらえきれていないスティーヴンズが続いた。

絨毯の敷かれていない階段をのぼり、うつろに響く自分たちの足音を聞きながら事務弁護士の部屋が並ぶ二階を通りすぎ、三階に到着する。二人の目の前には左右に一つずつ閉じられたドアがあった。ありがたいことに、左側のドアの羽目板に〝ハイラム・グルージャス〟と塗料で名前が書かれている。ここに彼の事務所があるにちがいなかった。

「ハイラム・グルージャスさんですか？」ノックに応えてドアを開けた男性に尋ねる。

「そうですよ。わたしにご用でしょうか」

「お話をお聞きしたいのです」スティーヴンズはそう言って、一風変わった容貌のグルージャス氏に、自分とアーノルドを紹介した。

「これはなんともはや！」一瞬グルージャスはすっかり面食らっていたようだったが、すぐに礼儀正しく脇に寄って、二人を中に通した。

「ドアを開けるまでいささか時間がかかってしまったことはどうかご容赦ください。ある仕事の件で優秀このうえない書記のバザード君がおりませんでな。ここは彼の部屋ですので、ささ、奥の部屋へどうぞ。そこで寄り集まってしまうと、このバザード君のものである部屋が、いつのまにかわたしのものとなってしまいかねませんから」

グルージャスは身振りで奥の部屋へ進むように促した。

「さて、ここが四角四面な男の事務所です。手狭ですが、わたしにとって必要なものはそろっています。どうぞおかけになってください」

スティーヴンズとアーノルドは椅子に腰を下ろし、グルージャスも椅子に座った。

警視は用向きを手短に説明した。グルージャスは手で拍子をとりながら、二人が接触してきたことに驚くそぶりをまったく見せなかった。

「もちろん、エドウィン君の不吉な失踪事件に関してわたしが知っているかぎりのことをお話ししますが、バザード君が同席していないことが悔やまれます。彼はわたしがうっかりまちがった話をしないか確認する自分がいないのに、あなたがた警察官に事情を説明するのはよしとしないでしょうな」

「グルージャスさん、事件の当事者たちについてなにをご存知なのかお尋ねしてもよろしいですか？　単刀直入に言います。ある筋からあなたが事件の手がかりを握っているという情報を得たのですが、それがどういうものなのか具体的にはわかっていないんです」

「わたしはローザ・バッド嬢の後見人なのです。彼女は両親を亡くしていましてね」

「孤児というのが最近の流行りなんでしょうかね」スティーヴンズが皮肉っぽく言った。「ドルード氏もそうだったし、バッド嬢もそう。ネヴィルとヘレナのランドレス兄妹も二親ともに他界している」

「ご指摘どおりですな。いままでまったく気づきませんでしたよ。バザード君に教えないと。彼ならその事実を活かせるかもしれんですから」

「バッド嬢の後見人として、ドルード氏と彼女の風変わりな婚約についてなにか教えていただくことはできないでしょうか」

「かまいませんよ」グルージャスの顔に集中しているような表情が浮かんだ。「ずいぶん昔のことですが、わたしはローザ嬢の母親を知っていました。彼女はまだ結婚前で、ローザ嬢も生まれていない頃のことです。わたしたちは友人でした、ただのね。いや、感傷的になっているわけではありませんよ」彼は猛然と言った。「わたしは感傷的な人間ではない。単なる四角四面の男ですから」

グルージャスは容姿に関するかぎり、自分が角張っていることを大げさに形容しているわけではなかった。足も膝も小ぶりの手も角張っている。肩や肘だってそうだ。頭の形も、顔も四角。未来志向の画家が、正方形と長方形と直線と鋭角を組み合わせて人間の姿というものを表現したなら、ハイラム・グルージャスの肖像という傑作が生まれることだろう。

「結婚した頃の彼女は若く美しかった。四角四面の男でさえ、その美貌には気づかないわけがありませんでしたが、神のご意思により、悪意ある運命によってあまりにも早く、本当にあっというまにこの世界から連れ去られてしまいました！」彼はかぶりを振った。「彼女は溺れ死んだのです」

数秒のあいだ狭い部屋に静寂がたちこめた。二人の刑事も侵してはならない記憶に立ち会っているのを感じて、身じろぎ一つしようとはしなかった。

「ここにバザード君がいてくれたらと思いますよ」いきなりグルージャスが乾いた声で沈黙を破った。「彼ならわたしを現実に引き戻して、裁判所での仕事とは無縁ですが、法廷弁護士の一員である義務としての率直な態度であなたがたの質問に答えていないことを教えてくれたことでしょう。死期が近づいたバッド氏は、ローザ嬢の保護と後見をわたしに託し、自分の娘とエドウィン君が成年に達したら結婚させたいという気持ちを固めました」

「そもそもどういういきさつでこの婚約に至ったのか教えていただけますか？」ここでスティーヴンズが質問を挟んだ。

「ええ、いいですとも。先ほども婚約についてお尋ねでしたね？　感傷的な言葉で言わせていただくなら――わたしは感傷に浸る人間ではありませんが――バッド氏とドルード氏が固い友情で結ばれていたからということでしょうな。それが、お互いの子供も仲良くなり、強い絆で結ばれるようにという願いから、どちらからともなく提案したことだったのです。そうすることで、自分たちの関係以上に、二人がお互いにとってかけがえのない存在になってほしいと期待したのでしょう。要するに、二人は自分たちの子供が結婚することを望んだのです」

「当然、子供たちも知っていたことなのでしょうね」

「知っていました。二人は自分たちが将来ともになると約束されていることを喜ばしく思い、結婚を心待ちにしながら子供から成年への入口まで成長してきました」

「二人はそうした状況に心の底から満足していたのですか?」

「おほん! どうしてそんなことをお尋ねになるのですか?」

「捜査の過程で、エドウィン・ドルード氏が失踪する前の日に婚約は解消されていたと耳にしたからです」

グルージャスはうなずいた。「その情報はまちがっていません。人の感情というものにまったく欠けている四角四面の男ではありますが、わたしは二人の正式な婚約に先立って、名門と誉れの高いトゥインクルトン先生の寄宿学校を訪ね、ローザ嬢に結婚の確認をするべきだと感じました。その際、ローザ嬢の父親も、エドウィン君の父親も、若い二人が自分たちの意思で一緒になりたいと本心から願っていないのであれば、そしてお互いを幸せにする絶対の確信がないのであれば、結婚を望まないだろうという拙いわたしの意見を伝えました。

ローザ嬢は理解を示してわたしの言葉に耳を傾け、エドウィン君と話し合うつもりだと穏やかに告げました。それで、義務を果たしたわたしは、〈ステープル・イン〉に戻りました」

スティーヴンズはどんな表情の変化も見逃すまいと――内面の感情が表れるかもしれないから――相手の顔を油断なく観察していたが、グルージャスの顔はあくまでも四角く無表情で、その声はユークリッド幾何学の講義をしているかのようにそっけなかった。

「あなたはバッド嬢がドルード氏との結婚を強く望んでいたと思っていましたか?」

グルージャスは逡巡した。「いいえ」と、ようやく答える。「それで、エドウィン君がクリスマス休暇を過ごすためにクロイスタラムへ発つ前に立ち寄ってくれた折に、職務として、彼にも拙い意見を伝えました。

わたしは四角四面の男であるうえに人の情を解さない人間でもあるので、不器用な言い方でエドウィン君に、本物の恋人とは、その最愛の想い人から片時も離れてはいられないものだという概念を伝えました。冷淡も、無気力も、疑念も、無関心も、本物の恋人にはありえないのだと」

「どういうきっかけでそんな話をされたのですか? バッド嬢に対するドルード氏の態度に冷淡なところがあるように感じたのですか? または彼になにか疑念を抱いた?」

グルージャスは咳払いをした。「わたしは感傷的なタイプではありませんよ。エドウィン君がヘレナ・ランドレス嬢のことを話題にして——」

「なるほど!」

グルージャスはさっと警視を見やった。「誤解しないでいただきたい。わたしはエドウィン君に疑いなど持っておりませんでしたぞ」

「もちろんそうでしょう」

「バザード君だってそうです」

「おそらくそうでしょう。ですが、あなたがドルード氏の誠実な面に訴えた結果、彼はクロイスタラムに戻って、自分の心に生じた疑念——あるいは、あなたの心に生じた疑念——それとも、バッド嬢の心に生じた疑念でしょうか――をバッド嬢に話したにちがいありません」スティーヴンズは問いかけるような目をグルージャスに投げかけたが、例によって、法廷弁護士の顔から彼の考えを読み取ることはできなかった。「いずれにせよ」彼は少しぶっきらぼうに言葉を結んだ。

「婚約は解消された」

「そうです」

「翌日の夜、ドルード氏は失踪したんですね？」

「ええ」

スティーヴンズは身を乗り出した。「グルージャスさん、長年ドルード氏を知る人物として、また立場上バッド嬢の面倒を見る者として、バッド嬢の側から婚約を破棄されたことで自暴自棄になったドルード氏が自ら命を絶とうと川に身を投げた、または幼い頃から愛しく思っていた相手と結婚できないという考えに耐えきれず国外へ脱出した、というのは考えられることでしょうか？」

「わたしとしては」グルージャスは無表情に答えた。「エドウィン君はクリスマスイヴの夜に亡くなったと考えています」

「つまり自殺したということですか？」

「それは考えられません」感情のない、一言ずつ言葉を強調する正確な話し方は、彼が人間ではなく自動機械《オートマトン》であるかのようだった。「神が天上ですべてをごらんになっておられるがごとく、ごく当然のこととして、わたしは確信していますよ――彼は殺されたのだと！」

VII

　スティーヴンズとアーノルドが期待に深く息を吸い込んだのも無理はなかった。捜査を開始してから初めて、明らかになにか重要な手がかりを握っていると思われる人物にでくわしたからだ。一連の聞き込みの中で、これまで二人は嫌疑や仄めかし、持論ばかりを聞かされてきたが、一つの例外もなく、それらはなんの根拠もないことだという印象を受けた。

　だが、ハイラム・グルージャスの場合は、ほかとは一線を画しているという気がした。優しい感情に欠けているというかなり奇妙な信念——二人はなぜかその信念はありあまる情愛の存在を隠すための仮面にすぎないと感じた——を持っている点を除いても、彼にはきわめて現実的で、本質的に弁護士で、物事に折り合いをつけることができ、よい点と悪い点を比較評価し、自分がまちがっている可能性がわずかでもあれば名指しで非難しはしないという面があった。

「そうおっしゃる根拠があるんですか?」スティーヴンズは勢い込んで尋ねた。

「あります。エドウィン君がクリスマスの直前にここを訪ねてきたとき、わたしはダイヤモンドとルビーで薔薇をあしらった金の指輪を彼に渡しました。もともとはローザ嬢の両親が婚約を交わした際に、彼女の父親が愛する彼女の母親に贈ったものです。その指輪は、死期を悟った彼女の父親がわたしに託しました。ローザ嬢とエドウィン君の婚約が正式なものとなったときに、わたしからエドウィン君に指輪を渡し、今度は、彼が最愛の女性の指にはめるという手筈です。それが叶わない場合は、わたしのもとで引き続き保管をすることになっていました」

グルージャスは口をつぐみ、部屋の奥にある書き物机につかのま目をやった。スティーヴンズはその大切な指輪はかつてその中に保管されていたのだと確信した。

まもなくグルージャスが話を再開した。その声に初めて感情が見え隠れしていた。

「指輪をエドウィン君に渡したとき、ローザ嬢の父親の心からの願いを神かけて尊重するよう彼に求めました。あのときエドウィン君と交わした会話は、昨日のことのように、一言残らず鮮明に覚えています。この八か月というもの、繰り返し心の中で再現しているからでしょう。『きみがローザ嬢の指にその指輪をはめることは』とわたしは彼に言いました。『生きている者にとっても死んだ者にとっても、絶対に貞節を守るという厳かな証となる。きみは彼女との未来に踏み出そうとしているのだよ。引き返すことのできない結婚への最後の準備を整えようとしているのだ。なにか気になることがあるなら、なにか二人のあいだでごく些細なことでも行きちがいがあるなら、あるいは、こうして正式に婚約するのは、いずれそうするものだとして流れに身をまかせているにすぎないという意識が心の奥底にあるなら、あらためて言おう、生者と死者にかけて、指輪をわたしに返していただきたい！』」

その声の厳粛な響きにスティーヴンズもアーノルドも圧倒された。グルージャスがドルードにも同じ口ぶりで話したのなら、若い彼の心に深く刻まれなかったはずはない。だからこそ、グルージャスがドルードの死を確信していることに説得力があった。

長いあいだ三人とも無言だったが、沈黙を破ったのはグルージャスだった。「その指輪をエドウィン君はローザ嬢の指にはめませんでした」ついに彼は言い、その声は乾いて感情の欠片もなさそうなものに戻っていた。「わたしに返してきてもいません。いまもエドウィン君が生きているのなら、つまり自分で溺れたように見せかけたのなら、指輪はそれまで十数年間も休んでいた安全なその書き物机の隠れ引き出しで再び眠りについているはずです」

「犯人は誰だと思いますか？」スティーヴンズが唐突に尋ねた。

「どうして誰かを疑わないといけないんですか？」グルージャスは木で鼻をくったような、不可解そうな口調で問い返した。

スティーヴンズには、相手が誰かを疑っているのかどうかも見当がつかなかった。「指輪は高価なものでしたか？」

「それなりに」

「指輪を奪う目的でドルード氏が殺されたということは考えられますか？」

「わたしは警察の一員ではありません」グルージャスがにこりともせずに答える。「ですから、理論を組み立てて根拠を示すことはできません。ただわたしなら、自分にこう問いますね、どうして泥棒は遺体から指輪だけを奪って、鎖つきの金時計とシャツピンは捨てたのか？」

「その点はわたしも考えましたよ、グルージャスさん」スティーヴンズは軽いいらだちを覚えた。率直に言うことにする。「あなたはまだ知っていることのすべてを話してくれていませんんね。わたしは何度も水を向けてきましたが」

「知っていることはすべてお話ししましたよ」

「そうであるなら、犯人だと目星をつけている人物がいるでしょう」

「言ったはずですよ、わたしのように四角四面の男は、わずかしか知らない物事を理論化して説明することなどできんのです。とはいえ」グルージャスは淡々と締めくくった。「法律の専門家として、警察にできるかぎりの協力をし、訊かれた質問に精いっぱい誠実にお答えするのは義務だと思っています」

グルージャスの顔は相変わらず無表情だったが、その目がきらりと光ったように見えた。

「ネヴィル・ランドレス氏はドルード氏の死に責任があるとお考えですか?」警視はいきなり質問を変えた。

「いいえ」グルージャスの声には断固とした響きがあり、彼がランドレスの無実を確信していることは明らかだった。

次の瞬間、スティーヴンズの頭にある考えがひらめいた。「ランドレス氏がいまどこにいるのかご存知なんですね?」

「ええ」

「どこにいるんですか、彼は?」

「この外側にある建物から――スツールに腰掛けている老人を見かけたかもしれませんが――さほど離れていないところにいます」

スティーヴンズは小さく笑ってアーノルドを横目でちらりと見た。

「老人なら見かけましたよ。そうですか、ネヴィル・ランドレス氏はそこにいるんですね」

「わたしの保護下に」グルージャスはきっぱりと言った。「そしてペニーワイズ医師にかかっています」

「病気なんですか？」

「物理的に治せるという意味での病気ではないのですが、ペニーワイズ先生は毎朝晩やたらと甘いシロップ薬をティースプーン一杯飲むよう言い張って聞きません。ネヴィル君は病気ではないとはいえ、頬はこけて血の気がなく、肌は青ざめ、目は異様にぎらついています」

スティーヴンズの中でかつての疑惑が頭をもたげた。「奇妙な症状はやましさからで、訴追手続きがとられることを恐れているのでしょう」

「ふん！」

弁護士の声音から、彼がその意見に不賛成であるのが如実にわかった。

「では、あなたはその症状をどう解釈しているんですか？」

「わたしは人情を解さない男です。バザード君なら誰かになにかを伝える場合、そう表現したでしょう。わたしは人の情というものにまったく欠けているので、人々がわたしを目にするたびに視線をそらしても、わたしの服をかすりでもして身が汚れないよう脇へ寄っても、ひどく落ち込んだりはしません。また、まったく身に覚えのないことでわたしに復讐を誓った害意ある人物にずっと密かに見張られ、悩まされていても、不安は感じないでしょう。こうしたことで脈拍が速まることもありません。なにしろわたしは四角四面の男ですし、そもそも脈拍があるかどうかも怪しいものですからな」

「見張られているですと！」スティーヴンズは思わず大声をあげた。

「ええ、ある男に。あそこの建物の三階の階段の踊り場にある窓からです。ほら、ここの窓の右端にぎゅっと身体を寄せると見えるでしょう」

「ある男というのはジョン・ジャスパー氏ですか？」

「そう、ジョン・ジャスパーです」

スティーヴンズはアーノルドと意味ありげな目をさっと見交わしたあと、わずかに身を乗り出した。「グルージャスさん、わたしはジョン・ジャスパー氏が甥の殺害に関与しているのではないかと疑っていましたが、ある要素が――彼にはそこまでのことをする動機が見当たらないのです。あなたに心当たりはありますか？」

答えはすぐには返ってこなかった。やがて二人の刑事はショックに見舞われることになった。グルージャスが毒づいたのだ！

「くそ、あの男め！　恥を知れ！」グルージャスは唾きを飛ばす勢いで叫んだ。「あの偽善ぶった物言いのこそこそした男は、なにより強い動機に――報われない情熱によって犯罪に駆られたのだ！　すなわち」彼はずっと落ち着いた声で付け加えた。「実際に罪を犯したのであればだが」

「つまり彼はバッド嬢を愛していたということですか？」スティーヴンズは静かな勝利に満ちた口調で訊いた。

「愛ですと！　わたしは感傷的な男ではありません。わたしなら、ローザ嬢が恐怖のあまりあの男からあとずさり、怯えてクロイスタラムから逃げ出してありがたいことにわたしに保護を求めてきた感情を愛とは呼びません。その神聖な言葉はクロイスタラムの大聖堂における極悪の聖歌隊長が口にすると同時に汚されてしまいました」

「彼はバッド嬢に迫っていたのですか？」

「ええ、胸が悪くなるような迫り方でね。それも、まだ甥のエドウィン君が生きているあいだから。ジャスパーはそれらしいことを言葉にはしていませんが、汚らわしい目つきでバッド嬢を犯し、ピアノを教えるという口実のもとに彼女の繊細な手に忌まわしく触れて冒瀆しました。あの男はわたしの被後見人を自分のものにしたがっていたのです。それが彼の動機ですよ。どれほど前から犯罪を企てていたのかわかったものではありません。あの邪悪な目をローザ嬢に注ぐ一方で、彼は甥の殺害計画を練り、よこしまな激情にとらわれるあまり自分を見失って、そうすることで彼女を自分のものにできると思っていたのでしょう」

「なんて男だ！」突然アーノルドが話に割って入った。「事件の全容が見えてきた感じがしますね。グルージャスさんの推測は当たっていると思います。ジャスパーはランドレス氏がローザ嬢に惹かれていると知るに至って、新たなライバルが出現したと察したにちがいありません。そう考えると、彼がランドレス氏を毛嫌いしていた説明がつきます」

「わたしはそれ以外のことにも説明がつくと考えはじめているよ、アーノルド。ランドレス氏が町に到着した夜に彼とドルード氏が口論しているのを耳にしたとき、ジャスパーは自分から容疑をそらすまたとない状況が目の前で展開されていると気づいたのではないだろうか。彼は仲直りの乾杯をさせるために二人を自宅へ連れていっているが、実際は仲直りどころか、みなの話では、二人はまたぞろ口論を始めている。

わたしは、ジャスパーが二人の飲み物になにか仕込んだのではないかと睨んでいる。その夜ランドドレス氏がクリスパークル師に説明した話を思い出してみろ。ほんの少ししか飲まなかったのに、いっきに酔いがまわったという内容だっただろう」

「薬物ですね」アーノルドがすかさず言った。

スティーヴンズがうなずく。

「お二人とも」ここでグルージャスが口を開いた。「堰で見つかった鎖つきの金時計とシャツピンは、エドウィン君が溺れ死んだと思わせるために、わざとそこに置かれた可能性があることを失念されておいでではないですかな」

「忘れていませんよ。それどころか、その二つの品が見つかったからこそ、われわれはドルード氏は溺れたのではないと確信しているのです」

「おお、まさに同感です。では、エドウィン君を殺害した犯人が、かわいそうな若者のベストのポケットに鎖つきの金時計が入っていたことをあらかじめ知っていたともお考えなのでしょうね。悪魔の所業がなされた瞬間、殺人犯は遺体を処分する前に、鎖つきの金時計とシャツピンだけを取り出したにちがいありません。ほかのポケットまで探そうとはしなかったんじゃないでしょうか」

「おそらくは」

「犯人は探したはずがありませんよ。探していたなら、ダイヤモンドとルビーの指輪を見つけたはずなのです。エドウィン君は道義心によってローザ嬢になにも伝えていませんでしたから。そしてジャスパーは指輪のことはいっさい知らなかった！」

「どうしてそう言い切れるのですか？　ドルード氏が彼に話したかもしれないでしょう」

グルージャスは首を振った。「鎖つきの金時計が堰で発見された日の前の晩に、わたしはジャスパーに婚約が解消になったと告げました。そのときの彼のショックの受けようといったらありませんでしたよ。彼は恐ろしい叫び声をあげると、気絶して床に倒れ込んだのです」

「それはすごいな！」とスティーヴンズ。「その瞬間、愛する甥を手にかけたことがまったくの無意味であったと悟ったんでしょうね」

「そうです」

その一言の中には決定的なものがあり、スティーヴンズはローザ嬢の後見人は事件についてじっくり時間をかけ慎重に検討してきたのだと信じて疑わなかった。

「ジョン・ジャスパーの犯行だと確信しているんですね？」

「一人の人間が確信しているということと、法廷で有罪判決となることとは別物です」法廷弁護士は硬い調子で答えた。

「おっしゃるとおりです」警視はあっさりと同意した。「ただ、だからこそわれわれ刑事の存在があると言えるかもしれません。もっと強固な証拠を探すのがわれわれの仕事で、困難をきわめることも稀ではありませんが、こいつが犯人だと得心がいけば、証拠はたいてい手に入るものです」

「ジョン・ジャスパーが相手では、簡単にはいま以上の証拠を見つけられませんよ」

スティーヴンズはグルージャスに鋭い一瞥をくれた。「どうしてそんなことがわかるんですか？」

グルージャスは廊下側の事務室の方へ手を振ってみせた。「バザード君がわかっているんですよ。彼が知っていることはごまんとあります」彼はため息をついた。「彼がいないと途方に暮れてしまいますよ」

「どうやってバザード氏は知ったんですか？」

質問が聞こえなかったかのように、グルージャスは話を続けた。「人並み外れた知性を持つ人物ですよ、バザード君は。どこにでもいそうな弁護士の書記なんかとはちがうのです。とんでもない！　彼は平凡な男ではありません。特別な存在です、偽物に紛れた一粒の真珠ですよ。頭脳の中の頭脳。わたしとは似ても似つかなくて、わたしの顔のように四角くはなく、わたしの人生のように型にはまってもおらず、わたしの服装のように野暮ったくもなく、わたしの仕事のように限定されてもいません」

グルージャスはいくぶん身をかがめるようにして、自分が発する言葉が反響して部屋の隅に残存し、バザードが普段の仕事をしに戻ってきたときに聞こえるのを恐れるかのように、ささやき声で続けた。

「ある秘密をお教えしましょう。これはバザード君の秘密で、信頼を裏切ったとしてそしりを免れないかもしれませんから、口にするのにはありったけの勇気をかき集める必要があります。バザード君は年老いた四角四面の弁護士にとって単なる書記ではないのです。彼はたぐいまれな才能の持ち主で、神々の祝福を受けた子供、瞑想家です。彼は劇を書いているのです、不滅の叙事詩を題材とした悲劇をね」グルージャスはまた椅子に背中をあずけて、両手の指先を合わせた。

「劇作家ですか！」スティーヴンズはどうしても抑えきれない笑みをごまかすためだけに言った。その一方で、バザードの書く悲劇とエドウィン・ドルードの失踪がどうつながるのか訝っていた。

「そう、劇作家です。運命の女神はバザード君にこの豊かな才能を授けましたが、彼の最高傑作――思い切って打ち明けると、〝不安の棘〟という、あまり人目を引きませんがぴったりのタイトルがつけられています――を舞台で演じられるようにはしてくれませんでした」語り手の目がわずかばかりに輝く。「ですが、バザード君にはほかの才能もありました。彼の天才ぶりは単なる並の人間の狭い分野に限られるものではないのです。彼には想像力があります――そうでなければ、悲劇など書けなかっただろうとあなたはおっしゃるかもしれませんが――それに、演技の才能も。実際、彼は劇的な事件《ドラマ》というものに目がない《ポンション》――外国語など使ってお許しください――のです。われわれが熟成しすぎたチーズを食べたり、ポートワインを飲み過ぎたりすることで悪夢を見て苦しむような場面でも、彼はそこにドラマを夢見るのです。普通の人々がラヴェンダー水のにおいや甘いハーブの香りを嗅ぐところでも、彼はそこにドラマを嗅ぎつける。単純にハンカチーフが落ちたとか、鼻がむずむずして涙が出たといった状況でも、彼はそこにドラマを見てとるのです」

グルージャスは一呼吸おき、スティーヴンズはその機会を最大限に活用した。「要するに、グルージャスさん――」彼は話を手っ取り早く進めようとした。

「要するに」グルージャスはそっけなく応じた。「数週間前に、バザード君はエドウィン君の失踪について一般的には知られていないことを探り出すため、クロイスタラムへ行かせてほしいと頼んできたのです」

スティーヴンズは小さく笑い声をあげた。「刑事の真似事をしているのですか？」

「そのとおりです」

ふいにある考えが警視の頭に浮かんだ。「あなたのもとを訪ねるよう匿名の手紙を送ってよこしたのは彼ではないでしょうか。どう思います？」

「まちがいなくバザード君ですよ。きっとあなたがたが捜査していることを知って、芝居がかったやり方でわたしが役に立つかもしれないということを伝えたんでしょう」

「彼はなにか重要な発見をしたんですか？」スティーヴンズは興奮を募らせた。

グルージャスは返事の代わりに机の引き出しの一つを開け、一枚の便箋を取り出した。別の場所からは読書用眼鏡をとると、色鮮やかな絹のハンカチーフでレンズを丁寧に磨いてから、慎重に鼻梁の上に眼鏡を載せた。

「バザード君から届いた最新の手紙です」彼はそう説明して、読み上げはじめた。

拝啓

これまでにお送りしたエドウィン・ドルード氏に関する手紙に引き続き、わたしは喜びをもって、この数日間に仕入れた、J氏が前述のE・D氏を殺害した人物であることを示す新たな事実をご報告します。J氏の有罪が決定的となるものを手に入れしだい、あらかじめ取り決めていたとおり、〈ステープル・イン〉に戻ります。それももうすぐのことだと思っています。

それでは、さらなるご健康をお祈り申し上げています。

あなたの慎み深く忠実なる書記
サイラス・バザード

弁護士は眼鏡の縁越しにスティーヴンズと視線を合わせた。「この手紙からはバザード君は目的を果たす一歩手前まで来ているようです、スティーヴンズさん」

スティーヴンズは同意のしるしに大きくうなずいてみせた。「彼が誇張していなければ」

グルージャスはまさかというように両手を上げたが、その目は輝きをおびていた。「バザード君が誇張するなど！　いいですか、バザード君はいかなるときも話を大げさにはしません。ここだけの秘密ですが」彼は声を低めて言い添えた。「バザード君には今回の件をやり遂げる強い動機があるのです。理由をお教えしましょう。バザード君が首尾よく証拠をつかんだら、わたしが彼の劇〝不安の棘〟の上演資金を出してやると約束したからです」

「それならいっそう信憑性があるな」警視は小声ではあったが、晴れやかに言った。「ジャスパーを有罪にするのに役立つのなら、彼がつかむかもしれない手がかりはなんであろうと、当てにしていますよ。よろしければ、これまでのバザード氏の捜査状況を教えていただけると助かるのですが」

弁護士はゆっくりと読書用眼鏡を外して、悲しげにかぶりを振った。「ああ！　それができないのですよ。バザード君は慎重すぎるほど慎重な男でしてね。調査を進めているという以外、具体的にはなにも連絡してきていないのです。たとえ調査について尋ねても、彼は自分のつかんだ事実が一点の矛盾もなくつながるまではなにも教えてくれなかったでしょう」

「すばらしい！」

「ええ、立派なものです」グルージャスは同感だというようにうなずいた。「ところで、正義をなすためにお二人はクロイスタラムに戻るべきではないでしょうか。そうすれば、バザード君は探り当てたことをすべてお話しするでしょう。バザード君へそうするよう指示した手紙をお二人にお渡しします。彼が従ってくれるといいのですが」彼はばつが悪そうに付け加えた。「バザード君はなんでもまず自分に相談されないとへそを曲げてしまうものですから」

「どこに行けば彼に会えますか？〈アームズ〉ですか？」

「いやいや。バザード君はある人物がクロイスタラムでの彼の存在に疑いを抱くようになった場合に備えて、正体を隠しているのです。とりあえず、彼はディック・ダッチェリーとして――」

「ディック・ダッチェリーですと！」警視はグルージャスの言葉を遮って言った。「トープ家に下宿している白髪の老人ですか？」

グルージャスがくすりと笑った。「そうですか、バザード君は変装しているのですね。うんうん、それが賢明だったかもしれん。いやいや！ まちがいなく名案だった。盗み聞きの名人が彼に目をつけんともかぎりませんからな。ちょっとお待ちください、バザード君宛の手紙をしたためますから」

＊

スティーヴンズとアーノルドがクロイスタラムに戻ったのは、日がとっぷりと暮れてからだいぶ経ってのことだった。だが、アーノルドが翌日の朝早い時間にバザードを訪ねるのか警視に訊くと、年長者はきっぱりと首を振った。

「ほら、よく言うだろう――〝現在にまさる好機はなし〟ってな」

「たまたま未来のことまでわかっていてもですか？」衝動を抑えきれずにアーノルドが尋ねる。

「ついでに言えば、いまにも雨が降ってきそうですよ」

スティーヴンズは取り合わなかった。「バザードがジャスパーの有罪を確信するどんな証拠を発見したのか一刻も早く知りたいのだ」声にはかすかにいらだたしげな響きがこもっていた。「われわれはなんらかの重要な手がかりを見逃したのか？」

アーノルドは暗い中でにやりとした。どうやら警視は素人に出し抜かれたという考えがお気に召さないようだ。とはいえ、アーノルドは賢明にもそれを口に出したりはしなかった。次の瞬間、雨が降りはじめた。

その日は朝から雲が垂れ込めて太陽を覆い隠していたので、二人とも雨になるかもしれないと心の準備はしていた。そこで、オーバーコートの襟を立てると、門番小屋に向かってハイストリートを重い足取りで歩いていった。目的地までの道のりはたいしたものではなかったが、あたりの様子はうんざりするほど陰鬱で気の滅入るようなものだった。見える明かりはほんの数えるほどで、それも雨ですっかり煙っている。息苦しいばかりの静けさが世界を支配していた。通りにいるのは二人だけで、人影はまったくなかった。

ほどなくスティーヴンズは単なる思いつきでバザードを訪ねようとしている自分がいやになりはじめた。バザードは明日もクロイスタラムにいるだろうし、何週間もかけて見つけ出した手がかりが明日までに消えてなくなるとも考えにくい。バザードと会うことばかり考えていなければ、濡れて不快な思いをする代わりに、今頃は夜ごと〈アームズ〉に集まる陽気な人々の中にいて、彼らとともにアーノルドを上機嫌にさせる——自分もだが——こくのあるビールを飲んでいたのではないのか。

とうとう二人は奇妙な狭い石段の脇にあるドアの前に立ったが、その頃には雨は服の中まで染み込んできていて、気持ちの悪いじっとりとした感覚が背中を伝い下りた。「くそ！」アーノルドはそれまでにも少なくとも一度は悪態をついていたが、今回の語気の強さが彼の心の内を雄弁に語っていた。スティーヴンズもうしろめたさを感じてさえいなければ、同じ悪態をついていたはずだった。

アーノルドがドアをがんがん叩き、そのあと二人はドアが開くのを期待して待った。だが、いくら待ってもドアは閉まったままだ。

「きっと寝てるんですよ」アーノルドはさもうんざりしたように不平をぶちまけた。「言わせていただければ――」

「言わせてやらん」スティーヴンズは即座にはねつけた。「どうしてバザードが眠っていると決めつける？　出かけているのかもしれないじゃないか」

アーノルドはかすれた声で小さく笑った。「普通の感覚の持ち主なら、こんな土砂降りの中、出かけたりしませんよ」

スティーヴンズは声をあげて笑った。「おまえもあきらめないやつだな。言わないと気がすまないのか。もう一度ノックしてみろ」

アーノルドは命令に従い、ドアを乱暴に叩いた。

「おかしいな」スティーヴンズは落ち着かなげに身体を動かしながらつぶやいた。「背中を這い下りているのは雨だと思うが――」

「が、なんですか？」アーノルドは、警視が言いかけてやめてしまったので、先を促した。

「なんでもない」スティーヴンズはぶっきらぼうに答えた。ジャスパーの家の方へ頭を傾ける。「明かりが消えているところを見ると、通りの向かいにいるわれらの友人も眠っているんだろうな」

警視の言葉を否定するかのように、突如として窓の一つに明かりが灯った。黒っぽい人影が窓辺に近づき、窓が上に引き開けられる音がした。

「どうかしたんですか？」ジャスパーが静かに声をかけてきた。「ダッチェリーさん？」

「いいえ、ちがいます、ジャスパーさん」とスティーヴンズ。「彼に話があって来たのです。在宅かどうかご存知じゃありませんか？」

「あいにく、わたしにはわかりません。ですが、留守じゃないでしょうか。そうでなければ、わたしのように起きてきたでしょうから」

「申し訳ありません」スティーヴンズは悪びれたふうもなく謝った。それからアーノルドに、「今夜のところは引き揚げて、明朝出直してこよう」

アーノルドは降りしきる雨音に耳を傾けて顔をしかめた。「ドアさえ開けば、彼が戻ってくるか、雨がやむまで中で待っていられるんですけどね」彼はぼそぼそと言うと、言葉だけでなく行動に移し、ドアの取っ手をつかんで押してみた。

ドアは難なく開いた。「開きましたよ。中へ入りますか？」

スティーヴンズは躊躇した。ややあってから「ああ」と言うと、まだ二人をうかがっていたジャスパーをちらっと見上げてから、先に立って暗い部屋へと足を踏み入れた。

内部は真っ暗だった。なにも見えない。耐えがたいほどに静まり返っていて薄気味悪い。アーノルドがマッチを取り出そうとポケットの中をさぐっていると、スティーヴンズがその腕をぎゅっとつかんだ。

「様子が変だ、アーノルド」スティーヴンズは抑えたしゃがれ声でささやいた。「なにか臭わないか？」

アーノルドは鼻をうごめかして、ある独特のにおいに気づいた。スティーヴンズがすでに感じ取っていた惨劇の兆候をようやく察して、彼は唇を堅く結んだ。

マッチを擦るとぱっと火が燃え上がり、揺らめく不気味な炎に室内が照らし出された。二人は本能的にさっと床に目をやった。どこにもおかしな点はないように思えたが、アーノルドの身体に緊張が走った。ぎこちない動きでどっしりとしたマホガニー材のテーブルの方を指差す。その下から、グロテスクにねじれた片足が突き出ていた。

*

書記で、悲劇の劇作家で、人生のあらゆる面にドラマを見てとるバザードは、その当人が死を題材にした非情なドラマの主役、惨劇の被害者となっていた。

彼は白髪のかつらの上から後頭部を無残に殴られて殺されており、脳があたり一面に飛び散っていた。

VIII

「なんてひどい！」ややあってからアーノルドが低くつぶやいた。「抵抗する暇もなかったようですね」

「ドアを閉めろ」スティーヴンズはきびきびと命じた。「だがその前に、ジョン・ジャスパーがまだこちらをうかがっているかどうか確かめてからだ。できれば姿を見られないようにな。いいか、このマッチの火はまもなく消えるぞ」最後まで言いおわるか終わらないうちに、部屋は再び漆黒の闇に閉ざされた。それでアーノルドはあちこちぶつかりながら、二人が入ってきたドアへと向かった。

しばらくのあいだスティーヴンズは部下が動きまわる音に耳を澄ませていたが、ようやくアーノルドが再び口を開いた。「もう大丈夫です。ドアも閉めましたし、窓のカーテンも閉まっています」

新しいマッチが擦られ、音をたてて火が燃え上がった。「ジャスパーは？」スティーヴンズは訊きながら石油ランプを目で探し、目的のものを見つけた。

「部屋の明かりはまたすべて消えていました」

「おそらく彼はまだ窓のところにいて、われわれが遺体を見つけたかどうか目を凝らしているはずだ」スティーヴンズは小声で言いながらランプに火をつけた。

「では、彼が殺ったと思ってらっしゃるんですか?」

「そう思わないか? よくある話だよ。エドウィン・ドルードを殺害した犯人でなければ、ほかに誰がバザードの口を封じたがる? 殺人者は最初の犯行を隠すためなら二度目の殺人は決して躊躇しない」警視の声に容赦のない響きがこもった。「どちらの殺人であれ、あの卑劣漢が犯した罪で縛り首になるところを絶対に見届けてやる。わたしはダッチェリーの正体を知らないふりをして、この二番目の犯罪に取り組むつもりだ。ダッチェリーとバザードを結びつけられる人物を発見できたら、犯人の特定に大きく前進することになるかもしれない」

「われわれは早まっていっきに結論に飛びついているんじゃないといいんですが」アーノルドは如才なく懸念を口にした。「なんといっても、ジャスパーが甥を殺したという確証はないわけですから」

「わたしにはこの二番目の犯行がなによりの証拠だ」

「どうしてです?」

「ことの顛末は明白じゃないか?」スティーヴンズはじれったそうに問い返した。「今日という日まで、ダッチェリーは彼の言葉どおりの人物だと信じられていた。そうでなければ、もっと早い段階で口を封じられていただろう。ドルードを殺した犯人はわれわれがグルージャスの事務所に入っていくのを見てあとを追い、ドアに聞き耳をたてていたんだよ。そして漏れ聞いた内容から、自分が有罪になる恐れがあると悟った。彼はクロイスタラムに取って返したにちがいない。そのあとはもうぐずぐずすることなく、ここでバザードを殺害したのだ」

「ええ、きっとそうですね」アーノルドは相槌を打った。「ですが、ジャスパーが盗み聞きをした張本人だとは証明できません」

「ああ、そうとも。ジャスパーがバザード殺しの犯人だという証明にはならない」警視はいらだたしげに認めた。「だが、犯人が誰であるかを示唆するものはいろいろある。最初の事件でグルージャスから聞いた話では、ジャスパーは〈ステープル・イン〉の周辺に頻繁に現れ、ネヴィル・ランドレスのことをこっそり調べていた。今日もそうやって〈ステープル・イン〉の様子をうかがっていたというのは大いにありえそうじゃないか。ひょっとしたら、あの老人に弁護士の事務所の場所を尋ねていたのを聞いて、われわれに注意を向けたのかもしれない。

次に、この椅子を見てくれ」警視は自分の右手のそばにある椅子を示した。アーノルドがよく見ようと近寄ると、スティーヴンズはランプを近づけた。「血痕だ」彼は続けて、黒っぽく変色した粘り気のある汚れに言及した。「バザードが殴られた際に頭部から飛び散ったものだろう。バザードは殺害されたとき、この椅子に座って顔をドアの方に向けていたのだ」

「そのことからわかるのは――」アーノルドも上司と同じくそれが動かしがたい事実であると理解していた。口を開いたのは、単になにか言わずにいられなかったからだ。そうしながら、彼は目を忙しく動かしていた。

「バザードは自分を殺害した犯人の存在を認識していたということだ」

「バザードがいない隙に犯人がこの部屋に侵入して身を潜めていた可能性もないわけではないのでは？　それで、バザードが戻ってきて部屋でくつろいでいるときに、犯人は背後からそっと忍び寄って彼を殺したのかもしれません」

「そうだとすれば、どこに隠れていたんだ？」

「この部屋ではありえませんね」アーノルドも、室内に身を隠せそうな場所がないのはすでに見てとっていた。「ですが、寝室ならどうです？　犯人が慎重なやつなら、足音を忍ばせて寝室から出てきて、バザードに気づかれることなく椅子のうしろに立つことはできたでしょう。それに、椅子は動かされているかもしれません」

警視はうなずいた。「その点も見落としてはいない。そのテーブルの上の小ぶりのグラスに入っているのはなんだ？」

アーノルドはハンカチーフでそっとグラスを包むと、持ち上げて中身のにおいを嗅いだ。「水割りのウイスキーみたいですね」

スティーヴンズはドアの反対側の壁際に置かれた食器棚の方へ頭を傾けた。「それでは、あそこにあるグラスと、その向こうに置かれたボトルを調べてみろ」

アーノルドは指示に従った。一点の曇りもなく磨き上げられた真鍮製のトレイに、四個のグラスが伏せて置かれていた。食器棚の上には五個目のグラスが載っており、上向きで、水で薄められていないウイスキーがほんの少量入っている。その隣には、コルク栓を抜かれ——コルク栓はグラスとともに真鍮製のトレイに載っていた——中身の減ったボトルがあった。

「さて」部下から調べた結果を聞いたスティーヴンズは、再び口を開いた。「テーブルに寄せられ、バザードが座っていた椅子と直角に位置する椅子が見えるか？」

アーノルドはたしかに見えるというしるしに首を縦に振った。

「わたしの推理はこうだ」警視は説明した。「バザードが椅子に座ってウイスキーを飲んでいたとき、何者かが入ってきた。この何者かは椅子を勧められたのだろう――そこの椅子に」彼は二番目の椅子を示した。「おそらく二人は話をした――どのくらいの時間だったかは、もとより推測のしようもないが。やがてバザードは、自分で自由にウイスキーを飲んでくれと相手に言った。そいつは椅子から立ち上がって食器棚へと歩いていき、ウイスキーをグラスに注いだ。その間、無防備なバザードの後頭部がこちらに向いており、そいつは素人探偵を片付けるまたとない機会が目の前にあると気づいたのだろう。たちまち致命的な一撃を加えた」

「凶器は暖炉に置かれている火掻き棒ですね」アーノルドが言い添えて、指差した。「ここからでも汚れがついているのが見えます」

すぐさまスティーヴンズが暖炉のそばへ行き、おぞましい目的の品にランプの明かりを近づけた。アーノルドの指摘どおりだった。スティーヴンズは立ち上がり、真顔で大きくうなずいてみせた。

「バザードを訪ねてきたのは彼の顔見知りだった」スティーヴンズはアーノルドの方へ戻りながら、話を続けた。「わたしにはバザードが初対面の相手に自分でウイスキーを注いで飲むように言うとは思えないんだ」

「ぼくもそう思います」アーノルドは一呼吸おいてから訊いた。「次はどう動きますか？」

「ここに残って、邪魔が入らないうちに、手がかりになるものがないか隅から隅まで調べるんだ」スティーヴンズが答えた。「これほどできたてほやほやの現場は望めまい。家の中をくまなく捜査しおわったら、町長閣下を起こして警察とともにここへお連れしたほうがいいだろう」そう言うと、食器棚へと歩いていった。

スティーヴンズはまず食器棚からグラスを取り上げ、念入りに調べた。彼は含み笑いを漏らした。

「期待どおりだ、アーノルド。指紋がくっきりとついている。これさえあれば、いくら容疑を否認しようとも、指紋を残した人物が今夜ここにいたことは証明される」

アーノルドは相槌を打とうとして、ふとあることに思い当たった。かぶりを振る彼の目には困ったような光が浮かんでいた。

「指紋は役には立たないでしょう」

「どうしてだ？」スティーヴンズは驚きのこもる強い調子で問いただした。

「どうかいまさらからかおうとしているとは思わないでください、ですが――ただ――」アーノルドは気まずそうに言い渋った。

「ただ、なんだ？」

「指紋の照合はまだ考案されていないんです！　その指紋を証拠として提出しても、警視総監をはじめ治安判事も裁判官も、われわれがなにを言っているのか理解できないでしょう」

張り詰めた沈黙があたりを支配する。どちらも身じろぎ一つしなかった。

ようやくスティーヴンズが落ち着かなげに身体を動かした。「この状況は気味が悪いよ」げんなりした顔でスティーヴンズは片手で目をこすった。だがすぐに肩を張り、決然として言った。「理由はさておき、まずは職務のことを考えなければならない、アーノルド。どういうわけか、われわれは指紋が証拠として使えることを知っている。この知識を裁判で伝えないとな。同じ指紋を持つ人間はこの世に二人といないことを納得させられたら、公判で証拠として採用されるかもしれない」

「合致する指紋を見つけられたらの話ですけどね」アーノルドは小さくつぶやいた。

二人の刑事は速やかに仕事を進めていった。長年の捜査で身についた正確さでもって、二人は不運なバザードが住居として使っていた二つの部屋を丁寧に調べていった。

しばらくはなにも発見できなかったが、アーノルドが部屋の角に置かれた三角柱の食器棚の扉を開けたときのことだった。中にとくに目を引くようなものはなかったものの、扉の内側にチョークで短い線がたくさん書かれているのに気づいた。

「見てください」アーノルドはスティーヴンズを呼んで、自分が発見したものを示した。「これをどう思います?」

二人は額を寄せ合ってチョークで粗く書かれたしるしを調べたが、どちらもなんのことかさっぱり見当がつかなかった。ついにスティーヴンズが言った。「わたしには飲み屋が伝票代わりにつける符牒のように思えるが」

アーノルドの目が輝いた。「きっと符牒ですよ。バザードは手がかりを符牒にして記録していたんです。ほら！　短くて細いのもあれば、太くて長いのもある。新しい発見をするたびに、それが重要かそうでないかを記録してあるんですよ」

スティーヴンズはうなずいた。「おまえの読みは当たっていると思うぞ、アーノルド」彼はおもむろに同意した。「そして、最も長く太く書かれた線が最後のものだ。このほかになにが見つかるだろうか」

ほかにはなにも見つからなかった。二人の努力は空振りに終わった。役立つかどうかわからない指紋つきのグラスを除いて、バザードの死の謎を解く鍵となりそうなものはいっさい出てこなかった。エドウィン・ドルードの事件に結びつくものも一つとしてない。すでに犯人が部屋を捜索したのか、それともバザードが記憶に頼っていたのか、どちらにしても、彼が苦労して集めた手がかりは残らず闇に葬り去られていた。

床や椅子に湿った箇所はなく、濡れた形跡もないことから、殺人は雨が本格的に降りはじめる前に行われたものであるのは確かだった。だがいずれにしても、二人が硬直していく遺体と乾いていく血糊を横目に、自分たちで判断できそうなのはこれくらいだった。

時間が過ぎていくほどにスティーヴンズの表情はいっそう厳しくなっていった。「この件はわたしが期待したほど単純なものにはなりそうにないな」ついに彼は力なく言った。「グラスにウイスキーを注いだことを別にすれば、犯人はほかにはなにもせず、火掻き棒をとってバザードを殺し、部屋から立ち去った。いかにも、われわれが確信しているようにジャスパーがバザード殺しの犯人だとすれば、彼はどちらの部屋にも密かに入り込み、誰にも気づかれずにまた出ていける」

捜索に納得がいかなくて、二人はもう一度バザードの住居を調べたが、なんの成果も得られなかった。

警視は肩をすくめた。「きりがないな、アーノルド。ほかでなにか発見できると期待するしかない。もうサプシーを呼びに行ったほうがいいだろう。音から判断して、雨はすでにやんでるぞ」

「よかった!」

アーノルドはトマス・サプシー氏の家へと向かいながら、警視と捜査をしている二つの殺人事件――あるいは連続殺人――についてじっくり考えていた。上司の推理に不備を見つけ出そうとしたが、うまくいかなかった。ほんのつかのまだったが〝ダッチェリー〟を目にしたときのことを思い出して、どう見ても善良そうな老紳士に殺意を抱くのは保身以外に考えられないと思った。

そうした仮定に立って事件を眺めてみると、どうしてもジャスパーがエドウィン・ドルードおよびバザードを殺害した犯人ということになる。もし……とアーノルドは独りごちた。もし、ジャスパーが甥の死に無関係だったとするならば、真犯人――仮にXとしよう――がいることになる! 彼は仮定を続けた。そのXなる人物がバザードがジャスパーを有罪にしようとしていることに気づいたとしたら! 素人探偵を黙らせるためにバザードを殺すだろうか? いや、ありえない。バザードがジャスパーが甥殺しの犯人だという証拠を集めれば集めるほど、Xなる人物の身は安全になるのだから。

いやいやそうではなく、今度はバザード殺しの犯人をXとして、ジャスパーをドルード殺しの犯人だとしたら！　Xなる人物はどうして自分ではなくジャスパーの脅威となっているバザードを殺害しなければならない？

考えうるかぎり、ああでもないこうでもないと仮説や推論を立てて、引き算していくと、どうやっても残るのは未知のXなる人物ではなく聖歌隊長のジャスパーとなる。ジャスパーこそドルードを死に至らしめた張本人であり、バザードを手にかけた犯人だ――

突然アーノルドの考えは荒々しく断ち切られた。脇道に通じる角を通りすぎたとたん、暗がりをなにかが鋭い音とともに飛んできて、彼の帽子が頭からはたき落とされ、よりにもよって雨上がりの泥水が集まって渦巻いているところに落ちた。

アーノルドは大声で悪態をつき、勢いのある水流に乗って遠くへ運ばれかねない帽子をとろうと突進した。帽子を取り戻した彼は、脇道に目を凝らし、異様な光景にでくわした。

二十ヤードほど向こうの、建物の窓から明かりがこぼれているそばで、男が濡れた舗道に座り込み、満足げな表情で壁にだらしなくもたれて、ボトルからなにか飲んでいた。暗くてはっきりとはわからないものの、アーノルドの目には、男が大いに楽しんでいるかのように映った。早い話、男は明るく晴れた日に森の中の空き地で樹の下に座っているような感じだった。

だが、それだけではなかった。さらに通りの先で、少年が飛び跳ねている姿がおぼろげに見てとれた。少年は肺に異常はないと証明するかのように力いっぱい口笛を吹いたり、大声でわめいたりしていたが、それと同時に舗道に座った男に石を投げつけていた。いきなりアーノルドの頭から排水路へ帽子をはたき落としたのは、その石の一つのようだった。

「いったいなんなんだ――」アーノルドは目を丸くした。

刑事の存在など意にも介さず、汚らしい身なりの悪童は休みなく男に向かって石をぶつけていたが、当の男はといえば、石つぶてのいくつかは頭に当たりかねないほど近くまで飛んできはじめているのに、動じることなくボトルの中身をぐびりぐびりとやっている。

思わず町長への使命を忘れて、アーノルドは石を投げている少年に向かって――途中で生きた標的の脇を抜け――通りを走っていった。

「おい、なにをやってるんだ、そこのおまえ」彼は怒鳴った。

少年はふんといった様子で答えるのは拒んだが、飛び跳ねて大声で歌った。

ウィディ、ウィディ、ウェン！
十時を――過ぎたら――探しに――行くんだ
ウィディ、ウィディ、ウァイ！
そんで――あいつが――帰らねえときゃ――的当てしてやる
ウィディ、ウィディ、起きろと警告してやるのさ！

最後の文句は声を張りあげて強調し、少年の右腕が弧を描いたかと思うと、アーノルドの耳に、石が舗道に座った男の胸に命中した音が届いた。投げた当人は勝利の雄叫びをあげて命中したことを喜んだ。男のほうはどうかというと、アーノルドが驚いたことに、その一撃にまったく注意を払わなかった。

「石を投げるのをやめろ、この残忍な悪がきめ」アーノルドは叫んだ。「どういうつもりだ？あの男を殺す気か？」

少年はアーノルドの手が届かないところで踊るように飛び跳ねた。「おれがダードルズを殺そうとしたって！」小ばかにしたように叫び返す。「家に帰そうとしてんだよ。あいつは飲んだくれて、十時も過ぎてらあ」

「それと彼に石を投げるのとどう関係がある？」

「石を投げることで金をもらってんのさ、あいつが夜遅くなっても家に帰ってないときによ」

アーノルドは少年の話を信じていいものか迷ったが、疑わしきは罰せずの精神でいくことにした。

「おまえの名前は？」

「デピュティ」

「助手《デピュティ》だって！　ずいぶん変わった名前だな」

「おれが働いてるとこじゃ、みんなそう呼ばれてる。ほかの名前なんざ知らねえ」

「どこで働いているんだ？」

「〈トラヴェラーズ・トゥーペニー〉さ。そこで下男をやってて、あいつは――」いまでは舗道に寝転んでいる男を指差す。「家に帰らせりゃ週に半ペニーくれるんだ」アーノルドが止めるより早く、少年はまた石を投げ、今度も見事に標的に命中した。

今回の投石は効果があった。アーノルドの予想を裏切って、デピュティの雇い主は起き上がると、ぶるんと身体を震わせ、よろめきながらなんとか立ち上がったのだ。それから端に大きな包みを結びつけた棒を左肩に担いで、右へ左へとふらふらしながらハイストリートの方へ歩きだした。

「やっとだぜ」デピュティが誇らしげに声をあげ、アーノルドに舌を突き出してみせた。「言っただろ？　これでようやくご帰還だ。おれはこいつで週に半ペニー稼いでんのさ」その言葉を強調するため、彼はもう一つ石を投げたが、狙いはかなり外してあった。

これ以上は口出しするまでもないと感じたアーノルドは、通りの真ん中を歩いていく酔いどれを一ヤードうしろからまだ追っているデピュティとともにハイストリートの方へ向かった。

このときになって初めて、アーノルドは石投げ少年をまともに見た。〝きれい〟という言葉とはまるで縁のない少年だった。顔は恐ろしく不細工で、服は一つにつながっているのが不思議なくらいにぼろぼろだった。

あまりのみすぼらしさに同情を誘われ、アーノルドはポケットから二枚の銅貨を取り出した。「ほら、デピュティ、受け取れ」アーノルドは少年に銅貨を放り投げ、デピュティは飛びつくようにして素早く金をつかみとった。「これからは石をあんまり強く投げつけるなよ、大怪我をさせるといけないからな」

デピュティは金をくれたことに礼を言おうとはしなかった。「ダードルズを傷つけられるやつなんていないさ」

三人はハイストリートに到着し、ダードルズは残忍なお供を従えて左に曲がっていった。一方アーノルドは右に曲がり、いったん中断していたご立派なサプシーの家を訪ねる旅を再開した。

競売人の住まいであり、その職業を示しているおぞましい彫像のすぐそばにある窓はどれも明かりが消えていた。アーノルドはうめいた。町長はもうすっかり寝入っていて、叩き起こされることを喜ばないのはまずまちがいなかった。

なにより恐れていたことが現実のものとなった。アーノルドが、二百年間も眠っていたとされるエフェソスの七眠者さえ起こせそうなくらいの音で何度もドアを叩いたあと、かんぬきがいくつも外され、鎖ががちゃがちゃぶつかり、鍵がまわされる音が聞こえてきた。そうして、長いフランネルの寝間着に赤いフランネルのドレッシングガウンを着て、同じく目にも鮮やかなナイトキャップをかぶり、炎が揺らめく蠟燭を高く掲げたサプシーが目の前に現れた。

「きみは誰だね？　こんな時間にいったいなんの用事だ？」サプシーは怒りもあらわに太い声で問いただした。

「ロンドン警視庁のアーノルド巡査部長です、町長」アーノルドはできるかぎり重々しい口調で告げた。「警視と――いえ、その、スティーヴンズ警部補と数日前にエドウィン・ドルード氏の失踪の件でこちらにお伺いした者です」

「おお、そうだった、そうだった！　きみを忘れちゃおらんよ。しかしだね、夜のこんな時間に――」

「緊急の用件でなければ、おやすみのところをお邪魔したりはいたしません」アーノルドはきっぱりとした口調で町長の言葉を遮った。「至急トープ夫妻宅まで町長にご足労いただき、地元警察も呼んでくるようスティーヴンズ警部補に申しつかってまいりました」

「わたしと――警察を――トープ夫妻宅に？」このときばかりは、サプシーも平静さを失っていた。口をぽかんと開け、刑事をじっと見つめている。

「そうです、町長。残念ながら、恐るべき犯罪が行われたとお伝えせねばなりません」

〝犯罪〟の一言で町長は治安判事らしい威厳を取り戻した。「これこれ！」大声でたしなめるように言う。「まさか、みなに尊敬されているあの聖堂番が――」

「いいえ、トープ氏ではありません。下宿人のバザ――いえ、ダッチェリー氏が殺害されたのです」

「殺害だと！」町長の恰幅のいい身体が痛烈なパンチを見舞われたかのように、いきなりぶるんと震えた。またしても口をぽかんと開け、アーノルドはブライトン水族館で目にした板ガラス越しにこちらをぼんやりと見つめていたある種の魚を連想した。「殺害だと！」町長は繰り返した。

アーノルドはもどかしそうにうなずいた。「そうです、町長。状況を鑑みて、スティーヴンズ警部補は、町長が犯行現場においでになるのを当然とお考えになるのではないかと判断しました」

サプシーは尊大に胸を張った。「スティーヴンズ警部補の判断は正しい。わたしは誰にも職務に熱心でないと言わせるつもりは毛頭ないぞ。家の中に入って少し待ってくれるなら、服を着替えて犯罪現場へ同行しよう」

そう言い残すと、サプシーは踵を返して暗い家の奥へと消えていった。

IX

アーノルドが町長を呼びに行っているあいだ、スティーヴンズのほうも聖堂番とその妻を起こしたり、聖堂番の手を借りて遺体を寝室へ運んでシーツをかけたりと忙しくしていた。二人がこの吐き気をもよおすような仕事をどうにかやりおえた頃、アーノルドが町長とビーバーの毛皮の山高帽をかぶった巡査を連れて戻ってきた。

スティーヴンズはただちに本題に入った。サプシーにアーノルドと遺体を発見した状況を手短に説明し、町長が意見を口にするのを待つことなくトープに向き直った。

「それでは、トープさん、これからいくつかお訊きしますので、できるかぎり答えていただけると助かります」

「わかりました」

「まず、下宿人は誰ですか？」

トープはぽかんとした表情で、だがしげしげと警視を見つめ返した。「ディック・ダッチェリーさんです」

つまり聖堂番はダッチェリーが正体を偽っていることに一枚嚙んでいたわけではなかったのだ

と、スティーヴンズは思った。「どのくらい前から彼はここを借りていたのですか?」

トープは念入りに指を使って数えた。「今度の木曜で八週間になります」彼はややあってからきっぱりと答えた。

「どういういきさつで下宿することになったのでしょうか」

聖堂番は不思議そうに首を振った。「そう言われてみると、これまでそんなことは考えてもみませんでした。ダッチェリーさんはただ来たんです」

「それで?」

「二つの部屋を見て回って、こういう静かで落ち着く部屋を探していた、家賃はいくらかとお尋ねになりました」

「で、あなたは答えた?」

トープは申し訳なさそうな目を刑事に向けた。「はい。そうするとダッチェリーさんはその場ですぐに部屋を借りたい、わたしどもの人となりを証明する人物を紹介してくれるなら家賃も支払うと言いました。それで、悲しげではあるけれど親切で立派な紳士であるジャスパーさんなら、その役を引き受けてくれるはずだと申し上げました」

「ジャスパー氏は引き受けたのですか?」

ここでサプシーが割り込んできた。「たまたま知っているのですが」もったいぶった口ぶりで言う。「ジャスパー氏はこのきちんとした夫妻の人物証明をしてさしあげたのです。トープ夫人がダッチェリー氏の名刺を持ってやってきたとき、わたしはジャスパー氏の部屋を訪ねていましてね。ジャスパー氏はダッチェリー氏を自分の部屋へ招きました」彼は懐かしむように顎をなでた。「実に残念な世の中ですな」大げさに嘆いてみせる。「あんなに感じのいい紳士が。ダッチェリー氏は身のほどをよくわきまえた人物でしたよ」

スティーヴンズはそっけなくうなずいてみせた。「彼はクロイスタラムは初めてだったのでしょうか」

「ええ、そうです」サプシーが答える。「引退した外交官でした。考古学に興味を持っていて、そういうわけでこの立派な町へ、堂々たるわれらが大聖堂を見に来られたのですよ。そうそう付け加えておくと、ダッチェリー氏はわれわれの美しい町がすっかりお気に召して、ここで骨を埋めたいと望んでおられました」

「望みは叶ったわけですね」スティーヴンズはにこりともしないで、ぼそりと言った。

「まさしく《アーメン》！」町長は敬虔な口ぶりでつぶやいた。

「彼を訪ねてくる人は多かったのですか？」スティーヴンズはトープに質問した。

「ダッチェリーさんを訪ねてくる人なんていませんでした。わたしの知るかぎりでは、うちへ来て以来、一度も客人はありませんでした。ただ、外では道行く人がときどき彼に呼び止められて話をしたりはしていましたが」

「彼はよく外出していたのですか？」

「天気がよければ、たいがい毎朝。それに、午後も出かけることがありました」こう答えたのはトープ夫人だった。大粒の涙がぽろぽろとこぼれ落ちてハンカチーフを濡らしていく。「あんなにいい人はどこにもいませんよ、世界中探したって」彼女はしゃくりあげた。

「ええ、そうでしょうね」スティーヴンズはじれったそうに言った。「ダッチェリー氏が朝に外出したときですが、ひょっとして行き先に心当たりはありませんか？　友人を訪ねるとか、誰かと会うとか聞いたことは？」

彼女はかぶりを振った。「ダッチェリーさんは物静かなかたで、あまりおしゃべりをしませんでした。大聖堂がとても気に入っておられて、塔にのぼったり、古い廃墟を丹念に探索してまわったりしていました」

スティーヴンズは眉を寄せた。ダッチェリーの動きをたどることができれば、彼が発見した手がかりに行き当たるかもしれないと信じていたからだ。だが、どうやらそうやすやすとは期待どおりにいきそうになかった。

「実際のところ」スティーヴンズは重ねて訊いた。「あなたがたご夫妻は下宿人について、二つの部屋を専有していることと品行方正なこと以外、ほとんど知らないも同然だったのではないですか？」

夫妻はどちらもうなずいた。「品行方正を絵に描いたようなかただったとは言えると思います」トープ夫人は涙ながらに言い添えた。

「今夜はどうだったのでしょうか。死の瞬間までずっと家にいたのでしょうか。それとも、いったん外出して、また戻ってきたのでしょうか」

「ダッチェリーさんは、家内がパンとチーズとグラス一杯のビールを午後一時に運んでからは出かけていません」

「そうたしかですか？」

「たしかというわけでは……おわかりいただけると思いますが、わたしはあれやこれやで、しじゅうあっちへ行ったりこっちへ行ったりしているものですから。ただ今日にかぎって言うと、時計が五時を打った直後に、聖堂参事会長に呼び止められて、『いいかね、トープ、これまでどれほどの人をわれらが大聖堂に案内して――』」

スティーヴンズはさっとトープの言葉を遮った。「聖堂参事会長がなにをおっしゃったかは気にしないでください。今夜ダッチェリー氏が出かけたかどうかはっきりしないんですね？　たいしたことではないのです。彼が誰かと会って一緒に家に戻ってきたかどうかを知りたいだけなんですよ。今夜、誰か彼を訪ねてきたかご存知ですか？」

「いいえ。わたくしどもは今夜ダッチェリーさんがどんなふうに過ごしていたのか知りません。少なくとも、わたしは知りません。おまえはどうだい、マーサ？」トープは妻に顔を振り向けた。

彼女はかぶりを振った。「あたしも知りません」

スティーヴンズは少し考えてから次の質問を口にした。「あなたはジャスパー氏の世話もしているんでしたね、トープ夫人？」

「はい、そうです」

「ジャスパー氏にもなにか怪しいものを見たり聞いたりしていないか確かめなくてはなりません。彼は何時頃ロンドンから戻ってきましたか？」

「七時半頃です」

スティーヴンズはアーノルドと素早く目を見交わした。二人がそうではないかと疑っていたとおり、ジャスパーはロンドンに行っていたのだった。

＊

スティーヴンズはさらにトープ夫妻に質問を重ね、町長にもいくつか尋ねたが、それ以上ディック・ダッチェリーの動向に関してわかったことはなかった。誰もダッチェリーは感じのいい物静かな老紳士で（変装をとったら、比較的若い男性として現れるとは、みじんも思っていない）、唯一の趣味が朝に大聖堂の境内の周辺を散策することらしいという以外、なにもわかっていないようだった。

ついに、警視は訊くべきことがもう思いつかなくなって、老夫妻をベッドに送り返すことにし、サプシーに引き続き捜査をまかせてほしいと申し入れ、町長は尊大かつ責任感を漂わせた態度でそれを承諾した。一段落ついたスティーヴンズとアーノルドは〈アームズ〉へ戻り、嬉々として一パイントのビールを飲んだあと、ベッドに倒れ込んだ。

翌朝早く、二人は手始めに〈アームズ〉から捜査を再開した。ダッチェリーのことでなにか耳にしていないか宿屋の従業員たちに訊いてまわったが、誰もなにも知らないようだったので、〈クロージャー〉へ足を延ばした。

そこでいくらか収穫があった。食堂の給仕係の一人がダッチェリーのことをよく覚えていた。ダッチェリーは〈クロージャー〉で食事をしたことがあって、注文した料理が来るのを待っているあいだ、彼は火の気のない暖炉を背に立ち、世の人々に――といっても、そこには給仕係しかいなかったが――自分は分相応の暮らしをしている独り身の老いぼれで、暇を持て余している役立たずではあるが、クロイスタラムにしばらく滞在したいと思っていると喧伝していた。

それだけでなく、独り身の老いぼれにふさわしい下宿は見つかるだろうかと給仕係に尋ねていた。

希望は叶うだろうと答えた給仕係に、ダッチェリーは帽子掛けから帽子をとって内側を見るよう求め、給仕係が要望どおりにすると、帽子の内側の札に〝ダッチェリー〟と記されていた。

「わしはディック・ダッチェリーと言うんですよ」老人はまちがいのないように念を押した。

「そのあと彼は」給仕係は続けた。「人通りがあまりない場所で、時代があって建築学的で使い勝手のよくない下宿はないだろうかと言ったんです」

「それできみは――」

「希望にぴったり合う使い勝手のよくない下宿があると答えました」給仕係は自分の洒落っ気にうっすらと笑みを浮かべた。

「きみがトープ夫人を訪ねるよう進言したのだね？」

「おっしゃるとおりです。というのも、彼が大聖堂風の建物がいいと言ったものですから」給仕係は認めて、愚鈍そうな顔に驚きの表情を浮かべた。「でも、どうしてあなたにそのことがわかったのか、皆目見当がつきません」

「自分の足取りをごまかそうとするとは、バザードはなかなか知恵がまわるな」スティーヴンズは〈クロージャー〉をあとにしながらアーノルドに言った。「おそらく、いやでも人目を引く行動をとっておけば、何者かが彼に不審を抱いてその足取りをたどろうとしても、なんら疑惑を深めるものは発見できないという寸法だ。くそ!」彼は荒々しく悪態をついた。「そもそもどうしてバザードはわれわれにグルージャスに会いに行くようメッセージを送る前に、正体を明かしてくれなかったのか。ドラマというものにそこまで入れ込んでいなければ、いまも生きていただろうし、ジャスパーは収監されていたかもしれないのに」

「これまでにわかっているバザードの足取りからは、誰も彼に疑いを持つようには思えませんね」

「それではますます盗み聞きの名人がグルージャスとわれわれの会話を盗み聞きしたという仮説は正しいことになるな」スティーヴンズは時計に目をやった。「乗合馬車がそろそろやってくる頃だ。散歩がてら通りを歩いていって、ジョーの手が空くのを待とう」

通りの角まで歩いていくと、乗合馬車が旅行客を吐き出すいつもの光景が繰り広げられているところで、二人は二つの事件について議論を続けた。

「ジャスパーに証拠を突きつけてバザードの死の責任を問えるといいんですが」アーノルドがぼやいた。

「おまえはバザード殺害の件で有罪判決を勝ち取るほうがドルード殺害の件より容易いと思っているのか?」

「そうじゃありませんか？　少なくともバザードが死んでいることは確かですし、死体がどこにあるかもわかっているわけですから。われわれがいくらドルードの死を確信したところで――死体はどこにあるんです？」

＊

どうやら時は流れてもスティーヴンズの予測が当たらないという点は変わらないようだった。たしかにジョーは、ジャスパーがその日ロンドンから列車で到着した乗客らとともにストルードの駅を降りてきて乗合馬車に乗ったと太鼓判を押し、それは聖歌隊長がロンドンにいたという頑然たる証拠となった。

ジョーと別れて〈アームズ〉に戻ったスティーヴンズとアーノルドは、それぞれ鉛筆と紙を前に座って、時間軸に沿ってジャスパーの行動を書き出していった。一覧を完成させたスティーヴンズが顔を上げてアーノルドを見やると、彼も書き出しおわっていて、期待に満ちた目を警視に向けていた。

「彼には犯行に及ぶことができたな、アーノルド」

「はい。ジャスパーは危険を察知するとただちに鉄道駅へ急ぎ、早めの列車に飛び乗った。七時半頃にクロイスタラムへ帰ってきた彼は、二階の自分の部屋に戻り、トープ夫人に帰宅を知らせた。おそらくジャスパーはバザードの玄関ドアが見える窓辺へ椅子を持っていって見張っていたんでしょう。あたりが暗くなるとすぐに、彼は哀れなバザードが部屋でくつろいで身を休めていると判断し、夜のそんな時間には滅多に人が門番小屋のあるアーチ門を通らないことも承知のうえで、足音を忍ばせて裏口の階段を下りていった。さっとあたりに目をやって誰にも見られていないことを確認したあと――彼を目撃できたのは通りがかりの人間だけで、ぼくの記憶ちがいでなければ、どこの建物の窓からも見ることはできない――通路を横切って二ヤード先のトープ家の階段を下りた。

きっと『こんばんは、ダッチェリーさん、今夜はお一人ですか？』とか声をかけたんでしょう。バザードはなにか口実をこしらえて部屋に招き入れ――蜘蛛の巣に猛然と足を踏み入れる虫の心境でしょうか――ジャスパーは誰にも気づかれずに中へ入った。

二人はしばらくおしゃべりをし、やがてバザードが『ご自由にウイスキーをやってください、ジャスパーさん』と言う。ジャスパーは心置きなく飲ませ、その口が軽くなることを期待してでしょうね。自分で酒をグラスに注いでいたジャスパーは、またとない機会が目の前に転がっていることに気づいて、火掻き棒を手にバザードを殺害した。犯行後、彼は玄関ドアへと行って、外に人の気配がないか確かめてから、急いで通路をわたって裏口の階段へ戻り、自室へと上がった。そのあとベッドに入った」

スティーヴンズはむっつりとうなずいた。「おまえは一連の事件をいやになるくらいよく推考しているな、アーノルド。とはいえ、この時点でわれわれにできるのは、トープの階段の方へ門を横切って行くジャスパーを目撃した者がいないか、とりあえず聞き込みを始めることくらいだ」

そこで二人は、ジャスパーがバザードを殺害したという前提のもとに、翌日から二日かけて捜査を進めた。

取りかかってみればそれは困難をきわめる大変な作業であり、二人は忍耐の限界に達しようとしていた。ディック・ダッチェリー殺人事件はセンセーショナルで、クロイスタラムの住人たちはその話題で持ちきりとなり、検死審問――バザードの死んだ翌日の午後に開かれた――でダッチェリーが誰もが信じていたような人のよい白髪の老人ではなく黒髪の青年だとわかったとき、その興奮は百倍にも増した。この事実が明らかにされるが早いか、知ったかぶりをする人の数はうなぎのぼりとなり、妙なもののはずみで、たちまち彼が変装していた理由があれこれ取り沙汰された。

「ダッチェリーさんは警察の密偵だった」という噂は、数時間で町じゅうを駆け巡っていた。「彼がクロイスタラムへ来たのは、ドルードさん殺害の件でランドレスを有罪にする証拠をつかもうとしてのことだ。ダッチェリーさんを殺したのはランドレスにちがいない」人々はネヴィル・ランドレスがクロイスタラムから遠く離れた場所にいることなど意にも介さなかった。なにしろ、ランドレスの主人である悪魔が手を貸し、彼はクロイスタラムにこっそりやってきて、また誰にも見られずに町を出ていったのだから。「ジャスパーさんについては――彼は自分の身を心配したほうがいい。気の毒なドルードさんを殺した犯人を探し出してみせると誓うのではなくて」

初めこそスティーヴンズとアーノルドは人々が進んで捜査に協力してくれるきっかけになると期待してこうした噂を歓迎していたが、まもなく自分たちの考えがどれほど甘かったかを思い知ることになった。彼らこそ警察の密偵であり、世の例に漏れず、自由を愛し自主性を重んじるイギリス国民にとって私服の刑事というものは忌むべき存在だった。彼らが激しく食ってかかっても、怒鳴っても、脅しても効果はなし。人々は二人を興味なさそうにちらりと見て、すぐに立ち去らなければ巡査を呼ぶと言うだけなのだ。実際に、怒った店主が巡査を呼び、サプシーがいなかったためにスティーヴンズはそのまま警察署まで連れていかれそうになったが、幸いにも偶然そこへ町長が現れて事なきを得たということもあった。

何度か不愉快な経験をしたあと、二人は知恵を身につけた。警察の密偵呼ばわりされたときには、素早く切り返すのだ。「ランドレスが気の毒なドルード氏を殺害した犯人であれば、あなたは彼をこのまま野放しにしておいてよいと思うのですか?」こう質問すると、尋ねられた側は非難の言葉を投げつけるのをやめて考え込むこともあれば、ときには、その結果として、刑事たちの事情聴取にしぶしぶ応じることもあった。

だが、アーノルドがスティーヴンズに言ったとおり、「ランドレスはこんなろくでもない村に——失礼! 町というべきでしたか——住んでなくてよかったですよ。連中が自分たちの誇る住民の一人がわれわれの本当の捜査対象だと勘づきでもすれば——もう、どうなることやらですよ!」

捜査の対象を置き換えているため、二人は事情聴取にあたって、まずどうでもいい会話や説明にかなりの時間を費やしてから、殺人事件があった夜に門番小屋の付近で誰か見なかったかさりげなく尋ねるという回りくどいやり方をとらざるをえなかった。それで聞き込みを始めてから三日目の終わりになっても、初日より少しもジャスパーの有罪の証明に近づけていなかった。

「お手上げだな、アーノルド」その夜スティーヴンズは沈んだ声で言った。「われわれ二人で、なにか知ってそうな人物には残らず当たった。バザードを殺ったのが誰であれ、そいつは一筋の稲妻のごとくさっと走っていったようだ」

「たとえがおかしいですよ」アーノルドは小さく陰気に笑った。「稲妻なら目に留まりますからね」長い沈黙が流れた。「このまま聞き込み続けても意味ないんじゃないですか？」

スティーヴンズは肩をすくめた。「そんなこと誰にわかる！」苦々しそうに言葉を吐く。「バザードの頭蓋骨を砕いたやつをなんとしてでも捕まえると心に誓った——なのに、ちくしょう、次に打つ手はないのか？」

「まだ指紋は調べていません」アーノルドがスティーヴンズに思い出させた。

スティーヴンズは重々しくうなずいた。「そのとおりだ。これからわたしの部屋へ戻って、すぐに取りかかろう。指紋照合はこの時代には開発されていないとおまえに指摘されたあとでは、指紋に証拠としてのどんな価値があるのかさっぱりわからんがな。くそ！　この時代に刑事になんぞなるべきじゃなかった」

「でも、なってますよ」アーノルドは念のために言い、にやりとした。

＊

宿の部屋に戻ったスティーヴンズは、バザードの食器棚から押収していたグラスを包みから慎重に取り出した。グラスを予備のテーブルの上に置き、少し滲んだ指紋を指差した。

「ほら、ここだ、アーノルド」

「ええ、かなり鮮明に残っていますね。吹付け器の代わりになにを使うつもりですか？」

「吹付け器など必要ないさ。これがある！」スティーヴンズはテーブルの引き出しから、タルカムパウダーの入った小さな包みを取り出した。彼がその日になんとか購入しておいたものだった。少量を手の甲に載せてグラスに近づけ、粉をしかるべき方向にそっと吹いた。

しばらくして舞い散る粉が落ち着くと、二人は待ちかねたようにグラスを見つめた。グラスの表面に四本の指の跡がくっきりと浮かび上がっている。スティーヴンズはグラスの向きを変えて、同じ動作を繰り返した。反対側からは親指の跡が浮かび出た。

「これの分類を書き留めろ、アーノルド」スティーヴンズは勢い込んで言った。目を細くして指紋をのぞきこむ。「左手、a―a―a―l／i――親指は――w――」すぐに彼はゆっくりとした間隔で読み上げていった。

詳細な調査に満足して、彼はグラスをテーブルに戻した。「それでは」ここ数日よりずっと弾んだ含み笑いを漏らす。「今度はジャスパーの指紋を手に入れよう」アーノルドに目を向け、眉を上げてみせた。「どうかな？」

アーノルドは首を縦に振った。目が生き生きと輝き、口元にはかすかな笑みが浮かぶ。「ぼくにまかせてください」自信たっぷりの言い方だった。「うまくやってみせますよ」

*

次の朝、スティーヴンズとアーノルドは門番小屋に赴くという行動に打って出た。日曜日の朝で、クロイスタラムの住人は教会へ行くのにふさわしい一番の晴れ着に身を包んでいた。そう言ってよいなら、その朝のハイストリートは史上最高の人出でごった返していて、みな同じ方向――大聖堂を目指して進んでいた。鐘の音がこだまし、あたりは美しい音色に満ちていた。

「今朝ぼくたちがゴルフかテニスを始めたらどうなるでしょうね」アーノルドもスティーヴンズとともに町の人々と同じ方向へ縫うように進みながら、小声で言った。

警視は顔をゆがめた。「おそらく神への冒瀆かそういったたぐいの罪で、明日の朝までには逮捕されているだろうな」そのとき、鐘の音がやんだ。「すばらしいタイミングだ。われわれが門番小屋へ到着する頃にはジョン・ジャスパーは聖歌隊を指揮するのに余念がないはずだ。聖人の皮をかぶった悪魔だな、あいつは!」

二人はできるだけゆっくり歩いて、しだいに目的地へと近づいていき、その頃には首尾よく人の流れの最後尾についていた。まったくのところ、門番小屋に着いたときには、もう数人の姿しか見当たらず、町の主要な人物はみな朝の礼拝に向けて会衆席に腰を落ち着けていた。

二人は裏口の階段をのぼってジャスパーの部屋の前に立ち、スティーヴンズがドアを叩いた。彼はそうしながら、部下の方に首を振り向けてウインクをした。「トープ夫人をなんとかすると請け合ったこと、忘れるな」

アーノルドはうなずいた。「大丈夫です。彼女は人のよいご婦人です。われわれに魂胆があるなど勘ぐることもできないでしょう、たとえやってみようとしたって」

二人はしばらく待った。呼び出しに応えはない。少し間をおいて、スティーヴンズがもう一度、だが今度はさっきよりも大きな音でドアを叩いた。再び待っても、ドアは閉じられたままだ。

アーノルドがぱちりと指を鳴らした。警視の方に顔を向けて苦笑する。「きっとトープ夫人も礼拝に出かけてしまったんですよ」

「くそ！」スティーヴンズはアーノルドをひたと見据えた。目に奇妙な色が浮かんでいる。「トープ夫人が留守であることがはっきりしているなら、ここは思い切って押し入っても——」

「押し入るんですか？」

「単なる言葉のあやだよ」スティーヴンズは慌てて説明した。「わたしは鍵を開けるのがなかなかうまいんだ。誰にも知られずに入り込めるなら、それに越したことはない。もっとも、おまえが驚異の創作力で考え出した世にも不思議な言い訳話は無駄になってしまうがね」彼はまじめな顔で締めくくった。

アーノルドは声をあげて笑い、今度は彼がドアを叩いてみた。寝る子も起こすほどの大きな音だ。二人は待った。だがやはり、なんの反応もなかった。

だしぬけにスティーヴンズが頭をくいと傾けた。「やるぞ！」ポケットから太めのヘアピンを取り出し――「メイドがベッドカバーの上に落としていったものだ」と持っていたわけを話し――おおざっぱなZ字形に折り曲げて、一方の端を鍵穴に差し込んだ。交互にひねったりまわしたりしているうちに、突然かちりと音がした。すぐさまドアの取っ手をまわす。ドアは内側に開いた。

「お見事《ブラボー》！」アーノルドは上司に賞賛を浴びせながら、階段の下に素早く視線を走らせ、誰にも見られていないことを確認した。

スティーヴンズは用心しながらジャスパーの部屋に足を踏み入れた。中に入った二人はそこで足を止め、あたりをさっと見回して、ジャスパーの指紋だけがついていそうなものがないか目で探した。すぐにはこれというものが見当たらなかった。

先に望みの品を発見したのはアーノルドだった。低く抑えた喜びの声をあげて、部屋の大半を占めているグランドピアノへと向かった。

「ピアノの蓋の部分には無数の指紋がついているはずです。トープ夫人だってすべては拭き取れないでしょう」アーノルドは理由を述べた。磨き上げられたピアノの表面を舐めるようにして調べていく。「見てください」彼は言って、指で示した。「ここにいくつか指の跡があります。ほら、そこにも。ここのは右手ですね。そっちのは左手だ」

スティーヴンズは大急ぎでポケットからタルカムパウダーを取り出すと、指紋に向けて粉を吹きかけた。つややかな紫檀の表面に指紋がはっきりと浮かび出る。警視は目を近づけた。

「左手、o—l—a—a、親指は、w—」スティーヴンズは読み上げた。

二人とも緊張して黙り込んだ。

「おまちがえになったんじゃありませんか」アーノルドがかすれた声でささやいた。「二つの分類は一致しません」

苦虫を嚙みつぶしたような顔をして、スティーヴンズは指紋に向けてさらにタルカムパウダーを吹きかけた。「左手、o—l—a—a」彼は読み上げた。

二人はうつろな目を互いに向けた。真実は火を見るよりも明らかだった。自分たちは見当ちがいの相手を追っていたのだ。グラスについていた指紋はジャスパーのものではなかった。

X

スティーヴンズとアーノルドはたっぷり十五分は経ってから憂鬱そうに裏口の階段をゆっくりと下りていった。控えめに言っても、深く失望していた。さらに丹念に調べてわかったのは、ピアノについていた指紋は紛れもなくジャスパーのものであるということだけだった。いくつかの品物に別のタイプの指紋を見つけたが、グラスの指紋とはまるでちがっていて、二人はトープ夫人のものだという結論に達した。

ついにそれ以上ジャスパーの部屋に留まっても得るものはなにもないと判断し、心ゆくまで家捜しするには、そこにいることを発見されないかびくびくしてもいたので、二人はその場を立ち去ることにしたのだった。

〈アームズ〉に戻った二人は、泡立つビールを飲みながら捜査状況について話し合った。とはいえ、いくら議論を重ねたところで、ジャスパーがバザードを殺害したことを裏付けるものがないことに変わりはなく、捜査の結果は、聖歌隊長が事件とは無関係だということを明らかに示していた。グラスにウイスキーを注いだ人物は――二人の推理が当たっているなら、それが殺人犯だが――ジョン・ジャスパーではなかった。つまり、バザード殺しの犯人はジャスパーではなく、捜査線上にあがってきていない別の人物ということになる。

それはいったい誰だ？　スティーヴンズは首をひねった。

「ジャスパーがバザード殺しの犯人でないとすれば、ドルード殺しの犯人も彼ではないということになるだろう」スティーヴンズは考えを声に出した。

「金で誰かを雇って汚れ仕事をさせたのでなければですが」アーノルドが指摘する。

「可能性がないわけではないが、それはまずないだろう。ジャスパーは他人に自分の秘密を握らせるような人物ではない。そんなことをさせるには彼はあまりにも抜け目がないように思える」

スティーヴンズはぎゅっと口をすぼめた。「行き詰まりだな。ロンドンに戻ってお手上げだと認めたほうがいいかもしれん。検討できる手がかりらしきものすらつかんでいないし、事実とは符合しないが、わたしにはまだジャスパーがなんらかの形で事件に関わっていると思えて仕方がない。そして、どこで手がかりを探せばいいのか、皆目見当がついていない。少なくとも、わたしはそうだ。おまえは思いついたことがあるのか？」

「わかりません」アーノルドは答えた。「一、二度なにかが頭に浮かんだことはあります。まあ、曖昧で漠然としたものなんですが」少しためらってから言葉を続けた。「ぼくには大聖堂が関係しているとしか思えないんです——ともかくもドルードの事件では」

スティーヴンズは熱意のこもった眼差しで部下を見た。「続けろ」

「最初の事件でわれわれが気づいたのは　概して町の人々は日が落ちてからは大聖堂の境内に足を踏み入れたがらないということです。老婦人が、首からロープをぶら下げて子供を腕に抱いた正体不明の女の幽霊が出ると話してくれたことを覚えてらっしゃいますか？　殺人にはもってこいの場所じゃないですか！

次に、事件の関係者のほぼ全員が大聖堂のすぐそばに住んでいます。ジャスパーとドルードは門番小屋に、クリスパークルとランドレスは聖堂小参事会員邸に。

三つ目に、バザードがどんな下宿を希望していたかという給仕係の話を思い出してください。彼は大聖堂的なものを条件に挙げて——」

「ジャスパーを見張るためにできるだけあいつのそばにいたかったのだ」スティーヴンズがみなまで聞かずに口を挟んだ。

「そうです。たとえそうでも、トープ夫人がバザードの動きについて言ったことはどうなります？　バザードはしょっちゅう大聖堂やその周辺をぶらぶらしていました。夫人の言葉を借りると、『大聖堂がとても気に入っておられて、塔にのぼったり、古い廃墟を丹念に探索してまわったりしていました』です」

「うーん」警視はうなった。「おまえの言うとおりかもしれん。だが、その意見が当てはまるのはドルードの事件だ。バザード殺しはどうなる？」

アーノルドは首を振った。「ぼくはドルード事件に焦点を絞ったほうがいいと思うんです。バザード殺しの捜査に三日ほど費やしましたが、手がかりと言えるものは見つかっていません。一方で、ドルードの失踪に関するなにかがどこかで手に入るということがわかっています。バザードはなにかを発見していたのですから。だったら、われわれもそのなにかを探し出すべきではないでしょうか」

「筋は通っているな」スティーヴンズは険しい顔で同意した。

一分ほど、どちらも無言だった。突如としてスティーヴンズが腹を決めた。

「おまえの指摘どおりだ、アーノルド。ドルード事件に専念しよう」少しの間のあと、「ただし問題は」彼はためらいがちに言った。「どこから始める？」

アーノルドは聞こえないふりをした。それこそ彼がずっと恐れていた疑問だったからだった。

*

それから二日が過ぎ、スティーヴンズとアーノルドは突破口を見つけようと最善を尽くしたが、その奮闘が報いられることはなかった。二人はあらためてサプシーを訪ね、クリスパークルにも話を訊いたが、新しい情報は得られなかった。そこでロンドンに戻ってグルージャスに会いに行くと、彼は書記の死にすっかり気落ちしたままだった――どうやら、情感に乏しい〝四角四面〟であってもそれなりの情をバザードに抱いていたようだった。

二人は精いっぱいグルージャスを慰め、そのあとでなにか役立ちそうな情報をなんでもいいから教えてくれるよう熱心に頼んだ。年老いた法廷弁護士は二人の力になろうと懸命に努力したが、知っていることはすべて話しており、その点から言うと二人の訪問は時間の浪費だった。

そこでグルージャスは二人をネヴィルとヘレナのランドレス兄妹のもとに案内し、そのあとローザ・バッドにも引き合わせたが、ここでもこれといった成果はなかった。ネヴィルもローザも、二人がすでにほかで聞き込んできた内容を繰り返しただけだった。

翌朝クロイスタラムに戻ったスティーヴンズとアーノルドは、もう一度トープ夫妻を訪ね、気の毒な老夫婦に本格的な事情聴取とも言えるものを行った。わけても二人から聞き出そうとしたのは――さりげない、遠回しな質問によって――ジャスパーについてだった。クリスマスの日にジャスパー氏の部屋で濡れた形跡のある服を見かけなかったですか？　ドルード氏が堰から戻ってきた物音を聞きませんでしたか？　甥がいなくなっていることに気づいたあと、ジャスパー氏はどんな行動をとりましたか？　ローザ・バッド嬢のことをお二人はどう思っていますか？　ジャスパー氏は結婚しているのですか？　などなど。

収穫はなかった。何一つ。

二人にとっての最後の望みがついえた。「午後、ホワイトホール・プレイスに戻るぞ」スティーヴンズはきっぱりと告げた。

アーノルドに反論する気持ちはなかった。虚しい捜査を続けても無駄だと実感していたからだ。「わかりました」彼はむっつりとうなずいた。「それまでの時間つぶしに古い墓地を見に行きましょう」

「時間つぶしにはもってこいだな」スティーヴンズは耳障りな声で笑ったが、それにもかかわらず先に立って墓地へと向かった。

こうしてほんの偶然から重要な手がかりが手に入ることになったのだった。

*

二人は小さなくすんくすんという鳴き声を耳にした。仔犬が母犬のあとを追って鳴いているのだろうと思って気にもとめなかったが、しばらくするとまた聞こえてきた。アーノルドがぴたりと足を止めた。

「どこかで子供が泣いてますね」

「かわいそうにな。お仕置きをされているときでも、子供が泣くのを聞くのは胸が痛むな。まあ、子供というものはぶたれても仕方のないことをやらかすわけだが」警視は左右にさっと目をやった。「どこから聞こえてきたのかわかるか、アーノルド？」

アーノルドは苔むしていまにも倒れそうなくらいに傾いた大きな墓石を指差した。

「あの墓石の向こう側からだったように思います」

「そうか。では、行ってみよう」

密生した芝生が足音を消す役割を果たし、二人は物音をさせることなく墓石のところまで行った。アーノルドの耳は確かだった。地面にぺたんと座って、墓石に背中をあずけているのはみすぼらしい服を着た少年で、彼は両手に顔を埋めて泣きじゃくっていた。

「どうしたんだ、坊や？」アーノルドは気遣わしげに声をかけた。「けがしたのかい？」

少年はびくっとして、恐れと警戒の入り混じる目で二人を見上げた。

「おい、デピュティじゃないか！」アーノルドは驚きに打たれていた。恐ろしく不細工な投石者が隠れて胸が張り裂けんばかりに泣いているのを見つけることになるとは思いもかけなかったからだ。

デピュティは二人に向けてしかめっ面をした。「そうさ！」嘲るように言って、舌を突き出した。

「けがなんてするもんか」

「大丈夫だよ」アーノルドは優しく話しかけた。「ぼくたちを恐れる必要はないんだ。おまえを傷つけたりしないよ。泣いていたのが聞こえたから」

「嘘言うな。泣いてなんかねえよ」だが言葉とは裏腹に、デピュティの頬にはまだ涙が伝い落ちていた。

「いいや、泣いていた」アーノルドは断言して、いきなり少年の隣に腰を下ろした。「あれからも石を投げているのか？」

「あたりめえさ」デピュティはあっさりと答えた。「十時を過ぎてんのに石をぶつけて家に帰らせなかったら、ダードルズは金をくれねえだろ？」

「おまえ自身、十時を過ぎたら出歩くべきじゃないだろう。ふつうそれくらいの年齢の子供はベッドに入って眠っているぞ」アーノルドはまだなだめるような調子で話しかけていた。デピュティに同情していたからではなく——残酷で見苦しい少年らの代表みたいなやつに誰が心からの感情を抱けるのかと彼は思った——悲しげなすすり泣きが耳から離れないからだった。

デピュティは声をあげて笑った——とにかく、二人の刑事はそのかすれた耳障りな音を笑い声なのだろうと判断した。「ベッドなんかねえよ」

「家はあるのか？」

「ねえよ」

「親とか親戚とか、友達は？」

「ねえよ」

「だったら、どこで寝てるんだ？」

「〈トラヴェラーズ・トゥーペニー〉の隣の馬小屋でさ」

「おまえの名前は？」

「前に言っただろ。デピュティが名前だよ」

「ぼくが言ってるのは本当の名前だ。お父さんの名前は？」

デピュティはまた笑った。「もともとおっとうもおっかあもいねえよ。友達だっていたためしがねえ、一人を除けば」彼はごくりと唾を飲み込んだ。「それももういねえけど」

「どうしてだい？」

「死んじまったからさ。誰かが頭のうしろをぶん殴ったんだ。だから泣いてたんだよ」デピュティは憎悪に顔をゆがめた。「ちくしょう、死ぬほど石を投げつけてやる。絶対に」

二人ははっとした。「おまえが言ってるのはディック・ダッチェリーのことなのか？　門番小屋の向かいに住んでいた白髪の老紳士の？」アーノルドは慌てて訊いた。

「そうさ」デピュティはいつ洗ったのかわからないような髪がもつれた頭を激しく上下させた。

「ディックのことが好きだった。おれにもいっつも感じよくしゃべって、金もくれたから」

「彼はおまえとよくしゃべっていたのか？」

「そうさ。あれやこれや訊かれてたよ」

アーノルドは顔を上げて、ずっと立ったままのスティーヴンズと目を見交わした。「誰のことを？」彼は興奮した声で少年に問いただした。

「いろんな人のことをだよ」とデピュティ。手の甲で目から涙をぬぐったかと思うと、次の瞬間には、その目の奥深くに貪欲な光を宿していた。「ディックはおれが教えるときはいっつも六ペンスくれてたんだ、必ず」

「ぼくも六ペンスやろう」アーノルドはポケットから硬貨を取り出してデピュティに差し出した。少年はさっとつかみとると、歯で噛んで本物だと確かめた。それから、ぼろぼろのシャツの内側にある秘密の場所に注意深くしまった。

「ところで」取引がすむと、アーノルドは言った。「ダッチェリーは誰のことを尋ねたんだ？」

「いろんな人のことをだよ」少年が繰り返す。「プリンセス・パファーやなんかのこと」

「プリンセス・パファーだって！　いったい誰のことだ？」

「二週間前、〈トラヴェラーズ・トゥーペニー〉に泊まった婆さんさ」

「その人のなにを訊かれた？　どうしてダッチェリーはその女のことを知ったんだ？」

「そんなことわかるもんか」デピュティは横目で睨んだ。「ある日ディックが言ったのさ、『ここに一シリングある。いいか、ウインクス――おれは彼をディックと呼んで、あっちはおれをウインクスと呼んでた。ほかにはその名前で呼ぶ者なんていやしねえ――おまえのところの宿屋に泊まっている新しい客、咳ばかりしている衰弱した女性客がどこに住んでいるのか突き止めたら、これをやる』

『プリンセス・パファー妃殿下のことか？　ビール腹のやつがそう呼んでるのを聞いたよ』

『それは本当の名前じゃないよ』ディックが言って、『だが、おまえなら彼女がどこに住んでいるのか探し当てられるだろう。わしは彼女が住んでる場所が知りたいんだよ』

そんで、おれは言ったんだ、『そうだ、おもしれえことがあんだよ！　妃殿下は明日の朝、〝大した堂〟に行くんだってよ』」

「どうしてそんなにおもしろかったんだ？」とアーノルド。

デピュティはげらげらと笑った。「あんただってあんな婆さん、いままで見たこともないはずさ、絶対に。あの手の女が〝大した堂〟へ礼拝に行くかよ」

「ダッチェリーはおまえの話に興味を示したのか？」

デピュティはウインクをした。「ディックはなんにも言わなかったけど、次の日の朝、彼も〝大した堂〟に行ってたぜ。つまりさ、おれが見たとき、ディックはうしろの方の会衆席に座ってプリンセス・パファーをじっと見つめてたんだけど、そのプリンセス・パファーは柱のうしろに座ってて、ジャスパーのやつをじっと見つめて、こぶしに握った手を震わせてた。そのあと、〝大した堂〟の外で二人がしゃべってるのを見たよ」

「それは、ダッチェリーとプリンセス・パファーがということか？」

「そうさ」

「そのあとはどうなった？」

「妃殿下はロンドンへ戻ってった」

「おまえはどこまで追っていったんだ？」アーノルドは熱がこもるあまり、身を乗り出していた。

デピュティにばつが悪そうな表情ができるとしたら、そのとき彼の顔に浮かんでいたのはそれだった。彼は歯の隙間から陰気にひゅーっという音をさせた。

「追っていけなかった。おれがそこの墓石に石をぶつけるくらい素早く婆さんは宿屋から出ていっちまうし、ちょうどそんときビール腹のやつがおれのそばに立って、おれが料理場を掃除するのを見張ってたんだ」

「くそ！」スティーヴンズが口を開いたのは初めてだったが、その悪態は心の底からのものだった。

「ぼくも同じ気持ちですよ」アーノルドは苦々しそうにつぶやいた。「この女が誰であれ、数分できわめて有益な情報をもたらしてくれたかもしれないんですから。二人が大聖堂の外で会ったとき、どんな会話が交わされたのかわかればいいんですが」彼はデピュティの方にまた顔を向けた。

「ほかにプリンセス・パファーについて知っていることはないのか?」

デピュティは唾を吐いた。「ねえよ。婆さんのせいで危うく一シリングもらい損ねるとこだったけど、ディックはおれが婆さんを追ってロンドンへ行かなかったのは仕方のないことだってわかって、一シリングくれたんだ」

「ほかにダッチェリーに誰のことを話した?」

「悪魔みたいなジャスパーのことは話した。絶対に死ぬほどあいつに石をぶつけてやる」デピュティは墓所からさっとひとつかみの石を拾うと、離れた墓石めがけて投げつけた。「こうしてくれる、あの猫なで声の青白い顔をしたろくでなしに、何度でも、何度でも! ぶっ殺してやる、そうとも、あいつとダードルズがある晩〝大した堂〟から出てくるところを見たんだからな。こうしてやるんだ! 石を投げつけて殺してやる」

「信じられない!」アーノルドはささやくようにつぶやいた。少年の腕をぎゅっとつかむ。「いまなんて言った?」

デピュティは怒鳴った。「腕を離せ。目をつぶすぞ。そんなに強くつかむな」

「悪かった」アーノルドは慌てて謝った。「ほら、これを受け取れ」彼は一ペニー硬貨を二枚渡した。「ダードルズというのは誰だ？」

「十時を過ぎて見つけたら、石をぶつけて家に帰らせてる男だよ」デピュティは声の調子を上げた。

　そんで――あいつが――帰らねえときゃ――的当てしてやる
　ウィディ、ウィディ、起きろと警告してやるのさ！

「彼は何者なんだ？　なにをやってる男だ？」

「あいつだよ！　ありとあらゆる墓石をこさえて、〝大した堂〟の地下墓所で掃除やなんやらをして、壁の外へ死人をみんな引きずり出してる石工――」

アーノルドはすっと立ち上がった。「そういったことをすべてダッチェリーに話したのか？」

「ああ。あんたに話したみたいにな」

「もう六ペンス欲しいか？」

「もちろん」

「それなら、ダードルズのところへ案内してくれ、デピュティ」アーノルドは誘いをかけるように少年の手の届かないところへ六ペンスを差し出した。

デピュティは即座に立ち上がった。「いいぜ、もう六ペンスくれたら、あんたは十分後にはダードルズと話してるよ」

アーノルドはその賭には乗らなかった。応じていたら、賭は彼の勝ちだっただろう。というのも、ダードルズはクロイスタラムの留置場に入っていたからだった。石頭の司法官が何人かいたために、その朝、飲酒癖の過ちについてじっくり考えるよう、三日間の留置処分を下されたのだった。

XI

四日後、ダードルズは荒削りの石材（市に残っている中世の城壁から盗んできたものだというのが、町でもっぱらの噂だ）を無様に並べた四方の壁と、変わりやすい天候からろくに守ってくれない木の平屋根でできた、粗雑な造りの自分の家にいた。

家までの道は石ころだらけで曲がりくねっていて、途中に石工の作業場があるため、家とのあいだはくるぶしまである石片で埋まり、さまざまな作業の進行段階にある考えうるかぎりの種類の墓石が行く手を阻んでいた。

陰鬱な外観を見れば、家の内部がどんなふうかは簡単に想像できた。ダードルズの場合、留置場で暮らしても自宅とさほど変わらないのではないだろうか。装飾的な家具類はいっさいなく、狭い家の中にあるのは、必要最低限のものだけで、風も雨も入り放題。部屋は冷えきっていて、石粉にまみれて灰色っぽく、暗い雰囲気に包まれていた。

ドアの裂け目が空いたままになっていて、そこから石工が家にいるのが見てとれた。たった一つ置いてあるテーブルのそばの椅子に腰掛けている。テーブルの上には石油ランプと、彼が肌身離さず持ち歩いている夕食の包み、それにコルクを抜いたボトルが載っていた。彼の口の周りが液体で濡れているところから判断して、飲んだばかりのようだった。

「やあ、ダードルズ、入ってもいいかね？」

石工は動こうとしなかった。曖昧に低くうめいただけだ。警視はそれを招待の意味だと受け取ることにして、家の中に入り、アーノルドとデピュティもあとに続いた。

スティーヴンズはぼろ服に身を包んだ少年を不機嫌そうに見やった。「子供は家に戻ってベッドに入る時間だぞ」低い声で言う。

「嘘言うな。そんな時間じゃねえぞ」

「それでも、きみはすぐにここから出ていったほうがいい」

デピュティは警視を睨みつけた。「ばかも休み休み言え。誰がここへ連れてきてやったと思ってる？　追い出すっていうなら、目ん玉つぶすぞ」

アーノルドはにやりとした。「同席させてもいいと思うんですが。邪魔はしないはずですし、話がスムーズに聞けない場合、役に立つかもしれません」

スティーヴンズは思案したあと、しぶしぶ同意した。「いいだろう、向こうに座っているんだ」

彼はデピュティに言って、部屋の隅に向けて親指をぐいと動かした。デピュティはわが意を得たりとばかりにさっと部屋を横切っていった。

三人が家に入ってきているというのになんの関心も示さず、ダードルズはボトルからごくりとやって、手の甲で口元をぬぐった。

「あなたは石工のダードルズかね？」スティーヴンズが問いかけた。

「ダードルズに決まってんだろ」デピュティが野次を飛ばす。「ほかの誰だと思ってんだ？」

「静かにしろ、デピュティ」アーノルドはたしなめたあと、少年にウインクをしてみせた。「自分に話しかけられたとき以外は口を閉じておくなら、あとで六ペンスやるよ」

「ダードルズがここ四週間払ってくれてない二ペンスはどうなる？」

「それも払ってやるよ」アーノルドは急いで口を挟んだ。

「三週間だ」ふいにダードルズがしゃきっとして、うなるように言った。

「三週間だ」石工は頑なに繰り返した。

「嘘言うな。四週間だ」デピュティが叫び返す。

「いいかげんにしてくれ――」スティーヴンズは力なく部下に目をやった。

アーノルドは顔をしかめた。「六ペンスのことを忘れたのか」彼が押し殺した声で怒ったように言うと、デピュティは歯がところどころ抜けている口をぴしゃりと閉じた。

スティーヴンズは、テーブルの反対側に木製のスツールがあるのに気づいて、できるかぎり居心地よくそのスツールに腰を落ち着けた。「聖歌隊長のジョン・ジャスパーを知っているね？」

彼は石工に尋ねた。

「もちろん、ダードルズはジャスパーさんを知ってるとも」ダードルズが小ばかにしたように答える。

「一緒に出かけたことは？」

石工はしわがれ声で笑った。「ダードルズがジャスパーさんと出かけるって！　あの人のほうがダードルズと出かけたがらないよ、サプシーと同じでさ」

警視はいらだたしげにテーブルを指でこつこつと叩いた。「ちょっと待ってくれ、それはまちがいのないことなのかい？」

ダードルズは彼をねめつけた。「ダードルズを嘘つき呼ばわりするやつぁ、ただじゃすませないぞ」

「あなたを嘘つきだと仄めかしているわけじゃないんだ」スティーヴンズは急いで相手をなだめた。「ただ、覚えてないんじゃないかと思ってね。一年ほど前のある晩、月明かりを頼りにジャスパーと大聖堂を訪れたことを思い出せないか？」

石工は不潔な頭をこれまた不潔な指の爪でぼりぼりとかいた。どうやらなんとか記憶を呼び覚まそうとしているようだった。

「とてつもなく前のことだなあ」

「たしかに。だが、思い出そうとしてみてくれないか、きっとなにか見えてくるはずだ」スティーヴンズは彼を励ました。「あなたは午前二時頃に地下墓所から出てきて、それを目にしたデピュティが、家に帰らせようとした」

石工の目に光が灯って輝きはじめた。「ダードルズは思い出したぞ」笑みらしきもので口元をゆがめる。「ジャスパーさんとデピュティは激しくやりあったんだった」

デピュティは話に割り込みたい衝動を抑えきれなかった。「あんたがあの場にいなきゃ、絶対あいつの目をつぶしてやってた。さんざん石をぶつけて、死ぬ目に遭わせてやってたんだ」

「ダードルズは思い出したぞ」石工はまた同じことを言った。「ダードルズとジャスパーさんはあの晩、二人だけで大聖堂巡りに行ったんだ」彼はこれみよがしに片目をつぶった。「ダードルズは思い出したぞ」

「そのときの話を全部聞かせてくれないか？」警視は上機嫌で言った。「その前にもう一口やるといい」

石工はずる賢そうに彼を見つめた。「ダードルズが家に歓迎する人たちってのは、ふつうボトルを一本か二本——いや、二本持ってくるもんだ」彼は本数を強調して繰り返した。

スティーヴンズは急にひらめいてアーノルドに調達させておいて心底よかったと思った。ポケットから酒瓶を二本取り出し、テーブルの相手の前に置いた。

「たしかに二本ある、ダードルズ。すべて思い出してくれるなら差しあげよう」

ダードルズは物欲しそうな目でボトルをちらりと見た。「ダードルズはずっと前のことを覚えてることもある。なにがあったか記憶してるよ」彼は深々と息を吸うと、二本の酒瓶をじっと見据えたまま、話を続けた。「あれはジャスパーさんの考えだった。『案内を頼むよ』ある日あの人が言ったんだ。『月夜に大聖堂を案内してほしいんだ。わたしには美しいものに対する感性があるから、真夜中にその本質《スピリッツ》を見てみたいんだよ』

『あんたが酒《スピリッツ》を持ってくるなら』ってダードルズは答えた。『ダードルズは地下墓所にも、塔にも、墓地にも案内してやる』

「それで?」石工が黙ったので、スティーヴンズは先を促した。

「ある晩、ジャスパーさんが酒瓶を一本持ってやってきた。『やあ! ダードルズ、準備はいいかい?』

『いいとも』ダードルズは答えて、ジャスパーさんと出かけた。そのうち〈トラヴェラーズ・トゥーペニー〉のそばを通りすぎて、修道士のぶどう畑を横切り、大聖堂に着いた。ダードルズが鍵を持ってる小さな通用口のドアから、二人で地下墓所へ入った。

地下へと下りていきながら、ダードルズは石や土の中で眠ってる死んだ連中全員のことをジャスパーさんに話して聞かせた。ダードルズは連中にとっては珍しい存在なんだ。ダードルズは死んだ者のことは一人残らず空で覚えていて、知らない死人は探し出すのさ」

唐突に椅子から立ったかと思うと、ダードルズは床に落ちていた木槌をつかみあげた。

「これでダードルズは死者を見つけるんだ。木槌を手に、壁や床を叩いてまわるんだ。『詰まってる』とダードルズは言う。とん! とん! ここも中身が詰まってる。とん! とん! ダードルズは注意深く耳を澄まして、言う。『爺さんが地下墓所の石棺の中で粉々になってる!』とん! とん! ダードルズは向こう側になにが眠っているのか教えられるのさ」

「で、この話をすべてジャスパーにしたのか？」スティーヴンズは急き込むように尋ねた。

「ああ、ダードルズはなにもかも話したさ、それも半端なもんじゃないぞ」石工はくっくっと笑った。

「そのあとはどうした？」

「大きな塔の上にのぼって、ジャスパーさんはそこから古い町並みを見下ろし、ダードルズは下りるための元気づけに一杯やった。その頃には眠くなってきていたから、二人で階段をまた下りて、ダードルズは目を覚ましておこうと、ときどき飲んだ。でも、効き目はなかったな。もういっぺん地下墓所に下りたとき、ダードルズは床に倒れ込んで眠っちまった。で、目が覚めたときには三時間近く経っていた」

「ウィディ、ウィディ、ウェン！」デピュティが急に声をあげる。

「静かにしないか」アーノルドが叱りつける。それから石工に、「いつもボトル一本で眠ってしまうのかい？」

ダードルズはかぶりを振った。「いいや」目に不本意そうな表情が浮かんでいる。

「その夜ジャスパーがあなたに持ってきた酒を飲んだのか？」

「ああ。ダードルズはあの夜ジャスパーさんが持ってきたボトルから飲んだ」

アーノルドは興奮の面持ちでスティーヴンズを振り向いた。「ジャスパーの飲み物にはときとして奇妙な作用があるようです。ぼくたちが知っているだけでも、これで二度目ですよね」

「ネヴィル・ランドレスがワインをグラスに一杯飲んで酔っ払ってクリスパークル邸へ戻ったと

きのことを言っているのか？」

「そうです」

「今回の彼の目的はなんだろう」警視は低い声で独りごちた。それからもっと大きな声で尋ねた。

「三時間近く眠っていたと言ったね、ダードルズ？」

「ああ」

「地下墓所で？」

「ほかに行きようがないだろう」

「その間、ジャスパーはどこにいた？　彼はなにをしていたんだ？」

「どうすりゃダードルズにわかるってんだ？　眠りこけてたんだぞ。ダードルズはおかしな夢を見ていたよ」

「夢だって！　どんな夢だ？」スティーヴンズはすかさず訊いた。

石工は困ったように髪が乱れ放題の頭を左右に振り動かした。「おかしな夢だよ！　そうとも、奇妙奇天烈な夢だった！」彼は聞き取りにくい声でぼそぼそと続けた。「ダードルズは普通なら霊とか墓とか幽霊を恐れたりしねえ。それがあの晩は怖かったんだ。眠ってるのに目が覚めてるっていう夢を見ていた。ダードルズはずっと数えていた――数えて――数えて――」彼の声はさらに小さくなって、もごもごとしたつぶやきになり、やがて完全に消えてしまい、栓を抜いたボトルから直接ぐびりとやった。

「なにを数えていたんだ？」

ダードルズは質問に答えるのになかなか意識を集中させられないようだった。だがさらにボトルからぐびぐびと飲んだら、すっかりできあがってしまって、まともな会話が続けられなくなりそうだった。スティーヴンズはひとまずボトルを取り上げたほうがいいだろうかと思案しながら疑わしげにじっとボトルを見つめていたが、取り上げて石工が意固地になってしまっても困ると考え直した。

「足音だよ。ジャスパーさんの足音さ。行ったり来たり。行ったり来たり」ダードルズは言葉に合わせておぼつかなげに人差し指を振り動かした。「行ったり来たり。それが聞こえなくなる。ジャスパーさんは行っちまったんだ、哀れなダードルズを一人地下墓所に置き去りにして」

だしぬけにダードルズが身を震わせた。「そのとき、なにかがダードルズに触ったんだ。なにかがダードルズの手から落ちてかちんと音をたてて、ダードルズはまた一人ぼっちになった」つかのま、問題の夜に石工をがっちりととらえた不安が、焦点の合わないその目に表れた。

その瞬間、部屋を包むなんとも形容しがたい不気味な雰囲気にぎょっとして、石工の聞き手たちは言葉を失い、ぴくりとも身体を動かせなくなっていた。デピュティでさえも石のように動かず、目を見開き、口をあんぐりと開けて、しょっちゅう石をぶつけている相手をただ見つめていた。

意識していようがいまいが、ダードルズはその夜に地下墓所で起こったにちがいないことを再現していた。未完成の石造りの家を支配している張り詰めた静けさは、地下墓所の薄気味の悪い静寂であったかもしれない。石粉だらけのテーブルに置かれたランプが放つぼんやりと霞んだ明かりは、あの晩、名前のない墓の砕けた石板に置かれたランタンの弱々しい光かもしれない。そして、手足が不規則に震え、とろんとした目が白目を剝き、口がだらしなく開いてよだれを垂らしているダードルズは、あの晩、恐怖に取り憑かれたダードルズだったかもしれない。

「ダードルズはいつもなら不安になったりしない」彼はまたつぶやきはじめた。「ダードルズは子供のときからずっと死んだ者に囲まれて生きてきたし、連中のことを気にしたこともない。でもダードルズは、今夜ジャスパーさんといて、一人で地下墓所に置いてけぼりにされるのは気に入らねえ。死者たちがこつこつと叩いてる。幽霊たちが屍衣をさらさら言わせて動いてる。こつ！こつ！　こつ！　死んだ者たちの声を聞け！　ダードルズは気に入らねえ、ダードルズは家に帰りたいんだ」声が徐々に大きくなっていき、しまいには不安そうな哀れっぽいものになった。「今夜は地下墓所に不吉なものがいる。邪悪なものが！　ジャスパーさん、ジャスパーさん！　ダードルズは夢を見ているよ、ダードルズは目を覚ましたい。ジャスパーさんはどこだ？　どこにいるんだ？　おれを起こしてくれ。こつ！　こつ！　行ったり来たり。行ったり来たり！」

石工の目はなにも見ていなかった。玉のような汗が額から噴き出して顔を伝い、幾重にもついた石粉の表面を洗い流していく。そうこうするうちに、刑事たちがもはやこれ以上は緊張に耐えられないと感じた頃、ダードルズが急に身体の力を抜いた。

「なんだ！」先ほどよりは自然な声音になっている。「そこにいたのか、ジャスパーさん。どうして起こそうとしてくれなかったんだ、ジャスパーさん？　いま何時だい？　午前二時だって？あんたが触るのを感じたよ。なにか硬いものがぶつかる音がしたな。地下墓所のドアの鍵はどこだ？　床に落ちてる。ダードルズが落としたんだな」

石工の言葉が宙に消えていった。気味の悪い夢から目を覚まそうとするかのように不格好な肩を揺すって、またボトルから一口飲むと、ぽかんとした表情で二人の刑事を見た。

「驚いたな！」スティーヴンズの声はかすれていた。問いかけるような目をアーノルドに向けると、部下もまた物問いたげな目を彼に向けている。アーノルドはうなずいてみせた。

＊

数時間後。五人の男——スティーヴンズ、アーノルド、聖堂参事会長、巡査、そして最後が町長その人——がサプシーの手狭な客間に集まっていた。

スティーヴンズは一人ずつ順番に目を向けていった。「みなさん準備はいいですか？　もうすぐ午前零時です」

聖堂参事会長がうなずいた。「わたしはいいですよ」彼は不快そうにぼそぼそと言った。「あなたの意見に同意する気にはとてもなれませんがね。みなに尊敬されている聖歌隊長のジャスパーさんが、あなたの言うように神をも恐れない罪を犯しただなんて。とはいえ、ランドレス君を公平に評価するなら、われわれはみな全力を尽くしてあなたの推理を裏付けるか打ち砕くかするのは当然でしょう。あなたはどう思いますか、町長？」

「聖堂参事会長殿が状況を明確に述べてくださいましたな」サプシーは聖堂参事会長を横目でちらりと見ながら、尊大な口ぶりでスティーヴンズに言い、参事会長の紳士的な姿勢に敬意を表した。「個人的には、わたしはそのようなやくたいもない発言はとうてい信じられませんが。誰だって、イギリス人らしからぬ気質を持ち、キリスト教徒らしからぬ気性の持ち主のランドレス氏なら、ああいったことをやるとわかっています。ですが、同じことがみなに尊敬されるジャスパー氏に、正直で、敬虔なジャスパー氏について言えるとは——」彼は、スティーヴンズが初めて聖歌隊長の名を容疑者として挙げたときに聖堂参事会長が見せたのとそっくり同じに、恐ろしそうに両手を上げてみせた。「言葉もありませんよ」

「悲嘆に暮れて自分を見失ってはなりません、町長殿」聖堂参事会長が穏やかに言った。

「悲嘆——」

「あなたとジャスパーさんの友情が最近どれほど深まったか町の者は知っていますし、わたしがこの状況に苦痛を覚えているのですから、あなたが苦痛に感じていないはずがありません」

「まさに聖堂参事会長殿のおっしゃるとおりです」サプシーはつらそうに相槌を打った。だが次の瞬間、町長の表情が変わって、彼の頭にある恐ろしい考えが浮かんだらしいことがスティーヴンズとアーノルドにはわかった——もしジャスパーが真犯人だったら！

「ですが、聖堂参事会長殿はわたしのジャスパー氏に対する気持ちを過大評価しておられる」サプシーは急いで言い足した。「友情、それも本物の友情というのは、たとえば、一年と経っていない短い期間に育むものとしてはあまりにも深遠な感情です。ジャスパー氏は、西洋すごろく《バックギャモン》をしたり、正しい知識に基づく議論を熱く闘わせたりするために来てくれる単なる知り合い——知性的な知り合い——と言ったほうがいいでしょう。世界を相手にする人間として、聖堂参事会長殿――」

「そうですか、町長」スティーヴンズが割って入った。「ですが、みなさんしびれを切らしていますし、今夜はこの心楽しくない仕事を終わらせてからでないとベッドにも入れませんから」

サプシーは刑事たちを睨みつけた。「いかにも！」二人は、彼が言葉で表現したかのように、その目つきから言いたいことがあっさりと読み取れた。サプシーは声に出して、「それに、あの酔いどれのダードルズは――

「地下墓所のドアのところで落ち合うことになっています」

町長は鼻を鳴らした。「そこまで行けるくらい酔っ払っていなければな」

「デピュティが石つぶてを大量に持ってるよ」アーノルドは小さく笑って、つぶやいた。

五人の男は聖堂参事会長を先頭に、サプシーをしんがりにしてサプシー家からハイストリートへと出た。これから向かおうとしている墓地同様にひっそりとしている。見渡すかぎり、どこの窓からも一筋の明かりも漏れていないし、どちらを向いても人影一つ見当たらない。猫でもいれば死者の世界にいるのではないと安心できるのだが、一匹として姿がなく、町を照らす冷たく幻想的な月明かりは、ほっとさせてくれるどころか、そうした感覚をいっそう強めていた。

この世のものとは思えない暗示的な雰囲気に影響され、おそらくはこの先に待っているおぞましい作業について想像することもあって、小さな集団は〈トラヴェラーズ・トゥーペニー〉と古いぶどう畑のそばを通る大聖堂への道を努めて静かに進んでいった。遠回りをしたのは、門番小屋にいるジャスパーが真夜中に歩いていく一団を目にした場合、罪悪感から警戒するかもしれないとスティーヴンズが懸念したからだった。

やがて一行が目的地に到着すると、デピュティは石つぶてできちんとダードルズを待ち合わせ場所まで追い立てており、石工はいつものように夕食の包みをそばに置いて、大聖堂の壁にもたれかかっていた。

ダードルズが町長を無視して、聖堂参事会長に向けて帽子に軽く手を触れ、聖堂参事会長がうなずき返す。石工は小さな通用口のドアの鍵穴に鍵を差し込むと、かちりとまわしてドアをすっと開いた。ほかの者たちに先に入るよう身振りで示し、スティーヴンズとアーノルドは音をたてずにそっと足を踏み入れた。

大聖堂の内部に入ると、ダードルズは持ってきていたランタンに火を灯した。もう一つ、巡査がここまで手にしてきたランタンもある。二つのランタンの火を大きくして、石工を案内役に、一行はでこぼこした階段を地下墓所へと下りていった。

初めて地下墓所を訪れたスティーヴンズとアーノルドは、畏敬の念を抱いてあたりを眺めた。二人が立っている場所から墓所はずっと遠くまで延びていて、二つのランタンの明かりと、ガラスのはまっていない十字窓を通して入ってくる白々とした月明かりがあっても、その先端は闇に消えている。二人とその先端のあいだには、頭上の大聖堂を支える太いアーチ形の支柱がずらりと並んでいた。

ダードルズは壁の一部を軽く叩いた。「全部の壁の向こうに死んだ連中が眠ってるんだ」彼はうなるように言った。「ダードルズはまだみんなを掘り出していない。いつかは一人残らず出してやるんだ。向こう側にいる家族全員をな」

「ジャスパーを連れてきた夜、あなたはどこで眠っていたんだい？」スティーヴンズが問いかけた。

石工は闇に沈んでいる方を漠然と指差した。「支柱のどれかのそばだ」

「鍵が手から落ちていたと言っていたな。なんの鍵だね？」

「地下墓所に入るドアの鍵だよ」

「われわれがさっき入ってきたドアの？」

「そうだ」

「ほかにも鍵を身につけていたのか？」

「ああ。鉄の門扉の鍵も持ってた」

「塔に続く階段を勝手にのぼられないように取り付けてあるものですよ」聖堂参事会長が説明する。

「だが、あなたが床で見つけたのは、地下墓所に入るための鍵だったんだね？」スティーヴンズはしつこく尋ねた。

「そうだよ」

「どうしてすでに地下墓所にいるのに、彼はそのドアの鍵が必要だったのだろう」刑事は困惑したような声で疑問を口にした。

アーノルドとダードルズの二人がその疑問に答えようとした。アーノルドが言う。「形をとるためではないでしょうか」

「ジャスパーさんは生石灰が欲しかったんじゃねえか」とダードルズ。

「生石灰とはなんのことだ？」スティーヴンズは鋭く彼に問い返した。

「作業場の門のそばに積み上げてあるんだ。ジャスパーさんにブーツを溶かしちまうから用心するよう忠告したぞ」

「その夜ジャスパーは生石灰を欲しがったのではないでしょう」スティーヴンズはみなに向けて言った。「わたしはアーノルドの推理が正しいと思いますね」

「あなたは推測に頼りすぎではありませんかな？」聖堂参事会長が静かな声で異議を唱えた。

「わたしも同意見です」町長が大声でしゃべる。「それに、この町の治安判事として、有罪を宣告する前、つまり裁判にかける前に、われわれは確固たる証拠を要求するということを言わせてもらいますぞ」

「ジャスパーが勝手に生石灰を持ち出したという証拠は、確固たる証拠に至る道半ばのものとは考えないんですか？」警視はひどい出来だが言葉をもじって言い返さずにはいられなかった。

「それなら話は別だ」サプシーは轟くような声で重々しく宣言した。

アーノルドは横を向いて、笑いをこらえた。

スティーヴンズはダードルズに合図を送り、老石工は地下墓所の壁を軽く叩きはじめた。

こつ！　こつ！　こつ！　ダードルズは分厚い壁の奥からかすかに反響する音が意味するものを聞き逃さないよう耳を寄せて、階段に最も近い壁から規則正しく進んでいき、残りの者たちは黙って彼に一歩ずつついていった。

こつ！　こつ！　「中が詰まってる。ここには誰も葬られたことがない」こつ！　こつ！――も一つおまけにこつ！　「大昔に爺さんが入っていたな。けど、いまじゃもう塵になっちまってる。はっはっは！　爺さん、わしらもみんなすぐに塵になっちまうのさ。そんときゃ、あんた、わしらを笑うつもりだろ、ええ？　きっとそうするにちがいねえ。まあ、そうするためにゃ、ずっとそこにいないとな」こつ！　こつ！　こつ！

なんと気味の悪い光景か！　冷たさ……氷のようにひんやりとした冷気が吹き抜け、外は暖かい夜だったにもかかわらず、みな震え上がった。におい……地下の、墓地の、崩れて塵になった死体のかび臭いにおい。静けさ……石工が壁を叩き、ぼそぼそとつぶやく声が聞こえるだけで、あとは死の静寂。薄暗がり……闇が月明かりと二つのランタンの揺らめく火明かりを受けて、ぼんやりと明るくなっている。

張り詰めた筋肉、緊張した面持ち、不安そうな眼差し、身体の震え――だが、ダードルズは自分のあとを一歩ずつついてきている一行の感情など気にもとめていなかった。足を踏み出しては、一度、二度、あるいは三度壁を叩いて、口の中でなにごとかつぶやき――また足を踏み出すという動作を繰り返す。頭のはるか上にある時計が十五分ごとの鐘の音を厳かに響かせ、一時間ごとの時を告げ、また十五分ごとの鐘が鳴る。

こつ！　こつ！　こつ！　壁を叩く単調な音がうしろに続く者たちの神経を刺激しはじめた。年をとった墓荒し《グール》のように、ダードルズは地下墓所の壁をゆっくりまわって、いまや死者の魂に向かってしゃべりかけ、たしなめたり、からかったりしていた。

大鐘が何度も時を報せ、鐘が鳴るたびにスティーヴンズの希望はしぼんでいった。それでも挫けてしまわないのは、ジョン・ジャスパーこそ甥殺しの犯人である――エドウィン・ドルードの遺体が見つからないことには、彼にどんな訴追手続きもとれない――というその内に秘められた信念かもしれなかった。どこを探せばいいのかわからなかったが、ダードルズの思いがけない証言を聞いたとたん、スティーヴンズは闇の中に一筋の光を見た思いがしたのだった。

石工の話から、ドルードの遺体は大聖堂の境内のどこかに埋められていると確信したものの、犯罪が行われたことを示す肝心の遺体が、スティーヴンズがあると推測した場所にないか、それともダードルズには探し出せないかもしれないという事実は、とても落ち着いて考えられるものではなかった。いらだちを爆発させ、ダードルズにもっと注意深く調べろと怒鳴りつけたい衝動を必死で抑える。

十五分ごとの鐘の音がさらに二度響いたが、神経を逆なでする壁を叩く音は続いていた。忍耐強い聖堂参事会長が無言の抗議として頻繁に首を振る一方で、サプシーは全身から嘲りの気持ちを発している。「だから言っただろう」という言葉を用意しているのが、スティーヴンズとアーノルドには手にとるようにわかった。

やがて、ついに誰もがなにも起こらないと落胆した頃、ダードルズが足を止めた。壁を叩き、さらにもう一度叩く。彼は自分の立っている位置を確かめるようにあたりを見回した。その壁を仔細に眺め、もう一度叩くあいだずっとなにごとかつぶやいている。

ようやく彼はスティーヴンズの方に顔を向けた。「ここに死んだ男が入ってる」

「そりゃそうだろうとも」サプシーがせせら笑う。「地下墓所の四方の壁には数え切れないほどの遺体が納められているんじゃないのか?」

いつものことだが、ダードルズは町長を無視した。「ここに死んだ男が入ってる」重ねて言う。「八か月前には入っていなかった」

「どうしてわかる?」スティーヴンズが勢い込んで尋ねる。

「ダードルズにはわかるんだ。なにしろ、去年の十一月にここから死者を掘り出したんだから」

彼は親指をぐいと動かして聖堂参事会長を示した。「聖堂参事会長殿に宝石のことを訊いてみりゃいい」

「おお、そうだった!」聖堂参事会長はうなずいた。「ダードルズの言うとおりだ——あの遺骸を掘り出したのがまさにこの場所だったよ。墓からノルマン朝後期の宝飾品が見つかったのだ」

「ダードルズは正しい」石工はこれだけは譲れないとばかりに言った。「ダードルズは仕事でまちがったりはしない。子供ん頃から死んだ者たちのことは知っているんだ」

「あらためて言おう、ダードルズの記憶は正しい」聖堂参事会長は認めた。

「それでは」スティーヴンズは聖堂参事会長に熱っぽく訴えた。「ダードルズに再度墓を掘る許可をお願いいたします」

聖堂参事会長はためらい、困ったように一人ずつの顔を見ていった。長い逡巡のあと、彼はうなずいてみせた。「ダードルズがあるはずのない遺体がそこにあると主張するのなら、当然、調べねばならんだろう」

ダードルズは巡査の手も借りて、叩いて墓のある場所だと示した部分の壁を崩す作業に取りかかった。地下墓所に響いているのは、もはや木槌で叩く音ではなく、つるはしで壁を崩す鈍い衝撃音だった。粉塵が宙に舞い、石の欠片が四方八方に飛び散った。

やきもきする時間が過ぎていく。「ほうら」ダードルズがうなるように言った。最初の石のブロックがてこで外され、その奥の空間が現れた。一つずつブロックが取り除かれて、やがて墓がむき出しになった。

そこに遺体はなかった！　塵が積もっているだけだ。

町長は鼻先で笑った。「大山鳴動して――」彼が言いかけたところで、ダードルズが遮った。

「生石灰だ」彼はぼそりと一言だけ言った。

石工は小さな塵の山につるはしの先を突っ込んでかいた。そのとたん、コインにぶつかる音がした。もう一度かくと、一ペニー硬貨が出てきた。彼は硬貨を拾い上げてズボンで丹念に拭いた。それから、自分のランタンの明かりでじっくりと調べる。すぐにぺっと唾を吐いた。

「いまの女王の顔だ――陛下に神の恵みがあらんことを！　こいつはノルマン朝後期の遺骸なんかじゃねえ」彼はどうだとばかりに横目でサプシーを見た。

ここに至ってスティーヴンズはもうはやる気持ちを抑えきれなかった。ランタンをさっとつかんでダードルズの手からつるはしをもぎとると、墓に近寄って、塵と化した残骸物を引っ掻き回した。

コインが一つ、二つと出てくる――今度のは一シリング硬貨だ――それから――なにか色のついた光をきらきらと反射するものが――

一行の調査は終わりを告げた。そこにあったのはエドウィン・ドルードのものにまずまちがいがなかった。なぜなら、その光を受けてきらめいているのは、長年にわたってグルージャスが書き物机の秘密の引き出しに保管していたダイヤモンドとルビーの指輪だったからだ！

XII

意気揚々とした二人の刑事にとって、地下墓所での発見は、捜査の転機となるように思えた。かねてから、というか実際には捜査を始めたほぼ直後から、スティーヴンズもアーノルドも、ジャスパーがドルード殺しの犯人だと確信していた。それがついに、聖歌隊長こそ殺人犯であるということが明白になったのだ。

この上機嫌の状態は、二人が警視総監や法務長官のサー・リチャード・ベセルとともに、ホワイトホール・プレイスにあるサー・リチャードのこぢんまりとした部屋に入るまで続いた。

二人の興奮に最初に水を差したのはサー・リチャードだった。二人からそれまでに突き止めた内容について報告を受けながら、彼はかぶりを振った。「警部補、わたしは公正に言って、ジョン・

ジャスパーが甥と不運なバザード氏を殺害した犯人であるというきみの意見を支持するが、起訴する前にもっと証拠固めをしなければならないのだよ。治安判事が彼をまちがいなく裁判にかけられるだけの証拠が必要だし、それがあって初めて、大陪審は起訴状案を適正と認めるだろう」彼は気ぜわしげに指で机を叩いた。「だがわたしは、適正な裁判において陪審員がどう判断するかわかったものではないと思うのだよ。自分が弁護側なら、優位に闘える自信がある。今後はここにいる四人で一週間ごとに会うことにしてはどうだろうか。報告書に目を通したが、このプリンセス・パファーにぜひ事情聴取を行ってほしい。この女性がジャスパーのことを知っているのは明らかだ。われわれに有利となる情報をもたらしてくれるかもしれないからな」

「あいにく、彼女がどこに住んでいるのかわかっていないのです。ロンドンのどこかにちがいないとは思っていますが」スティーヴンズが申し開きをした。

「見つけ出すんだ」サー・リチャードがきっぱりと言い渡した。「一週間やろう、警部補。わたしはきみが草の根分けても彼女の居場所を突き止めると信じているよ」

*

一週間！　たった一週間でプリンセス・パファーを見つけ出すなんて！　スティーヴンズとアーノルドはあらゆる手段を講じ必死にこの謎の女を探したが、日にちが過ぎるばかりで、彼女の住所はおろか、どの地域に住んでいるかさえまったく手がかりが得られなかった。

二人は刑事課にいる警官全員に尋ねてみたが、誰一人としてプリンセス・パファーの名前に聞き覚えのある者はいなかった。そこでロンドン市内の警察署を残らず訪ねて歩き、さらには郊外の警察署にも足を延ばしたが、プリンセス・パファーのことを知っている警官は一人もいなかった。

ついにスティーヴンズは、彼女はロンドンではなにか別の名前で知られているにちがいなく、その場合は、彼女が見つかる見込みは、生きているドルードを見つけるのと同じくらいしかないという悲しい結論に達した。

二人は来る日も来る日も十四時間かそれ以上も聞き込みを続けた。夜、ファーニヴァル・ホテルの部屋に帰り着いたときには――グルージャスが〈ステープル・イン〉の真向かいにあるこのホテルに泊まるよう勧めたためだ――肉体的にも精神的にも疲れ果てて、服を脱ぐあいだにももう眠りかけているというありさまだった。

一週間がありえないほどに早く過ぎていった。再び二人は警視総監と法務長官に話を訊かれた。法務長官は、プリンセス・パファーを探し出せなかったという報告に落胆を隠さなかった。「残念だよ」彼は言った。「わたしはいまではこの事件に関する報告書を細心の注意を払って読んでいるが、ジャスパーを起訴するには法的に弱いという当初の見解は変わっていない。いや、どれほど強くても、意見は変わらないかもしれないが。わたしには最も有力な証拠が致命的に欠けていると思えるのだよ」

「それでは、起訴はなさらないんですか？」スティーヴンズはあからさまに失望していた。

「そうは言っておらんよ、警部補」法務長官は答えた。「この男が犯人であることは疑問の余地がない。たしかに、彼は野放しにしておいて安心できる存在ではとてもない。二人も手にかけた人物なら、必要とあらばさらなる犯罪もためらわないだろうからな。そうとも、警部補、明日クロイスタラムへ戻って、ジョン・ジャスパーの逮捕状を請求してくれたまえ。

治安判事が裁判のためにジャスパーを収監したなら、わたしは審理の場をオールド・ベイリー沿いにある中央刑事裁判所に移すための事件移送命令を請求しよう。その間に、そして公判が始まるまでに、きみはこの女性の居場所を突き止めるか、あるいは確固たる物的証拠を手に入れてくれるとさらにいい。捜査令状も請求するのだ、警部補。ジャスパーの自宅を捜索すれば新たな証拠が見つかるかもしれない」彼は警視総監の方に顔を向けた。「こんなに優秀な警官があなたの配下にいることにお祝いの言葉を述べさせていただきますよ。事件発生から時間が経って、捜査が難しかったことを考えると、二人は驚くほどよくやってくれたと思いますから」

こうした言葉とともに、法務長官は二人の刑事に向けて手を差し出した。

＊

待ちに待った公判の日がやってきた。開始時間が午前九時なので、スティーヴンズとアーノルドは朝早くに起きて――「連中もいずれそうなるほどは怠け者じゃないんですね」早起きが苦手なアーノルドは不平をこぼした――食べ応えのある朝食を腹に収め、ファーニヴァル・ホテルを出て、ホルボーン通りを進んでいくと、やがてオールド・ベイリーおよびギルトスパー・ストリートと十字に交差している広い台地に行き着いた。

アーノルドはスティーヴンズの右腕をつかんだ。「あの広場の向こうにあるのは、ニューゲート刑務所ですよ。陰鬱な感じの場所ですね。二十世紀になれば取り壊されてロンドン中央刑事裁判所《オールド・ベイリー》になりますが、ぼくたちの子孫が訪れる建物ほど心は浮き立ちませんね」

「窓もあまりない」

「ええ。昔は新鮮な空気が身体にいいとは信じられていなかったんですよ。人々は壁のくぼみにギリシア神話やローマ神話に登場する英雄や半神女の彫像を置いてある建物がお好みだったようですから」アーノルドは通りの先にある建物を指差した。「オールド・コートとニュー・コートからなる現在の中央刑事裁判所です。われらが友人ジャスパーの公判がオールド・コートで始まるまでに、もう一時間もありませんよ」

「一時間もないだって！」スティーヴンズの声はうつろだった。

アーノルドはさもありなんといった目で上司をちらりと見た。「試練に立ち向かうのは気が進まないんじゃないですか？」

「まあな」警視はぶっきらぼうに認めた。「通常のケースで証言するのとはわけがちがうからな。まったく！　オールド・ベイリーでは何度も証言台に立っている――だが、くそ！　自分が本来の自分ではないという考えが頭から離れなくてな」

アーノルドはうなずいた。「その感じはわかります。ぼくもバスが道を空けろとけたたましく鳴らす懐かしい警笛が聞こえないか期待しつづけていますし――あのう、言うまでもないことですが、ぼくたちはうっかり口をすべらせないよう気をつけないと。誰がジャスパーの弁護をするかご存知ですか？」

「ヘンリー・ホーキンズという男だ」

「そうです。反対尋問の鬼です。ぼくの先を見通す力が衰えていなければ、彼は近いうちに〝首吊り判事〟として知られるようになりますよ」

その朝初めてスティーヴンズは心から楽しそうに笑った。「本人に教えてやるべきだな。気に入るかもしれないぞ」

「逆に、気に入らないかも」アーノルドもくすりと笑った。「ですが、いま申し上げたように、ぼくたちが自分たちのことをどう考えているか、あるいは、ぼくたちが自分たちの身になにが起きたと思っているか、彼にうすうすにでも勘づかれれば、容赦ない攻撃が始まるでしょう。加えて、訴追側は最上級法廷弁護士のバランタインで、彼も非常に切れ者です。なんだか、ジャスパーの公判は掛け値なしにおもしろくなりそうですよ」

その予想にスティーヴンズは嬉しくなさそうな顔をした。

二人は中央刑事裁判所へと向かった――が、そうやすやすとはいかなかった。というのも、オールド・ベイリーとその周辺の通りは、宮廷や社交界で取り入れられている最新流行のものから、スラム街の住人によって十年も着古されたあちこちほつれてぼろぼろの服まで、考えうるかぎりの形や生地の服を着た人々や乗り物でごった返していたからだ。彼らはみなその裁判を傍聴するためにそこにいた。宮廷の麗人に下町の老婆、誉れ高い伯爵閣下に恥知らずの掏摸《すり》、メイフェアの洒落男にドルリー・レーンのいんちき行商人、めかし屋にかたり屋。

「壮観だな！」スティーヴンズが思わず叫んだ。「洗練された人々だろうとロンドン子だろうとみなイベントには目がない。どうやらこの時代でも人々が熱狂的に大騒ぎするものはあるんだな」

「わけても、悪名高い殺人事件の裁判はそうですよ」アーノルドが同意した。「ですが、この事件に人々がこれほど興奮するようになるなんて意外ですね」

「それほど意外じゃないさ、ダードルズがドルードの残骸を地下墓所で発見したことを新聞が大々的に取り上げたことを考えればな」

ずいぶん突かれたり押されたりしたすえに、ようやくスティーヴンズとアーノルドは刑務所と裁判所のある区域へ通じる戸口を通過することができた。中に入った二人は右手に進み、オールド・コートに続く階段をのぼった。最上段に着くと、左手に曲がって、長く延びる薄暗い通路を少し歩いて、法廷につながるドアの前に立った。

このドアを押し開け、二人は適度な広さのある四角い法廷に入った。向かいに三か所ある四角い窓——その向こうに見えるのはニューゲート刑務所の壁だけだ——から明かりが入って室内を照らしている。そこではすでに慌ただしい動きが始まっていて、誰一人として二人の存在に気づかない。二人はドアのすぐ内側で立ったまま、法廷内を見渡して、のちの時代の第一法廷と比べていた。

左手には天上近くまで傍聴席が設置されていた。傍聴席の下は被告席で、どうやら裁判所の下の人目につかない通路と階段でつながっているらしい。その被告席のすぐ前方左寄りにあるのが円形の証言台。正面の窓の下に陪審員席があった。

右手の壁を占領しているのは、一段高い場所に数個の机が並べられた裁判官席だ。いまはまだ空席のため、裁判長席の背後の深紅色の線が入った壁に飾られている金メッキの正義の剣が見えている。

法廷の中央には、法律書がうずたかく積まれた緑色のベーズ生地を張ったテーブルが置かれていた。窓と向き合う位置にあるのが最上級法廷弁護士用の長椅子。そのうしろに下級法廷弁護士およびその相談役が座ると思われる長椅子が並び、さらにそのうしろに、特別傍聴人のための長椅子が、そして最後部に記者団用に二列の長椅子が用意されていた。

スティーヴンズは短い笑い声をあげた。「一八五七年の法廷も二十世紀半ばの法廷とさほど変わらないな」彼は低い声で感想を漏らした。

「それに、これまた代わり映えのしない太鼓腹のご老人たちがふんぞり返ってまもなく登場されることでしょう」アーノルドが言い足した。

それでもちがいはあり、二人はすぐにそれを目の当たりにすることになった。法廷に傍聴人が入りはじめた。二人が入ってきたのと同じドアから、社会的地位を利用して待望の入場券を手に入れた人々が入廷してくる。淑女たちはシルクやサテンを惜しげもなく使ったドレスで着飾り、扇子をひらひらさせ、わざわざ買い求めたブーケの香りをほのかに漂わせ、人がぞくぞくと入ってくる法廷をつんと澄ました顔で見回していた。彼女たちをエスコートしている男性たちはというと、これまた堂々としたいでたちだった。服は肩や腿やふくらはぎにぴったりと合い、男性用スカーフは染み一つなく、髪もひげも床屋に行ってきたばかりであることを如実に示している。彼らは互いに声高にしゃべる一方で、香りをつけたハンカチーフをこれみよがしに取り出し、しょっちゅう鼻へともっていきながら、より容姿の優れた淑女たちに色目を使っていた。

こうした人々に対して、すっきりとした法廷服に身を包んだ州長官や州長官代理は仰々しく会釈をするとともに、たまたま紛れ込んでしまったそれほど地位の高くない者たちにはかすかに顔をしかめていた。

法廷に独特の雰囲気を醸し出しているこれらの人々が、刺激を求めてやまない者たちの将来世代しか思い描くことのできない二人の目には奇妙に映った。その奇妙な未来におけるこの手の人々は——二人はきわめてよく知っているように思えた——過去の時代と同じように殺人事件の裁判に群がっていたが、服装はこれほど派手でなく態度も控えめで、法の威厳にもっと敬意を表し、裁判で運命が決まる被告人の感情にも配慮していた。

生地がすり切れて光っている黒っぽい粗末な服装の若者や老人、古風な趣の制服に身を包んだ廷吏や裁判所書記官、警察官もそれぞれ法廷に入ってきた。まだ依頼人のいない若手弁護士の一団が——おそらく後学のためだろう——法曹界きってのやり手二人の裁判を傍聴に訪れ、ここでバランタイン最上級法廷弁護士その人が下級法廷弁護士を従えて現れ、まもなく被告側弁護人のヘンリー・ホーキンズ氏が被告人と最後の打ち合わせを終えて着席した。

法廷は人でいっぱい——いや、あふれかえっていて、話し声や扇子や紙がこすれる音、本のページを繰ったりブーツを履いた足をこすり合わせたりする音で賑やかなことこのうえなかった。重々しくドアが叩かれる。喧噪がぴたりとやんだ。太刀持ちを先頭に、裁判官席の背後のドアからロンドン市長が入廷してきた。毛皮のついた青色のローブの上からその職位を示す重量感のある見事な金の鎖をかけている。見た目と雰囲気は似ているが市長ほど大物ではない印象のローブ姿の人物たち——議会の長老議員がそのあとに続いた。最後に登場したのはアーミン毛皮のついた緋色のローブをまとい、白い馬毛のかつらをかぶった裁判官たち——ブラックバーン裁判官とコーバーン裁判官だった。

裁判官二人は市長におじぎをし、長老議員たちがおじぎを返した。それから裁判官らは訴追側と被告側弁護人および陪審員団におじぎをし、法廷にいる一般市民に向けても——あまり深々とではなかったが——おじぎをした。訴追側と被告側弁護人および陪審員団、法廷にいる一般市民は裁判官らにおじぎを返した。二人の裁判官が席に着くと市長も着席して——正義の剣が飾られている真下が一番の上座だ——長老議員もそれにならい、それから法廷にいる一般市民も腰を下ろした。

華やかな儀礼的手続きはこれで終わり、ジョン・ジャスパーの審理が始まった。

XIII

陪審員が宣誓をしたあと、巡回裁判の書記によって長い起訴状が読み上げられ、訴追側弁護士が冒頭陳述を行って、最初の証人が呼ばれた——ウィリアム・スティーヴンズ警部補だった。

スティーヴンズはきびきびと歩いて証言台に立ち、宣誓をした。最上級法廷弁護士で訴追側を率いるバランタインが立ち上がって、母音を伸ばす気取ったしゃべり方で質問を始めた。「あなたはロンドン警視庁刑事課のウィリアム・スティーヴンズ警部補にまちがいありませんか?」

「まちがいありません」

「警視総監からエドウィン・ドルード氏の失踪に関する捜査を行うよう指示を受けましたか?」

「はい、受けました」

「捜査の結果、なにをしましたか?」

「被告人、ジョン・ジャスパー氏の逮捕状を請求しました」

「それは認められたわけですね?」

「そうです」

「逮捕状の日付は?」

「一八五七年九月二十二日です」

「被告人を逮捕したのはいつですか?」

「同日の夕刻でした」

「被告人になんと言ったのですか?」

「案内された門番小屋の居間で『ジョン・ジャスパーさんですか？』と尋ねました。彼は『ご存知でしょう』と言い、わたしは『残念ですが、これもつらい役目なのです、あなたをエドウィン・ドルード氏殺害の容疑で逮捕します』と伝えました」

「被告人はどう答えましたか？」

「ひどく驚いた様子で、『ばかげていますよ。甥が死んだかどうかもわかっていないのに。甥の死が証明されたとしても、言わせていただければ、彼を心から愛していたわたしが殺したというのは名誉毀損もいいところです』」

「それに対してあなたは？」

「『あいにくそれはわたしの関知するところではありません。警告しておきますが、あなたの発言は不利な証拠として採用されることがあります。ご足労ですが警察署までご同行ください』」

「そのあとはどうなりましたか？」

「彼は外出着に着替えてわたしと警察署へ行きました。地元警察のジャドキンズ巡査部長がその場で正式にエドウィン・ドルード氏殺害の容疑で起訴しました」

「あなたが被告人の逮捕において行ったことはそれですべてですか？」

「そうです」

「次に、被告人の住居を調べられるよう捜査令状を請求しましたか？」

「しました」

「逮捕の際、あなたはもう一人警察官を同行していましたか？」

「はい、ロンドン警視庁刑事課所属のヒュー・アーノルド巡査部長です」

「そのアーノルド巡査部長はあなたが被告人の住居を捜索した際にも同行していましたか？」

「していました」

「それでは、警部補、家宅捜索の結果なにを見つけましたか？」

「居間で鍵のかかった戸棚を見つけ、開けてみました。戸棚の中には特徴的なパイプと、なにか薬めいたものが入った陶器の壺がありました」

「そのパイプか薬めいたもののどちらかでも、どういうものかわかったのですか？」

「はい。パイプは阿片を吸うのに使用されるたぐいのもので、壺の中身は調合ずみの阿片として知られる薬物でした」

「その二つのものから、あなたは被告人が阿片を常用していたと推測したのですね？」

「わたしはそう推測しました」

「証拠物件十九番と二十番は、あなたが戸棚で見つけたパイプと壺ですか？」

「そうです」

「ほかに発見したものはありますか、警部補？」

「ありません」

「この審理において重要な証人の絵が被告人の居間に掛かっていたのを目にしましたか？」

「はい。クレヨンで描かれたローザ・バッド嬢の絵が目立つところに飾ってありました」

「ありがとう、警部補。もう結構です」バランタインは着席して、スティーヴンズに対する簡潔な証人尋問の主要部分が終わったことを告げた。ヘンリー・ホーキンズが立ち上がった。

「スティーヴンズ警部補、いましがたわが博学なる友によってなされた質問に答えて、あなたはご自分をごく簡単に、ロンドン警視庁刑事課に所属するスティーヴンズ警部補だと説明しましたね？」

「はい、しました」スティーヴンズは被告側弁護人がなぜそのようなことを指摘するのか意図がわからず、驚いた口調になった。

「その課にはそれほど多くの人員がいないのではありませんか？」

スティーヴンズは微笑した。「それでも千人ほどは――」

「千人ですと！」ホーキンズは飛び上がらんばかりの驚きを示し、スティーヴンズの言葉を遮った。

警視は不安そうに唇を湿した。用心していたにもかかわらず、うっかり口をすべらせてしまった。「そ、そのう――も、申し訳ありません」彼は言葉につかえながら弁解した。「わたしは――べ、別のことを考えていました」

「そのようですね」ホーキンズがぴしゃりと言う。「ほかのことに気をとられず、この公判に集中していてもらえると助かるのですが。刑事課には六人しかいないと言えば、あなたはわたしに反論なさいますか？」

「反論する気は毛頭ありません」スティーヴンズは小さな声で返事をした。

「ありがとう」ホーキンズは冷ややかな笑みを浮かべた。「それでは、あなたの課がほんの十五年前に創設されて以降、増員されていないことをわたしが思い出させても、おそらく反論はしないのでしょうね？」

「そのとおりです」それが事実だったということをぼんやり認識して、スティーヴンズは認めた。

「どうして増やさないのですか？」

「わたしには答えかねます。わたしは警視総監でもなければ、内務長官でもありませんから」

「もっともなお答えです」ホーキンズはそっけなく言った。「刑事課が創設されてからというもの人的資源が増えていない理由をわたしが述べましょう。それは陪審員の立派な紳士がたを選んだ市民が、それも膨大な数の市民があなたがたを評価していないからです。市民は刑事課の能力を疑問視している。なぜ刑事を信用できないのか。それは制服を着ていないから、捜査方法が外国警察の嫌悪すべき〝おとり捜査員〟の手法を連想させるから、平服の警察官を刑事として用いることはわれわれイギリス国民の自由と公正の輝かしい理想に基づく習慣と感情に馴染まないからです」

「ばかげている！」思わず警視は声を荒らげた。

「どうしてばかげていると言えるのですか？」

「ばかげているからですよ」スティーヴンズは興奮して主張を繰り返した。「われわれ刑事は制服組に負けないくらい敬意を払われています。そもそもそうでなければ、犯罪者たちはやりたい放題でなにをしでかすかわからなくなり、善良な市民にとって生活は世にも耐えがたいものとなってしまうでしょう。ただでさえ、犯罪者が自動車で逃亡を図るこのご時世では連中を追うこともままならないのです。幸い、特別捜査班や機動隊が――」彼は自分がなにを口走っているのか気づいて、途中で言葉を呑んだ。

「どうぞ続けてください、警部補」ホーキンズは猫なで声で促した。

「このようなことを言うつもりではありませんでした。妄言を口にしてしまったことをお詫びします」

「いやいや、謝るにはおよびませんよ」被告側弁護人はあくまで機嫌よく物柔らかな口調で言う。「あなたが口にした妄言は実に興味深い。実にね！」一呼吸おいてから続ける。「なにやら自動車なるものについて発言していましたが、自動車とはどういうものですか、警部補？」

スティーヴンズは手をこぶしに握ったり開いたりした。彼がなにより恐れていた状況が現実のものとなっていた。どう答えればいいのだろう。どんな説明をつけられるというのか。

ホーキンズは考えをまとめる猶予を与えてくれなかった。「わたしは質問しているのですよ、警部補」大声で急かす。「答えていただけませんか。自動車とはなんです？」

「自動車とは動力で動く車のことです」スティーヴンズはもうどうにでもなれという気持ちで答えた。

「動力で動く車ですと！」ホーキンズは言葉を噛みしめるようにして言った。「車がどういうものかは承知していますよ。単数もしくは複数の馬が二輪あるいは四輪のついた人の乗る箱を引くものです。正直なところ、わたしは蒸気機関車と呼ばれる途方もない怪物には詳しいのですよ。どうか、警部補、動力で動く車とはどういうものか教えてくれませんか」

「わ、わたしは――そのう――動力で動く車というのは――」スティーヴンズは言葉が出てこなかった。

「申し上げるまでもありませんが、ここにおられる陪審員のみなさんもあいにく動力で動く車というものに馴染みがありません。さあ、スティーヴンズ警部補、わたしは簡単な質問をしているのですよ――あなたにとっては簡単なことでしょう、なにしろ、この種の奇妙な乗り物についてさらりと口にしたのですから――動力で動く車とはどういうものですか？　どうして答えないのですか？」

「恐れながら、あなたにはご理解いただけないでしょう」

ホーキンズは皮肉っぽくおじぎをした。「そうでしょうとも、警部補、わたしはあなたほど知性が高くありませんからね。それでも、ささやかな知的能力を限界まで引き伸ばしてでも、最善を尽くしてあなたについていくつもりですよ」

その辛辣な物言いに、スティーヴンズは心の奥で身をよじっていた。基本的に気の長い人間である彼だが――公衆の面前で嘲られたままの状態に我慢できる人間は数えるほどしかいないため――普段の落ち着きを保つのが困難になりはじめていた。

「いいでしょう、ご説明します」スティーヴンズは歯を食いしばるようにして言った。「動力で動く車は、三輪か四輪の乗り物で内燃機関によって進みます。おわかりですか？」言葉は放たれ、彼は高揚感を覚えていた。勝負はあった――それも大差で――と信じていた。

彼の勝利の喜びは長くは続かなかった。「それで、内燃機関とは？」ホーキンズは冷ややかに尋ねた。

「加圧室の内部で気化ガスが爆発することによって生み出される駆動力のエンジンのことです」

しばらく間があいた。「つまり、蒸気の代わりに気化ガスによって動くと？」

「そのとおりです」

「あなたの言うこの動力で動く車というものは蒸気車両よりも速く走れるのですか？」

「はい」

「どのくらい？」

「相当に」

「蒸気車両は道路での最高速度は時速十四マイルを記録しています。自動車はそれより速く走れると？」

スティーヴンズは短く笑った。「自動車の中には、時速二百五十マイルを超える記録を出しているものもあります」

緊張をはらんだ沈黙が流れた。ホーキンズはすっと背筋を伸ばした。「警部補、どうやらあなたは厳粛な法廷にいることをお忘れのようだ」彼の声は氷のように冷たかった。「被告席にいる男性は殺人罪で裁判にかけられ、その生命が左右されようとしているのに、国家の警察の一員ともあろうものが、それも訴追側の証人であるあなたが、気ままにふざけた態度をとるとはなにごとですか。あなたの振る舞いは誠に遺憾だ」

「きみの意見をわたしは全面的に支持するよ、ホーキンズ君」裁判長を務めるブラックバーン判事が口を挟んだ。スティーヴンズに向かっていかめしく言う。「法廷侮辱罪に問うことも考えているぞ」

スティーヴンズは不安そうに判事を見つめた。「ですが、わたしは本当のことをお話ししているのです」彼は必死に訴えた。「マルコム・キャンベル卿は、先ほどわたしが述べたのより速い速度記録を一年か二年前にアメリカ合衆国で樹立しています」

「マルコム・キャンベル卿などという名前は聞いたことがない」ブラックバーン判事はそっけなかった。「そのありえない功績がいつなされたのか教えてくれないかね」

「一九三三年二月に、彼は時速二百七十二マイルの記録を打ち立てました」

またしても水を打ったような静けさが広がった。スティーヴンズは汗が顔を流れ落ち、首を伝って襟やシャツを濡らしていくのを感じた。

ブラックバーン判事の表情が暗さを増した。「そう、きみはわたしの警告を無視することにしたのだね」声が乾いてかすれている。「法廷を軽んじる態度をあらためるつもりはないのか。いまが一八五七年であることがわかっていないとでも？　それにもかかわらず、一九三三年が『一年か二年前』だと言う。警部補、きみは正気を失っているのかね、それとも自分もその一員である高潔な警察の顔に泥を塗っているのかね。きみのことはきみの上司に報告するものとする」

「お、お待ちください――」スティーヴンズは追いすがった。「ご説明します」

判事は厳しい目で警視をじろりと見た。「では、説明を聞こう」

スティーヴンズは震える手で目をこすった。「なにかがわたしの身に起こったのです、わたし自身、理解のできないことが。おそらくわたしは頭がどうにかなってしまったのでしょう」彼は少し言葉を切った。「エドウィン・ドルード氏の失踪事件を調べるよう指示された日まで、わたしは二十世紀で暮らしていました――いえ、その」彼は慌てて言い直した。「二十世紀で暮らしているという幻覚に悩まされていたのです。そういうわけで、その――正気に戻ったとき、一八五七年やその前のことは何一つわかっていませんでした」

ブラックバーン判事はいくらか興味を持って、スティーヴンズをまじまじと見た。「われわれを煙に巻くつもりはないと言うのかね？」

「誓って、そのようなことはありません」スティーヴンズは力説した。

「おもしろい」ややあってから、判事が言った。「きみは、心は七十年余り未来で生活していたと、われわれに信じるよう頼んでいるのかね？」

「未来に住んでいてここでのことを夢に見ているのでなければ」

不適切な発言だった。

「わたしは想像の産物などではないぞ」ブラックバーン判事が冷ややかに言った。「血も肉もあるれっきとした生きた存在だ」あらためて警視をじっくりと観察した。「だが、きみの不可解な言い分を信用することにしよう」一呼吸おいてから付け加える。「まあ、かのシェイクスピアも『ハムレット』にこう書いていることだしな。『天と地のあいだにはな、ホレイショウ、おまえの哲学が夢見るよりずっと多くのものがあるのだ』と。どうやら警部補、この奇妙な幻覚に陥っているあいだ、きみは二十世紀も三十年代に入った世界を見ていたようだね？」

「はい」

「時速二百七十二マイルの猛スピードで駆け抜けるその驚嘆すべき車も含めて？」

「そうです」

「きみは予知者か予言者だと明言するのか！」判事はホーキンズに視線を移した。「ホーキンズ君、わが国の歴史を紐解けば、過去にも似たようなお告げの力を持つと主張した者たちがいたな。そう、たとえば、十六世紀の有名な予言者マザー・シプトン」皮肉な笑みが口元に浮かぶ。「あいにく、マザー・シプトンを信じるならば、スティーヴンズ警部補を信頼することはできなくなるが。なにしろ、彼女の予言によると世界は一八八一年に終わることになっているが、スティーヴンズ警部補は一九三三年以降の世界も存在すると主張しているわけだからな。

もう一人有名なのは、もちろん、一八一四年にこの世を去ったジョアンナ・サウスコットだ。いまだに彼女の押韻詩による預言を盲目的に信じている騙されやすい人が何百、何千人といる」

「おっしゃるとおりです」ホーキンズが小声で相槌を打った。「ですが、最高の敬意を払って申し述べさせていただきますと、この審理における証人スティーヴンズ警部補の場合、未来が見えるという彼の主張は真実味に欠けています。マザー・シプトンやジョアンナ・サウスコットの予言では、少なくともいくつかは世間に受け入れられるものがありましたが、控えめに言っても《カム・グラーノ・サーリス》、警部補の予言は、『不合理なるがゆえに信ず《クレド・クィア・アブサーダム》』の域をはるかに超えています。

お許しいただけるのでしたら、わたしはもう少し証人に尋ねたいのですが――」ホーキンズがいかにも軽蔑した態度でかすかに眉を上げてみせ、裁判官から陪審員席に視線を移す。考えを声に出して言ったかのようにはっきりと、こんな証人の主張に真剣に耳を傾けるのは愚の骨頂だと陪審員に伝えた。「――二十世紀半ばに近づいている世界について」

「この審理に、そうした質問はどんな意味があるというのかね、ホーキンズ君？」ブラックバーン判事が訊いた。

「お答えする前に、証人に一つ質問してもよろしいでしょうか」判事の承認を得て、ホーキンズはスティーヴンズに顔を向けた。「今回の裁判において、未来で目にしたことをほかの証人に話しましたか？」

スティーヴンズは惨めそうにうなずいた。「はい」

「それは誰ですか？」

「アーノルド巡査部長です」スティーヴンズはぼそぼそと答えた。

「ほかには？」

いくつかの事柄について、クリスパークルとグルージャス、サプシーにそれぞれ別の機会に口にしたことを思い出して、スティーヴンズはまたうなずいた。「クリスパークル師とグルージャス氏、それにサプシー氏にも話したことがあります」彼の声は消え入りそうだった。

「やはりそうでしたか」ホーキンズは勝ち誇ったように言った。「裁判長閣下」彼は続けた。「警部補は本件の捜査に最初から関わり、犯人検挙のためにまず証人の大半に事情聴取を行っています。つまり、そうした証人の証言は警部補の影響を受け、また彼自身の言動に証人が想像力を刺激されて、公正さを欠いた可能性があると思います」

「なるほど、ホーキンズ君。だが、陪審員のみなさんは証人の発言からご自身で判断なさるだろう」ホーキンズはもう一度スティーヴンズの方へ向き直った。その目がきらめくのを見て、警視は暗澹とした。

「それでは、警部補、先ほどあなたは、警視総監からエドウィン・ドルード氏失踪事件の捜査を命じられる日まで、自分は別の世紀で暮らしていたと信じていたと言いましたね」

「説明するのは難しいのですが――」

「すでにあなたはある事柄についての説明が困難であることを教えてくれましたよ」

この口出しにスティーヴンズは取り合わないことにした。「その日の朝、目を覚ましたときは、自分が二十世紀に住んでいると思い込んでいました。起こしてくれたのはアーノルド巡査部長で、サー・リチャード・メイン警視総監が呼んでいるということでした。どうしてわたしを起こしたのが妻ではなく、彼だったのか尋ねたのです」

「ちょっと待ってください、警部補」ホーキンズが話に割り込んだ。「あなたは結婚しているのですか?」

スティーヴンズは唇を噛んだ。「この時代ではありません」彼はもごもごと言った。

ホーキンズは眉を上げた。「先の時代に奥さんがいると?」陪審員の一人がくすくす笑った。

スティーヴンズの頬がかっと熱くなった。「そうです」

「奥さんを未来に置き去りにしてくるとは、男らしくありませんね」

「ええ」警視は怒ったように返事をした。

「いやいや！」ホーキンズがからかう。「なんとも便利な奥さんをお持ちだ！」法廷内に大きな笑い声があがった。「それでお子さんは？　あなたは子供も未来に置いてきてしまったのですか？」

「子供はいません」早すぎるほどの答えだった。

「なるほど、あなたの子供はまだ未来にいるというわけですね」被告側弁護人がすかさず言葉を返す。再び法廷は笑いに包まれた。「アーノルド巡査部長はあなたを起こしたあと、警察本部があなたを必要としていると伝えた！　それでどうしました？」

「着替えてアーノルド巡査部長と本庁に向かいました」

「なんと！　アーノルド巡査部長と本庁に向かった？　その要請に驚かなかったのですか？」

「はい」

「どうしてですか？　教えてください、警部補。信じがたい偶然によって、あなたは先の時代の刑事課に配属されているとでも？」

「そうです」答えてから、スティーヴンズは強い口調で不平を言った。「それに、わたしの正式な階級は警部補ではなく、警視です」

「先の時代で？」

「はい」

「この時代に警視はいない？」

「いません」

「警視という階級は警部補より上に位置するようですね？」

「そうです。警部補の上は警部で、その上が警視です」

「本当ですか、警視、それはお祝いの言葉を述べさせていただかないと。いまのあなたは警部補です。それが七十五年後には警視になれるのですから。七十五年で二階級昇進ですか！　そんなスピード出世とは、あなたの有能さを雄弁に語っていますね！」

ホーキンズの言葉に続いて起こった爆笑は形容のしようもないほどだった。いっこうに収まる気配がない。その中でスティーヴンズは、ドルードの代わりにホーキンズが被害者であったなら、喜んでジャスパーと席を替わってやると思っていた。

哀れなスティーヴンズ！　だが、悪夢はこれで終わりではなかった。

XIV

「一つ教えてもらえませんか、警部補」ホーキンズがややあってから尋ねた。「ダービーはあなたが話す未来の世界でも行われているのでしょうか？」ホーキンズの真後ろの長椅子に陣取った賭好きで有名な男が忍び笑いを漏らした。

「行われていますよ、障害競馬のグランドナショナルも」

ホーキンズが次の質問をしようと口を開きかけたとき、陪審員の一人が立ち上がった。

「証人に質問をしてもよろしいでしょうか」その陪審員が許可を求めた。

「かまいませんとも。なにをお訊きになりたいのですか？」

「来年のダービーでどの馬が優勝するのか彼に尋ねたいのです」

新たな爆笑が起こり、またしても廷吏が何度も静粛にと叫ばなければ静まらなかった。ブラックバーン判事はこの大騒ぎに顔をしかめていたものの、その口元はゆがんでいた。

「では、警部補、いまの質問に答えられますか？」ホーキンズが尋ねた。

「いいえ」すぐさまスティーヴンズは否定した。「わたしの記憶にはありませんから。なにしろ、生まれる前のことで——つまり、その——」

「平たく言えば、わからないということですね」ホーキンズが陪審員に向けてにこやかにうなずいてみせた。この口出しに気をよくしていた——少なくとも一人の陪審員は、未来のことがわかるという証人の主張を信じていないわけだから。

「証人が来年のレースの結果を発表しなくて、わが国の胴元は助かっただろう」ブラックバーン判事が静かに意見を述べた。

「まちがいありませんね、裁判長閣下。発表していれば、ここにいるわれわれの多くがいくらか賭けたでしょうから」スティーヴンズに向かって言う。「闘拳での賭は——まだ行われているのですか？」

「いまでは素手ではなく、ボクシンググローブをつけていますが——いいえ、未来の世界では」

「当然、イギリスは未来でも、あらゆる競技において抜きん出ているのでしょうね」ホーキンズが軽く尋ねた。

スティーヴンズは愛国者だったが、にもかかわらず、答えを口にするときには暗い喜びのようなものを感じていた。「それはちがいますね」意地悪そうに言う。「ほとんどの競技においてイギリスは他の国々にかないません。イギリスは十九世紀の終わりにヘビー級の世界チャンピオンを輩出して以降さっぱりです」

「ありえない！」被告側弁護人は言下に否定した。スティーヴンズは肩をすくめた。「では、未来の世界チャンピオンはどこの国の人間ですか？」

「アメリカ、ドイツ、イタリアです」

今度はホーキンズが肩をすくめ、意味ありげな目線を陪審員に送った。こんな万に一つもありえない予言をする証人は大法螺《ぼら》吹きでしかないということだ。

「競技についてはもういいでしょう。この国についてお尋ねします。豊かで好景気に沸いているでしょうか？」

警視はかぶりを振った。「いいえ。一九三〇年から一九三四年にかけては景気のいい国など一つもありません。景気は世界的規模で落ち込み、王位は揺らぎ、銀行は倒産し、事業は破綻して、何百万人もの失業者が出て極貧に苦しむことになります」

「景気が落ち込むきっかけは？　飢饉ですか？」

「いいえ、過剰生産です」

「なにを作りすぎるのです？」

「ありとあらゆるものをです。穀類、ゴム、錫《すず》、コーヒー、紅茶、銀、米。食物は栽培されすぎて海に投棄することになります」

ホーキンズは短く笑った。「そして警部補、あなたはその証言台に立って、裁判官に、十二人の知性豊かな陪審員に、そのほか当法廷にいるわれわれみなに、世界中の人々が飢えているにもかかわらず、食物が海に投げ捨てられるというあなたの予言を信じるよう本気で求めるのですか？」

「わたしは自分が知っている未来を話しているのです」

「では、どうして食物は海に捨てられるのです？」

「食料の価格を維持しておくためです」

「しかし、価格を下げれば、食料生産者はさらに多くの生産物を売れるのではありませんか？」

「そこが問題なのです。過剰生産のため、生産者は損をして生産物を売るしかなくなってしまいます——売れば売るほど損がかさむのです」

「どうして余った食料を海に捨てたりなどせず、貧しい人々に、とりわけ失業中の者に分け与えないのですか？」

「そうすれば人々はいっそう買わなくなるからです」

「だったら好都合なのでは？」ホーキンズは皮肉っぽく言った。「購入されなければ生産者は大損しなくてすむでしょう！　だが、仕事を失っているのなら、どうして失業者は食料が買えるのです？」

「手当を受けているからです」

「なにに対しての？　失業していることに対して？」

「そうです」

ホーキンズはやれやれというように両手を上げた。「気づいていますか、警部補、あなたは口を開くたびに自分が似非予言者であると証明しているも同然だということを？　あなたが描写したような世界なら、ベドラムの精神病院と大差ありませんよ」

「まさにそのとおりです」スティーヴンズはそっけなく言葉を返した。

「どうしてそんなことに？」

「すべて世界大戦のせいです」

「ほう！　世界大戦ですか。世界大戦とはどういうものなのか、訊いてもいいですか？」

「イギリス、フランス、イタリア、ベルギー、ポルトガル、ロシア、日本、バルカン諸国のうちの数か国、それにアメリカが、ドイツ、オーストリア、ハンガリー、ブルガリア、トルコと戦う戦争のことです」

「世界が二つに分かれて争うと？　そんな規模の戦争なら、何千人という人命が失われるのでは？」

「百万人単位です、数百万人が犠牲になります」

「おお、なんと恐ろしい！　予言者の例に漏れず、あなたはぞっとするような未来のことしか話しませんね、警部補。この世界大戦の引き金となったものはなんですか？」

スティーヴンズはよくわからないといった様子で首を振った。「ほとんど知らないのです。どこかの大公が暗殺されたからだったと思います」

「警部補、今度はわれわれに、たった一人の男性が暗殺されるせいで数百万人の命が失われるということを信じろと？　よくそんなことを思いつけるものですね、ばかげているにもほどがある。あなたの想像力に限界というものはないのですか？」

スティーヴンズはゆがんだ笑みを浮かべた。「限界はありません。次の世紀の半ばには、人類は空を飛んで大西洋を越えます」

「ありえません！」

「人々は世界の端と端とで会話をするようになります」

「自然界の法則に反しています！」

「水面よりはるかに深いところを進む船も建造します」

「そんなもの沈むでしょう！」

「砲弾を七十マイル以上飛ばせる大砲も存在します」

「万有引力の法則に反します！」

「動いてしゃべる絵もあります」

「どんどんひどくなっていますよ！」

「人は心臓の動きが止まっても、息を吹き返すことが可能になります」

ホーキンズは両手を上げた。「もうたくさんです」彼は怒って声を張りあげた。「いまやあなたの言葉は神をも冒瀆しはじめています。天にましますわれらの父のみが、そのような奇跡を起こしたまえるのです。ですから、人間がそのように驚嘆すべきことをなしえると示唆するのは、人間を全能の神と同等の位置に置くということにほかなりません」

「おそらく百年前には、蒸気機関のすごさを予言する者に同じことを言った人たちがいたことでしょう」

ホーキンズは証人をねめつけた。「わたしは自分が想像力に欠けているとは思いませんが、そのようなおぞましく不自然な世界を想像するのは断固としてお断りします」

スティーヴンズは肩をすくめた。「まだお知らせしていないことがほかにもたくさんあります。たとえば、未来には女性の下院議員が存在します」

「必要ないでしょう!」

「女性の有権者も」

「考えられません!」

「女性の医者も」

「ばかげています!」

「それに」スティーヴンズはいったん言葉を切った。毒を含んだ光が目に宿っている。「女性は陪審員席にも座りますし、さらに――女性の法廷弁護士も存在するようになるのです」

「神がお許しになりません!」ホーキンズは嫌悪感もあらわに、ぱっと両腕を広げた。「これほど人を虚仮《こけ》にした予言などあるでしょうか。証人は意図的に言語道断の予言をでっちあげたことで、自ら偽者だと告白したものと考えます」そう裁判官と陪審員に訴えたあと、スティーヴンズの方に向いた。「これ以上あなたにはなにも質問しないものとします。陪審員のみなさんもあなたの妄想がどれほどのものか、もうじゅうぶんに判断できるでしょうから」彼はやや唐突な感じで長椅子に腰を下ろした。

訴追側弁護士のバランタインが再尋問のために立ち上がった。「一つか二つ答えていただきたいことがあります、警部補」彼のゆったりとしたしゃべり方はホーキンズのきびきびとした口調とはまったく対照的だった。「数人の証人と未来の世界のことについて話したと証言するわけですね。それは該当する証人たちに聞き込みを行う前あるいはその最中でしたか?」

「聞き込み前でもその最中でもありません」スティーヴンズはホーキンズに意地の悪そうな目をやった。「話したのは、くだんの証人たちに公式な事情聴取を行い、供述調書をとってからです。ただし、アーノルド巡査部長にだけは話していたことを付け加えておきます」

「明確な答えをありがとう、警部補。ということは、証人の供述調書にあなたが有する神秘の力が影響を与えることはできなかったということですね?」

「そうです」

「あなたの想像力によってこの公判で行われる証言に影響を及ぼしたと思われる事実はありますか?」

「いいえ、一つもありません」

「ありがとう、警部補。これで終わります」バランタインは、廷吏に対して、「アーノルド巡査部長を」

だが、アーノルド巡査部長はそのときすぐに証言できる態勢になかったため、ブラックバーン判事が言った。「しらばく休廷としよう、バランタイン君」

それで審理は一時中断となり、裁判官と市長、長老議員、裁判所つき司祭、バランタイン氏、ホーキンズ氏は、州長官の用意した豪勢な昼食をとった。

＊

訴追側弁護士のバランタインがアーノルドに用意していたのはわずか数個の質問だけだった。それも、ジャスパーが逮捕された際にその場にいたか、ジャスパーの住居を一緒に捜索したか、そのほか事務的な確認のためにすぎなかった。

最後にバランタインは言った。「アーノルド巡査部長、きみは上司であるスティーヴンズ警部補がある神秘的な力を持っていると主張していることを承知していますか？」

アーノルドは微笑んだ。「二十世紀になにが起こるのか警部補がわかっていることをおっしゃっているのですか？」

「そうです」

「ええ、スティーヴンズ警部補が未来を予見できる立場にあることをよく存じています」

「本件を担当するにあたって彼の驚くべき知識が弊害をもたらしていると思いますか？」

「まったく思いません。それどころか、その知識のおかげで真相にたどり着いたとも言えるでしょう」

バランタインは顔を上げた。「本当ですか！　どうしてなのか理由を聞かせてくれませんか」

「こういうことです」アーノルドはあっけらかんと説明しはじめた。「いまこの時点から、仮に一九三七年――としておきましょうか――にかけては、世界はそれまでの歴史のどの八十年をとっても比較にならないほど文明が発達するでしょう。この先八十年、すべての分野で躍進するのです。科学、薬学、法律、商業、制度や組織においても、現在の場当たり的な方法から大きく変わるでしょう。この革新のための取り組みにロンドン警視庁も遅れをとらないはずです。正体不明の犯罪者を逮捕するための手法も進歩するでしょう。その未来の手法に精通しているおかげでスティーヴンズ警部補はドルード氏失踪事件をより巧みに解決できたのです」

「どうもありがとう」バランタインは満足そうな笑みを浮かべて言い、着席した。彼はアーノルドの説明は簡単明瞭で陪審員に好印象を与えたにちがいなく、そのためここで巡査部長に対する証人尋問の主要部分を切り上げるのがふさわしいと確信していた。

ホーキンズは反対尋問を始めたとき、アーノルドを鋭い目つきでじっと見つめた。「巡査部長、きみはわが博学なる友が懐の深さをみせて警部補の神秘的な力と表現するものに、いたく感銘を受けているようですね。きみがスティーヴンズ警部補の描く未来というものを信じていると受け取ってかまわないのでしょうか」

「かまいません」

「きみは本気で、八十年後には人は三千マイルの距離があっても互いに会話ができ、世界を飛び回り、大量虐殺を行い、七十マイル以上離れた位置から殺し合うというのを信じるのですか？」

「はい」

「そして、そうしたことがみな文明発展の名のもとに行われると？」

「そうです」

「だとしたら、文明発展の時代など来てほしくないですね」ホーキンズは皮肉たっぷりに言った。

「それでもきみは、そんな未来を信じているのですか？」

「そのとおりです」

ホーキンズは席に着き、話にならないと言わんばかりの笑みを陪審員に向けた。アーノルドは期待の目でバランタインを見たが、彼はかぶりを振って、トマス・サプシーを証人に呼んだ。

＊

朗々たる声でしゃべり、もったいぶって自説を頑として曲げない態度で、見るからに聖堂参事会長の真似をし、とりわけ浅はかな自己満足に浸っているクロイスタラムの町長は、最初はバランタインによって、そのあとホーキンズによって、すぐに棘をいやというほど含んだからかいの的にされ、また法廷を沸かせることになったが、うぬぼれ屋のサプシーは皮肉にもあてこすりにも鈍感だった。

とはいうものの、バランタインは被告人に対して重要な証言を一つ引き出していた。ドルードが失踪する数週間前のある晩、サプシーの招きでジャスパーが彼の自宅を訪れていた際、先ごろ亡くなったサプシーの妻の墓に建てる墓石の件で、石工のダードルズが呼ばれてやってきていたのだ。

打ち合わせのあと、ダードルズの職業や、彼が墓に囲まれて地下墓所でやっている仕事のことが話題になった。石工がいくつもの鍵を取り出すと、ジャスパーはなみなみならぬ関心を示していくつか質問をしたと言う。とりわけ、ダードルズが鍵をどこにしまっているのか知りたがり、ダードルズは答えとしてそれぞれの鍵を保管するさまざまなポケットを彼に披露してみせていた。

サプシーの次はクリスパークルだった。バランタインは当然のことながら、サプシーとはまったく異なる態度で聖堂小参事会員に接した。いかなる問いかけにもクリスパークルは静かに落ち着いて答え、そうした真摯な対応を目の当たりにして、法廷にいた者はみな、彼はなんと誠実な人物なのだろうかと感心した。被告人に対するクリスパークルの証言は、これまでの証人の誰よりも多く、彼が証言台に立っているあいだは、ネヴィル・ランドレスは本当に潔白なのだろうかと心の奥底で訝っていた疑い深い人々でさえも、やはり青年は事件に関与していなかったのだと考えをあらためていた。

被告側弁護人は聖堂小参事会員の落ち着きを失わせることも、先に述べた内容になにか付け加えさせることもできなかった。それでも満足の表情を浮かべたところからして、ホーキンズはそのことで心をかき乱されてはいなかった。

クリスパークルのあとに呼ばれたのはトープの妻だった。彼女の態度はクリスパークルとは奇妙な対照をなしていた。法廷にいるありとあらゆる人から注目されることに動揺していた。しばらくは蚊の鳴くような声しか出せず、もっと大きな声で話すよう何度も注意されてやっと声量を上げたときには、彼女の発言は混乱しまくっていて、なにを言わんとしているのか理解できる者はやはり一人もいなかった。

それでもやがては、トープ夫人のおののきも収まり、筋の通った話ができるまでになった。そのうち、予想されていたことではあるが、彼女はおしゃべりになった。これは恐ろしいまちがいだと思うんです、あの人間味のある親切なジャスパーさんに、大事にしていた秘蔵っ子のエドウィンさんを殺すことなどできようはずがありません——これは二度か三度大きくしゃくりあげながら口にされたことだった。何年にもわたってジャスパーに〝尽くして〟きた彼女は——「それに、ジャスパーさんはすばらしい声の持ち主なんです。うちの亭主にゃそれこそしょっちゅう『この地上に天使の声というものがあるなら、それはジャスパーさんの声だ』って言ってるんです」——夫人は、ジャスパーが冷酷な行動に走ったことについてはまったく知らなかった。

彼女はとめどなくしゃべりつづけた。ブラックバーン判事は怒りを募らせ、バランタインはいらだちを深めていった。ヘンリー・ホーキンズはいっそう悦に入り、そして法廷にいる残りの人々はうんざりしていった。

ついにバランタインは愛想を尽かして長椅子に腰を下ろした。ホーキンズはトープ夫人が被告人に有利な発言を並べ立てたあとではへたに反対尋問をしないほうがいいと踏んで、長椅子に座ったままだった。トープ夫人は証言台から離れ、証言の終わった証人たちが座っている長椅子へ移動した。

「それでは、みなさん」ブラックバーン判事が言って、訴追側と弁護側にそれぞれ目をやった。「明朝まで休廷にしたいと思う」

そこで休廷となり、法廷にいた者はみな散り散りに家へと帰っていった——ただし、哀れな被告人は隣接する刑務所の独房に閉じ込められ、気の毒な陪審員の面々は、外部から影響を受けて判断を狂わされないよう、役人の保護のもとに置かれてみな隣接するホテルに閉じ込められた。

＊

スティーヴンズとアーノルドはファーニヴァル・ホテルに戻って、夕食に舌鼓を打ち、大量の生ビールを喉に流し込んだ。

「審理の行方はどうなると思いますか？　旗色がよくありませんよね」アーノルドが訊いた。

「ジャスパーが有罪になるというほうに一週間分の給料を賭ける気にはなれないな」スティーヴンズはむっつりと答えた。「まあ、今日の公判の状況ではだが。今朝、おまえがホーキンズは反対尋問の鬼だと言ったのは正しかったな」

アーノルドはにやりとした。「控えめすぎましたね。もし『あそこにいるエンリー・オーキンズ』に——今朝そう呼ばれているのを耳にしました——なぜあなたの神秘的な力をあれほど絶対的に信じるのかと問いただされていたら、どうなっていただろうかと思います。ぼくもまた予言者だと告げれば、ぼくもあなたも魔術師として二人とも火炙りの刑に処せられていたにちがいありませんよ」

「わたしは今回の件は法的根拠が弱いとおっしゃった法務長官は正しかったと思いはじめているよ」

「証人にはまだローザ・バッドがいます。彼女がジャスパーから愛を告白された話をすれば、陪審員もきっと強い関心を示すはずです。それに、あのぼろを着た少年デピュティはどうです？ダードルズの証言を彼が追認すれば、訴追側には有罪の決め手となるにちがいありません」

「そうだな」スティーヴンズは重々しくうなずいた。「とはいえ、プリンセス・パファーを証言台に立たせたかったな。彼女には証言できることが山のようにあるといまでも確信しているのだ。まあ、いい！　われわれの知ったことではない。さあ、もう寝よう」

二人はベッドに入った。翌朝の八時半には再びオールド・ベイリーに向かっていた。目に入ってくる光景は前日とたいして変わらなかったが、ただし、ニューゲート刑務所を取り巻く人々の数はおそらくかつてないほど膨れ上がっていた。

群衆をかき分けながら裁判所に向かっていると、あるませた少年が大声で叫んだ。「よお！　未来のことはなんでもお見通しってやつが来たぞ」たちまち二人は周囲の注目を浴びた。すでに有名人となっている男の顔を見ようと人々が殺到する。

スティーヴンズは怒りに顔をどす黒く染めながら、あまり優しいとはいえない態度で足を蹴り出し、肘で人々を押しのけて前へと進んでいった。四方八方から野次やからかいが飛び、競馬に関する情報を頼むよと訴える声がかけられる。無数の手が二人をつかもうとし、むさ苦しい顔が彼らの顔をのぞきこんだ。

実際、スティーヴンズとアーノルドの窮状が、警戒にあたっていた〝お巡り〟の目に留まっていなければ、事態は二人が我慢の限界を超えて本気で喧嘩を始めるという深刻な状況になっていたかもしれなかった。だが、その巡査が手を貸して、二人に進路を開いてくれた。

そういうことがあったため、二人がオールド・コートの中へ入ったときは、服はあちこち裂け、帽子はとっくの昔にどこかへいってしまい、ポケットの中身はすりとられ、神経はささくれだっていた。それで訴追側の下級弁護士に急ぐよう促されたとき、二人はまだかっかしていた。

デピュティは彼の身をまかされていたクロイスタラムの巡査から逃げ出していた。

XV

裁判官たちが指定席に落ち着いてまもなく、控えめで華奢なローザ・バッドの姿がおずおずと証言台に入ってきたとき、法廷にいる淑女たちからかすかなつぶやきが漏れた。嫉妬によるものにまずまちがいなかった。ローザはとても若く、器量よしで、世間ずれしていなかったからだ。法廷に満ちる冷え冷えとした光でさえも、純粋で無垢な彼女の容貌や健康的な若さの盛りを曇らせることはできないでいた。ローザは可憐だった――法廷にいる男性のほぼ全員の視線を引き寄せていたが、スティーヴンズとアーノルドはそれほど心を動かされなかった。というのも、二人にとって彼女の愛らしさはおもしろみに欠けていたからだ。髪は長く、ウエーブがかかっていて、青色のリボンできれいにまとめられて蝶結びにされている。瞳の色も青で、大きな、汚れのない目――おそらくそれがスティーヴンズとアーノルドには知性の深さを感じさせない――をしており、口は小さく、いたずらっぽかった。

「あなたはローザ・バッドさんですか？」バランタインは、彼女が宣誓を終えるとすぐに質問を始めた。彼の気取った声はいくぶん穏やかになっていた。

「はい、そうです」ローザは緊張した面持ちで答えた。

「薔薇の蕾《ローズバッド》と呼ばれることもありますか？」

「あります」

「こう言ってかまわなければ、まさにぴったりの呼び名ですね、バッドさん」バランタインは称賛するような口ぶりだった。一呼吸おいてから尋ねる。「エドウィン・ドルード氏はあなたの婚約者でしたか？」

「はい」

「お二人の婚約について詳しく話してもらえませんか、バッドさん？」

彼女はハンカチーフで口元を押さえ、怯えたような目で法廷内を見回した。

「われわれを怖がる必要はありませんよ、バッド嬢」ブラックバーン判事がざらついたその声で許すかぎり優しく声をかけた。だが、そう言うあいだも、彼はローザ・バッドを横目に見ていた。女性が証言台にいるときはいつも落ち着かないのだ。女性の証人は大の苦手だった。

「はい、裁判長閣下」ローザは消え入りそうな声で返事をしたが、バランタインの質問に答えようとはしなかった。

「あなたはドルード氏との婚約について話そうとしていたところでしたね、バッドさん」バランタインはあらためて彼女に答えるよう促した。「エドウィン・ドルード氏とはご自分の意思で婚約に至ったのですか？」

ローザは首を振った。「いいえ、ちがいます。大好きだったパパがエディのお父さんと決めたことでした」

「それはいつのことですか？」

「何年も前です」

証人は協力的ではなかったが、バランタインはドルードとの婚約に関する詳細や、いつ結婚の予定だったかや、そのほか訴追側として事件を立証するための重要な情報を少しずつ引き出していった。

「それでは、あなたが亡くなったドルード氏のことをどう思っていたか、可能なかぎり正直に話してください。許婚を愛していましたか？」

ローザは目にいっぱいの涙を浮かべた。「たぶん愛ではありませんでした」かぼそい声で答える。

「あなたには愛がどういうものかわかっていると思うかね？」ブラックバーン判事が口を挟んだ。

彼女の顔が鮮やかな色に染まった。足元に視線を落とす。「わかっていると信じています――いまは」ささやくように言った。

「ありがとう、バッドさん。つまり、あなたがドルード氏に抱いていた感情は、そうした愛ではなかったのですね？」

「はい」

「だったら、それはどのような感情だったのでしょうか」

「彼とわたしは親友でした。わたしはエディが大好きでしたし、彼もまちがいなくわたしのことが好きでした」彼女は無邪気に答えた。「わたしたちのパパによって婚約させられてさえいなければ、お互いを愛するようになっていたかもしれません」

「これからきわめて重要な質問をします。バッドさん、あなたはいま、ドルード氏への本当の感情は友情のみで愛ではないとおっしゃった。お二人以外で、あなたがたが愛し合っていないのではないかと疑っていた人物はいますか？」

「いるはずがありません」ローザはすぐさま否定した。「エディもわたしも、一緒にいてとても幸せだとみんなに思われるよう細心の注意を払っていましたから」

「あなたは〈ナンズ・ハウス〉の生徒でしたね？」

「はい、そうです」

「ご学友たちはお二人の婚約のことをご存知でしたか？」

「もちろんです」ローザの声が熱っぽくなった。「みんなわくわくしてくれていました。エディはよく学校を訪ねてきてはわたしを散歩に連れ出していましたが、みんないつも窓からわたしたちを見送っていました。学校の人たち全員が〈ナンズ・ハウス〉からわたしが結婚することを期待してくれていました」

「被告人をご存知ですか、バッドさん？」

ローザはさっとジャスパーに目をやって、すぐにまた別のところへ視線を移した。「知っています」聞こえるか聞こえないかの声だった。

「よく会っていましたか」

「はい」

「どういったことで？」

「音楽を教えてくれていました」

「場所は？」

「学校でです」

「あなたと音楽教師との関係は親しいものでしたか？」

ローザは小さくぶるっと身体を震わせた。「あ――ある意味では」

「どういうことですか、ある意味ではとは？」

証人は憂鬱そうな表情になった。「答えなければなりませんか？」

「残念ながら、答えていただかなくてはなりません、バッドさん」バランタインは優しく言った。

それでも、ローザはすぐには答えようとしなかった。神経質そうにハンカチーフをねじってくしゃくしゃにしている。「外見的には」ようやく口を開いた。「ジャスパーさんは礼儀正しくて親切でした。ですけど、彼がわたしを見る目つき、機会あるごとにわたしに触れるその触れ方が怖くてたまりませんでした」

「見たり触れたりする以外に、あなたに恋慕しているらしいことを示すものはありましたか？」

「かわいそうなエディが亡くなるまでは、ありませんでした」

「ドルード氏が亡くなるまではなかった！　彼が亡くなったあとどうなったのですか？」

「ある日学校へ会いに来て、わたしが彼を学校に呼ばないことに抗議しました。わたしのそばにいるのは自分の務めだと言うんです。わたしにどういう義務があるのか尋ねました。わたしの誠実な音楽教師としてわたしに音楽を教え、仕える義務だと彼は答えました」

「それで？」

「音楽の勉強はやめたと伝えました。そのことで議論したあと、彼が手に触れてきて、わたしが思わずあとずさったとき、彼がわたしのことを――わたしのことを――」彼女は証言台でいっそう身を縮めたように見え、声がしだいに消えていった。

「彼があなたのことを――？」

ローザは唇を湿らせた。「こう呼んだんです、愛しいローザ！　すてきなローザって！」

一瞬沈黙があった。「いいですか、バッドさん、それはそんなに恐ろしい呼びかけではありませんよ。あなたは正真正銘きわめてすてきな若い女性です。わたしがこう言ってもあなたは許してくださると思いますが」

「言葉の問題じゃないんです、彼の言い方なんです」ローザは怯えた声で叫ぶように言った。「彼の表情は邪悪そのもので、脅迫に満ちていました。わたしを自分の前に座らせて言ったんです、大事にしていた甥がわたしと婚約していたときから頭がおかしくなるくらいわたしを愛していたと。エディにもっと熱烈にわたしに愛情を注ぐようにさせようと努力する一方で自分は頭がおかしくなるくらいわたしを愛していた。エディが一度だけ描いたわたしの絵ですら何年も苦しみのたうつような思いで崇めていた。気にそわない仕事をしている昼間も、薄汚い現実にあざ笑われ、あるいは彼が飛び込んだ幻想の天国と地獄をわたしの面影を胸に抱きしめさまよって眠れぬ惨めな夜も、彼は頭がおかしくなるくらいわたしを愛していたと」

ローザがその日のことを思い出して泣きはじめ、言葉がかき消えていった。法廷の中は騒然として、人々は彼女に同情的な目を向けたあと、被告人を睨みつけた。

証人がある程度落ち着きを取り戻したところで、バランタインが質問をした。「ほかにはなにかありましたか?」

「ありました」ローザはささやき声になっていた。「彼はわたしがどんなに美しいかを、自分を愛してほしいとは頼まない、わたし自身とわたしの憎悪が欲しいと言いました。『きみ自身とその愛らしい激怒が欲しい。きみ自身とその魅力的な軽蔑が欲しい。わたしにはそれでじゅうぶんだ』」

「それが被告人の言った言葉ですか？」

「そうです」

「そのあとは？」

「彼は、自分の愛は正気を失った愛であり、自分と大切なエディとを結ぶ絆がわずか絹糸一本分でも弱かったならば、たとえエディでもわたしのそばから排除していただろうと言いました」

バランタインは身を乗り出した。「被告人が言葉どおりの意味であなたに言ったのはまちがいありませんか？　あなたが大げさに話しているということは？　記憶が混乱しているということはないですか？」

「いいえ、ありません」ローザは両手を握りしめた。「彼は本当にそう言ったのです。信じてください。たとえジャスパーさんに対してでも嘘は言いません」

「バランタイン君はあなたが事実とちがう話をしていると責めているのではないのだよ、バッド嬢」ブラックバーン判事がまた口を挟んだ。「彼は陪審員が被告人の不利として考えうるあなたの証言が、この法廷の状況によって、すなわち、興奮状態によって影響を受けていないか公明正大にあなたにはっきりさせようとしているのだ」

「ありがとうございます」ローザは判事に愛らしく礼を述べた。「よくわかりました」

「よろしい！」バランタインはにこりともせずに言った。「それでは、その日か別の日でも、あなたと被告人のあいだにほかになにかありましたか？」

「はい、その日にありました。彼はわたしに、どれくらいヘレナ・ランドレスのことが好きか尋ね、わたしがかけがえのない友人だと思っていると答えると、わたしが彼を愛さないのであれば、その報いとしてヘレナのお兄さんを絞首台へ送ってやると脅しました」

「では、バッドさん、被告人にこうした脅しをかけられたあと、なにかありましたか？」

「わたしはすぐにクロイスタラムから逃げ出して、ロンドンにいる後見人のグルージャスさんのところへ行きました」

「その後クロイスタラムに戻りましたか？」

「いいえ。グルージャスさんがロンドンで面倒を見てくれて、トゥインクルトン先生とアパートメントで暮らせるようにしてくれました」

「被告人を目にしたことは？」

「ありません」

「ヘレナ嬢や兄のネヴィル・ランドレス氏を見かけたことは？」

「それはあります！　何度も」

「ありがとう、バッドさん」バランタインは着席した。

ゆっくりとヘンリー・ホーキンズが立ち上がった。

「バッドさん」彼はきびきびとした口調で反対尋問を開始した。「ジャスパー氏はあなたの音楽教師だと言いましたね。彼はピアノのレッスンだけでなく、声楽の指導もしていたのではありませんか？」

「そうです」

「あなたはわが博学なる友に、ジャスパー氏があなたを見つめ、触れるせいで、怖くてたまらなかったと話した。ですがあなたは、普段から鏡を使っているのではないですか？」

ローザはホーキンズの頭がどうにかなってしまったのではないかというように彼を見た。「もちろんです」

「そうであるなら、ご自身の美しさに気づかないわけがありませんね、あなたは器量よしなのですから、バッドさん。ご自分がたぐいまれなる容貌に恵まれた若い女性であることはわかっていますか？」

ローザはかわいらしく頬を染めた。「不器量というわけではありません」慎み深く答えた。

「いかにも、不器量などではありません。それでは、美しく魅力的な若い女性として、あなたはジャスパー氏があなたをちらちら見たら驚きますか？　生身の人間であれば、あなたを見つめていたいという衝動を抑えられなかったでしょう。現にわが博学なる友であるバランタイン君でさえ、持ち前の礼儀正しさでもって何度もあなたに目をやっています」彼の言葉でいっせいに忍び笑いが起こった。

「ですけど、バランタインさんは、ジャスパーさんが見ていたようにはわたしを見ていません」

ローザは素朴に言い返した。

新たな笑いが巻き起こった。バランタインがぱっと立ち上がった。「心優しい言葉をどうもありがとう、バッドさん」彼は気取って言った。

「あなたはピアノが上手ですか？」ホーキンズがなにごともなかったかのように続けた。

「それほどうまくありません」ローザは正直に答えた。

「ということは、弾きまちがうこともあるわけですね？　別の鍵盤を叩いてしまうとか、指使いをまちがうとか」

「しょっちゅうです」

「それでは、ジャスパー氏があなたの手に触れるときというのは、たいていあなたに正しい指使いを示すためにあなたの手の上で指を動かしてのことではないのですか？」

「そうです」

「実際に、バッドさん、ドルード氏が失踪するときまで、ジャスパー氏はごく普通にあなたに接していました。彼があなたを見ていたのは、あなたがきれいだからで、手に触れたのは指使いを直すためでした。そうですね？」

ローザは当惑したように質問者を見つめるだけで答えなかった。

「答えてください、バッドさん。そうですね？」ホーキンズはしびれを切らしたように返事を要求した。

ローザには一つしか答えようがなかった。「はい」

「ジャスパー氏があなたに愛を告白したことについてですが、バッドさん、それはいつのことでしたか？」

「今年の七月です」

「ドルード氏が失踪してから七か月後のことですね？」

「はい」

「昨年のクリスマスイヴにドルード氏が失踪してから、今年の七月までのあいだに、ジャスパー氏があなたへの愛について口にしたことは？」

「ありません」

「ドルード氏が失踪する前はどうですか？」

「いいえ」

「それでは、バッドさん、ジャスパー氏はあなたと婚約していたエドウィン・ドルード氏が失踪して七か月経つまで、彼の永久に変わらぬ愛をあなたの前で口にしなかったということを、厳然たる事実として受け取ってかまいませんね？」

「エディは失踪した日にはわたしの婚約者ではありませんでしたけど」

ホーキンズは謎めいた笑みを見せた。「ああ！　そうでしたね。われわれはあとで確認する予定ですが、たとえジャスパー氏が婚約が解消されていたという事実をクリスマスイヴには知らなくても——これから証明すべき事実です——クリスマスイヴから数日後には彼の耳にも入っていました。その点をよく覚えておいてください、バッドさん、そしてこの質問に答えてください。ジャスパー氏が実際にあなたを狂おしいまでに愛していたとするならば、婚約が解消されて七か月も経つまで、高潔な人物として振る舞い、その身を焦がしすべてを費やす愛の告白を控えることはしなかったのではないですか？」

かわいそうなローザ！　彼女の視線は法廷のあちこちをさまよった。金の鳥かごから逃げ出す方法を哀れにも探し求めているかわいいカナリアそっくりだ。どこへも逃れようのない彼女は、狡猾な質問に対して、〝はい〟と答えるしかなかった。そこで彼女はそう答え、憤然と付け加えた。

「ですけど、それでも彼は愛を告白すべきではありませんでした！」

「どうしてです？」ホーキンズがすかさず尋ねる。「重ねて訊きますが、愛する女性に思いを伝えるのは、男にとって恥ずべきことでしょうか？」

「いいえ」ローザは苦しげに答えた。

「そのとおりです。恥じることではありません。あなたは些細なことを大げさに騒ぎ立てているのではないでしょうか。あなたは人の称賛の目を放蕩者のむさぼるようないやらしい目とみなし、音楽教師の正当な理由あっての節度ある接触を快楽にふける者の背徳の触れ合いとし、率直な愛の告白と求婚をけだものじみた悪徳のおおっぴらな発言ととっているようにわたしには思えますよ」

ローザはわっと泣き出した。ブラックバーン判事はいらだたしげに彼女を睨みつけた。「泣くことはないでしょう、バッド嬢？」

「あのかたが――あんなにひどく――わたしのことを悪し様に言うものですから」彼女はしゃくりあげた。

「ホーキンズ君はあなたが悪いと責めているわけではないと思うが」ブラックバーン判事は無情にもあっさりと言った。「彼は完全に筋の通った質問をしたにすぎない。あなたがそんな振る舞いをするなら、バッド嬢、弁護人が仄めかしたことは事実無根ではないと考えざるをえなくなりますぞ」

ローザは小さなレースのハンカチーフで涙をぬぐった。「彼の言ったことはまったく事実ではありません」彼女は涙ながらに判事に訴えた。

「証人はきみの主張を否定したぞ、ホーキンズ君」ブラックバーン判事が被告側弁護人に言った。

「お言葉ありがとうございます。バッドさんに対する質問はほかにありません」ホーキンズは短い反対尋問で得られた結果にいかにも上機嫌な様子で着席した。

「わたしもありません」バランタインが言った。

まだ唇を小さく震わせながら、ローザは法廷の演壇前にある席に案内され、代わりにヘレナ・ランドレスが証言台に立った。

XVI

ヘレナが予備的な質問に答えたあと、バランタインが尋ねた。「クロイスタラムへ到着した夜のことでなにか覚えていることはありますか?」

「あります」ヘレナは静かだが、彼女の性格を思わせるきっぱりとした口調で答えた。ローズバッドと比べると、ヘレナは独立独歩で自信にあふれた女性だという印象を与える。背もローズバッドより高く、態度ももっと柔軟性があり、見た目もまったく対照的だった。ローザの肌は乳白色で透けるようなと表現してもいいほどだが、ヘレナの肌はロマ人のように浅黒かった。ローザの髪はウエーブのかかった茶色。ヘレナの髪も同じくらいの長さでカールがかかっていたが、色はつややかな漆黒だった。目は生き生きと輝き理知的だった。

「その夜なにがあったのか教えてくれますか？」

「わたしの後見人であるハニーサンダーさんとわたしの兄ネヴィルとわたしは、クロイスタラムでクリスパークルさんに出迎えられ、彼がお母様と暮らす聖堂小参事会員邸へ案内されました。そこでわたしたち五人のほかに、バッドさん、トゥインクルトン先生、ドルードさん、ジャスパーさんと夕食をご馳走になりました。

食事のあと、クリスパークルさんとネヴィルはハニーサンダーさんを乗合馬車の乗り場まで送っていきました。屋敷に残ったわたしたちは、クリスパークル夫人の提案で音楽を楽しむことになりました。ジャスパーさんは二、三曲歌ってくださったあと、わたしたちに向かって、生徒のローザさんも歌うべきだと言いました。ローザは望んでいませんでしたが、みんなで歌ってくれるよう彼女を説得しました。

ジャスパーさんがピアノで伴奏をして、ローザが歌いました。曲の途中でクリスパークルさんとネヴィルが戻ってきました。突然ローザが泣き出し、両手で目を覆って悲鳴をあげました。『こんなことには耐えられないわ。怖くてしようがないの。わたしを連れ出して！』」

「そのあとはどうなりましたか？」

「わたしはソファでやすむようローザに勧め、ほかのみなさんには、なんでもない、ローザはすぐに元気になると言いました」

「バッドさんの友人たちは驚いていましたか？」

「ええ、そう思います。ドルードさんは、プッシーは――」

「プッシーというのは？」

「ドルードさんがローザを呼ぶときの愛称です」

「ありがとう。それで、ドルード氏はなんと――？」

「プッシーは人前で歌うのに慣れていないし、ジャスパーさんが先生として厳しすぎたから怯えてしまったのだ、無理もないと言いました」

「彼はそう言ったんですね、『無理もない』と。それはどういう意味だったんでしょうか」

「わたしには答えようがありません」

「では、そのあとは？」

「ジャスパーさんはご自宅へ帰り、トゥインクルトン先生とローザとわたしはネヴィルとドルードさんに送ってもらって〈ナンズ・ハウス〉へ戻りました。建物の中へ入ると、トゥインクルトン先生がわたしに割り当てた部屋――ローザと同室でした――に案内してくれました。ローザとわたしはそのあとしばらくおしゃべりをして、友達になるとお互いに誓いました。少し経ってから、ローザにジャスパーさんについて尋ねました。『彼のことが嫌いね？』」

「バッドさんはなんと答えたのですか？」

「彼女は両手で顔を覆って、身を震わせました。それで言ったんです、『彼があなたを愛していることは知ってる？』って。ローザはがくりと膝をついてわたしにしがみついてきました。『そんなこと言わないで。彼が恐ろしくてたまらないの。不気味な幽霊のようにわたしの頭の中に棲みついて離れないの』

脅されたことがあるのか訊いてみましたが、ローザはないと答えました。彼はその目つきでローザを思いどおりにして、脅しの言葉は一言も口にしなくても彼女に黙っているようにさせたんです。ローザがピアノを弾いているときは、その手から一瞬たりとも目を離さず、彼女が歌っているときは、その唇をじっと見つめて」

「要するに、ヘレナさん、バッドさんは音楽教師のことをどう思っていたのでしょうか」

「彼に怯えていたと思います。それで嫌悪していました」

「あともう少し質問させてください、ヘレナさん。昨年のクリスマスの日にお兄さんが徒歩旅行に出かけようとしていたのは覚えていますか？」

「はい」

「クリスマスの日より前にそのことをご存知でしたか？」

「知っていました。わたしが出かけるように強く勧めたんです」

「どうしてですか？」

そこでヘレナ・ランドレスは法廷に向けてネヴィルの徒歩旅行についてと、彼の背中を押した理由を話した。さらに、そのあと自分のスリリングな体験——クロイスタラムを去り、兄を追って彼が部屋を借りている〈ステープル・イン〉に来たこと、ネヴィルが法律の勉学に勤しんでいるあいだ身の回りの世話をしていること——も語った。

ヘレナの話が終わったところでバランタインは着席した。今回ホーキンズは立ち上がらなかった。「質問はありません」彼ははっきりと告げ、傍聴人たちと——顔をしかめたことから判断すると——被告人も驚かせた。しかしながら、法的事項についての知識を持つ者には、ホーキンズがヘレナ・ランドレスに反対尋問を行わないということはだいたい予想がついていた。ヘレナの証言はいたって補足的なものであり、そのうえ彼女は飾らず率直に話していた。ヘレナの証言に揺さぶりをかけるのは容易ではなく、成功の見込みもないのに揺さぶりをかければ、被告側弁護人に対する陪審員の心証が悪くなってしまい、百害あって一利なしだった。

次の証人はネヴィル・ランドレスだった。ひと目で双生児とわかるほど、ネヴィルとヘレナは数多くの点で似通っていた。とはいえ、ヘレナの頬には健康的な赤みが差していたが、ネヴィルの頬は血の気がなく、目はすっかり落ち窪んでいた。

「病気みたいですね」アーノルドがスティーヴンズにささやいた。

スティーヴンズはうなずいた。「わたしは医者ではないが、しっかりと療養しなければ、あと何か月も持たないんじゃないだろうか」

「ホーキンズは彼の反対尋問をすると思いますか?」

「当然するだろう。真夜中に堰へ行ったことについて訊かないわけがない」

ネヴィル・ランドレスは誓いを立てたあと、初めてクロイスタラムに来たときのこと、聖堂小参事会員邸での晩餐会のこと、エドウィン・ドルードと一度目の口論をしたときのこと、そのあとの仲直りのこと、ジャスパーの家でさらに言い争ったこと、二度目の仲直りのことに関する一連の質問に答えていった。そのあとようやくバランタインが尋ねた。「そこで話が運命のクリスマスイヴに至るわけですね。この仲直りの食事会は、ジャスパー氏とドルード氏、そしてあなたの三人で行われたのですね？」

「そうです」

「三人とも参加しましたか？」

「はい」

「食事は楽しいものでしたか？」

「ええ、ある意味ではそうですが、楽しめない面もありました。ぼくたち三人とも上機嫌で、代わる代わるにおもしろい話をしては、笑い、食事はすばらしくて、でもそうしているあいだじゅう、ジャスパーさんがぼくを――というか、ぼくたちを――観察しているらしいことに気づきました」

「彼はあなたとドルード氏を観察しているようだったのですか？」

「そうです。彼はあざ笑うような目つきをしていました」

「一つ確認しますが、ランドレスさん、その夜はだいぶ飲んでいましたか？」

ネヴィルは首を振った。「飲みましたが、ほんの少しだけです。前回ジャスパーさんの家を訪ねたときに飲んでひどいありさまになったことを覚えていましたから」

「門番小屋を出たときには酔いはすっかり醒めていたと考えてよいのでしょうか」

「かまいません」

「ドルード氏のほうは？　彼はかなり飲みましたか？」

「ぼくよりは飲んでいましたが、悪酔いはしていませんでした。いつもより陽気なくらいで、酔っ払っていたかというと――そんなことはありませんでした」

「では、ジャスパー氏が観察しているように思えたこと以外は、あなたがた三人は楽しい夜を過ごしたわけですね。門番小屋を辞去したのはいつですか？」

「真夜中頃です」

「一人で？」

「いいえ、エドウィン君と一緒でした」

「どうしてドルード氏と帰ることになったのですか？」

「食事をしているときに風が強くなってきていました。食事会の終わり頃にその強風のことを話題にしていて、ジャスパーさんがエドウィン君に、ぼくを堰に連れていって、風が水面をどんなふうにするか見せてあげたらどうかと言ったんです」

「それで、あなたがた二人は出かけていった？」

「そうです」

「堰にはどのくらいいたのですか？」

「十分かそこらです。そのあと歩いて一緒に聖堂小参事会員邸へ戻って、お互いにおやすみを言い、別れました」

「別れたとき、どちらも友好的な状態でしたか？」

「はい」

「それでドルード氏の失踪について知っていることはすべてですか？」

「これで全部です」ネヴィルは訴えるように大きく両腕を突き出した。「これで全部なんです、本当に」その声はひび割れていた。彼の顔にはその場にいる全員に自分を信じてほしいと懇願するような表情が浮かんでいた。

「もちろん、信じますよ」バランタインは急いでネヴィルを安心させるように言い、陪審員にもわかるよう計算したうえで被告人を横目でちらりと見た。

続く質問は、そのあとすぐに起こったこと――ネヴィルの逮捕、釈放、最後に、彼がクロイスタラムを去ってロンドンに安住の地を求めることになった理由――に関するものだった。

バランタインが聞き出したかったのはそれですべてで、それが終わると彼はまた長椅子に腰を下ろした。スティーヴンズの予想どおり、今回はホーキンズが反対尋問のために立ち上がった。

「ランドレスさん、ジャスパー氏がクリスマスイヴの夜にドルード氏とあなたが堰へ行くよう勧めたのはたしかですか？」

すぐにネヴィルスはうなずいた。「たしかです」

「まちがいありませんか、ランドレスさん？」ホーキンズは執拗に念を押した。

「まちがいありません」

「結構です。この件についてはこれ以上訊かないことにしましょう」

ヘンリー・ホーキンズらしい発言だった。次は、優しく落ち着いた声でネヴィルのセイロンでの生活について尋ねた。続いて、ネヴィルの両親のこと、イギリスへ来ることになったいきさつ、ドルードとの出会いについて質問した。彼がローザに対する愛情を自分でなかなか認められなかったことも。そのあとネヴィルは、ドルードとの口論について気詰まりな問いかけに答えざるをえなかった。怒りに駆られると手がつけられなくなってしまうことを認めるしかなかった。

そうして質問に質問を重ね、ホーキンズはクリスマスイヴのことに話を戻した。

「ランドレスさん、きみが門番小屋を訪ねたとき、ジャスパー氏とドルード氏はすでにそこにいてきみを待っていましたか？」

「いいえ。ジャスパーさんはまだ帰宅していませんでした」

「ジャスパー氏は留守だった！　誰がきみを迎え入れたのですか？　ドルード氏ですか？」

「そうです」

「ジャスパー氏が戻ってくるまで、長いあいだ二人きりだったのですか？」

「どれくらいかは覚えていません」

「一時間くらい？」

「まさか！」

「では、三十分くらい？」

「いいえ！　そんなに長くではありません」

「ほんの五分ほど？」

ネヴィルはじっくり考えた。「それよりは長かったと思います」

「十五分とかですか？」

「はい、たぶん十五分くらいです」

「そのあいだどうしていましたか？　ドルード氏としゃべっていた？」

「そうです」

ホーキンズが身を乗り出して、証人を鉛筆の尻で指した。「二人の会話は和気あいあいとしたものでしたか、それともそうではなかったですか、ランドレスさん？」

ネヴィルは一瞬言葉に詰まった。「打ち解けたものだったとは言えませんが、また口論をしたわけではありません」

「なんの話を、あるいは誰の話をしたのですか？　きみの妹さんのヘレナ嬢についてですか？」

ネヴィルの顔が赤らんだ。「ちがいます」喧嘩腰に答えた。

「では、バッド嬢のことですか？」

ネヴィルはうなずいた。「そうです」きまり悪そうにつぶやく。「ぼくは前回会ったときにエドウィン君に言ったすべてのことを心から謝って、彼とローザさんが結婚したら二人で幸せに暮らすことを願っていると伝えました」

「きみの言葉にドルード氏はどう答えたのですか？」

「彼はため息をついて、『それはどうも』と言っただけでした」

「婚約が解消になったことをきみには話さなかったのですか?」

「はい」

「それでは、ドルード氏が失踪するまで、きみはローザ嬢とドルード氏はまだ婚約していると思い込んでいたのですね?」

「ええ、そうです!」ネヴィルはなんの疑いもなく答えた。

ホーキンズは無言で陪審員にちらりと目をくれた——彼の心の中を存分に伝える雄弁な一瞥だった。

「つまり、きみとドルード氏はジャスパー氏が帰宅するまで話をしていたわけですね! ジャスパー氏が戻ってきてからはどうです?」

「しばらく三人でおしゃべりをしました」

「そうしているあいだに招待主が飲み物を勧めたのですか?」

「そうです。ワインでした」

「きみはそれを少しだけ飲んだのですね? 頭をはっきりさせておきたくて?」

「そうです」

またしても意味ありげな目を陪審員に向けたが、ネヴィルは気づかなかった。

「そのあとは?」

「トープ夫人が食事の用意ができたと呼びにきました。それでみんなでテーブルを囲んで料理を食べました」

「楽しく、ですね？　きみがわが博学なる友にすでに話したように。そして食事をしながら、きみが風の強さについて話題にした。そうですね？」

「はい。本物の疾風が吹き荒れているような音がすると言ったと思います。エドウィン君がセイロンからの船旅の途中で疾風を経験したか訊いてきました」

「それに対してきみは『そうだ』と答えた」

「そうです」

「そこで、ジャスパー氏が一見の価値があるにちがいないと言ったのですね？」

「はい」

「付け加えて、彼は自分では行ったことはないが、風の強い夜には堰でもなかなか驚異的な光景が見られると。そうですか？」

「そうだったと思います」

「そこですかさず、きみが、『風が水面を波立たせるのを見るのが大好きなのです。ぜひ堰へ見に行きたい』と話したのではありませんか？」

「そのような内容のことは口にしました」

「それでジャスパー氏が『いつですか？』と言い、きみが『今夜はうってつけでしょう』と答えた。そうですね、ランドレスさん？」

ネヴィルは長い黒髪を指でいじっていた。「はい」小さな声で答えた。

「きっとジャスパー氏は笑いながらこう言ったことでしょう、『本当になんて向こう見ずな若者なんだ、ネヴィル君。きみは堰へ行く道さえ知らないだろう』。図星だったきみは、『エドウィン君、道を教えてくれないか？』と頼んだ」

ネヴィルは答えなかった。

「きみはそう言わなかったとでも？」ホーキンズがぞんざいな態度で返事を迫った。

「よくわかりません」ネヴィルは口ごもった。

「ランドレスさん、きみはよくわからないと言うときは、真実を話しているのですか？」

ネヴィルはまた落ち着かなげに髪をいじった。疲れて消耗しているようだった。「記憶が混乱しているんです。あの晩自分が口にした言葉を一つ一つ思い出すのは無理です。堰へ行くよう勧めたのがジャスパーさんだったのはたしかなのに、あなたはそれをぼくの提案だったかのように言っている」

「そのとおり！　わたしはきみの提案だったのではないかと言っているのですよ、ランドレスさん。それでももう一度お尋ねしよう、あの夜きみが堰へ行くつもりだと言ったのでは？　どうかよく考えてください」

ついにネヴィルはこくりとうなずいた。「そうです、ぼくが言いました。おいとまする口実が欲しかったんです。時間も遅くなっていましたし、部屋は暑いくらいで、ジャスパーさんは絶えずぼくに飲み物を勧めてきていましたから」

「いまとなっては、きみの言葉はとくに重要ではないと言うのは簡単です。きみの発言を吟味してみましょう。ともあれ、そもそもきみがドルード氏に堰までの道案内を頼んだという点には同意しますね？」

「はい」

「きみは夜目が利くのですか、ランドレスさん？」

「いいえ」

「それでは、ランドレスさん、クリスマスイヴの真夜中に堰へ行った目的はなんですか？」

「ですから、見に――」ネヴィルは言っても無駄だと悟って、途中であきらめた。「お話ししたでしょう、堰へ行くというのはジャスパーさんの家を出る口実だったんです」

「それなら、門番小屋を出たところで、『今夜は堰へ行くには暗すぎるのでやめよう、エドウィン君。ハイストリートをぶらぶら歩いて家に帰りましょう』と提案すればよかったはずです」

「そんなことは思いつきませんでした」

「そのようですね。あなたがたは堰へ行った。そこでなにを見たんでしょうか」

「なにも見えませんでした」

「そのとおり！　なにも見えなかった！　ありがとう、ランドレスさん」

XVII

ネヴィル・ランドレスが証言台を離れたあと、ハイラム・グルージャスがそこに立った。例によって抑揚のない声で嘘偽りのない真実だけを話すと誓った。それから注意深く眼鏡の位置を調節して、バランタインをぼんやりと見つめた。

グルージャスの話は重みがあった。彼への質問はすべて過不足なく、説得力をもって率直に答えられた。さらにいうと、ホーキンズは好敵手に出会うことになった。ホーキンズは狡智に長けていたが、それはグルージャスもだった。クリスパークルの場合、ホーキンズがその証言を揺るがしえなかったのは、彼が純朴で疑うべくもない正直な人物だったために動じなかったからだが、グルージャスの場合は、弁舌と性格の双方で守りを固めていたからであり、反対尋問の内容を前もって予測していたようなところもあって、被告側弁護人の揺さぶりをことごとく跳ね返した。

グルージャスのあとはダードルズだった。粗野な態度ではあるが冷静に証言台へと向かい、そこから法廷にいる全員を親の仇とでもいうように一人ずつ順繰りにねめつけていった。

重くのろのろとした口ぶりで、ここでも自分のことを三人称で呼んで人々をおもしろがらせながら、みなに自分の仕事のことや、古い墓地や大聖堂の中を歩きまわることを事細かに——たっぷりと時間をかけて——説明した。大仰な物言いで〝死んだ者たち〟について語り、それに輪をかけて劇的にエドウィン・ドルードの残骸を見つけたときの様子をしゃべった。

この証人をホーキンズは嬉しそうな目で見ながら、反対尋問のために立ち上がった。彼には、この年老いた石工の頭を混乱させるのは赤子の手をひねるようなものだとわかっており、実際にそれを証明もした。ものの数分としないうちに、ホーキンズはダードルズをわけのわからない状態に追いやり、法廷を大いに沸かせた。

ややあってホーキンズは言った。「壁を叩いて遺体を見つけるほかに、きみはにおいでその場所を特定したこともあったのではないですか？」

「へえ、おっしゃるとおりで！　ダードルズは鼻も利くんでさ、ダードルズはね」

「経験に培われたきみの耳が、壁を叩いたときの音のちがいを聞き分けるように、きみの訓練された鼻もにおいのちがいでそれぞれの死体を嗅ぎ分けるのでしょうね」

「へえ、そう言ってもダードルズはかまいやしません」

「ありがとう。そんなふうに言ってもらえるとは恐縮のかぎりです。においはどこがちがっていて、きみは特定できるのですか？」

ダードルズは心得顔で顎をなでた。「そう、絵の具みたいなにおいがするときがあるんでさ」

「絵の具のようなにおい！　なるほど。いやいや、もっともですね。ところで、当然のことながら、絵の具にはそれぞれ色があります。一年が経過した遺体の色は何色なのか、教えてくれませんか？」

ダードルズは口をぎゅっとすぼめた。「そんなこたあ知るもんかね」

「もちろん、正確にでなくてかまわないんですよ、おおよそで。そういう遺体は黄色のにおいがするものでしょうか」

「いいや、黄色じゃねえ、黄色じゃな」ダードルズは抜け目なく答えた。「ダードルズならどっちかっていうと青色のにおいだって言うね」

どっと笑い声があがった。

そうやってホーキンズは、飲んだくれの老人を笑いものにしつづけた。けれども、やりすぎて陪審員の同情を引き起こし、彼らがダードルズの味方になってしまわないように、細心の注意を払った。ようやく彼は着席し、バランタインに再尋問を認めた。

ダードルズへの再尋問が終わったバランタインは、裁判官の方に顔を向けた。

「お気づきでしょうが、訴追側が呼んだ証人の中に、デピュティという名の少年がいます。この時点でデピュティ少年を呼び出す予定になっておりましたが、申し上げにくいことに、彼は完全に姿を消してしまい、その所在を突き止めるのに全力を尽くしておりますが、現在のところ成果は出ておりません」

ブラックバーン判事はいかめしい顔で訴追側弁護士を見た。「どうしてそのような失態が起きたのかね、バランタイン君？　不測の事態に備えてあらゆる措置が講じられていたのではないのか？」

「講じておりました」バランタインは謙虚に答えた。「デピュティ少年は巡査が面倒を見ていました。昨夜、審理が休廷となったあと、少年は少しロンドンを見物したいと申し出ました。そこで、巡査は散歩に連れていくことに同意したのです。しばらくのあいだ、デピュティ少年は興味津々で周囲を眺め回していました。ところが突然、なにか理由があるとも思えなかったのに、なんの前触れもなく、脇道へ駆けだしていき、巡査の視界から消えてしまったのです。巡査は追いかけましたが、少年の姿はもうどこにも見当たりませんでした」

「実に遺憾な出来事だ。きみはどうするつもりだね？」

「お許しをいただければ、訴追側の証人による証言を終了し、最終弁論に入りたいと存じます――わが博学なる友は、被告側で証人を呼ぶ予定はないと申しておりますので。のちほどくだんの少年が見つかりましたなら、そのとき少年の証言を差し挟むことをお許し願いたいと存じます」

「そうすることに異存はあるかね、ホーキンズ君？」

「いいえ、ありません」

ブラックバーン判事はうなずいた。「そういう事情ならば、最終弁論に取りかかりたまえ、バランタイン君。デピュティ少年が見つかれば、のちほど審理の中で彼の証言が聞けるだろう」

「感謝いたします」バランタインは一拍おいて、ガウンをさっと肩に撥ねかけた。「裁判官ならびに陪審員のみなさん――」彼は最終弁論を始めた。

バランタインの最終弁論はこれまで陪審員に示された証言を巧みにまとめてあった。事実を時間軸に沿って、被告人がどのようにして甥の婚約者にいわゆる横恋慕するに至ったのか、ローザ・バッドを自分のものとするために――少しずつその思いを募らせていったにちがいない――どのようにしてエドウィン・ドルードを殺害したのか、おそらく遺体を地下墓所の古い墓の中で処分できると踏んだこと、ドルードとランドレスとのいさかいを煽ったこと、効き目を確かめるためと二人を興奮させるために二人のワインに阿片を混ぜたこと、ダードルズから情報を引き出そうと真夜中に彼と大聖堂の見物に出かけることにして、生石灰の活用を学んだこと、地下墓所に通じるドアの鍵を拝借するためにここでも阿片入りの飲み物を石工に飲ませて、蠟で鍵の形をとったこと、ランドレスに疑いが向くよう周到な計算のもとに日記を書いたこと、自分の言語道断な企みを実行するためだけでなく、気の毒なランドレスにいっそう疑いがかかるよう、クリスマスイヴにドルードとランドレスを家に呼んだこと、ランドレスに彼とドルードは真夜中に堰を訪れるべきだとけしかけ、とうとう――「ええ、ここからは、当然のことながら、いましばらく事実の立証は脇において、わたしにはさらなる状況証拠から結論を引き出すしかありません」――ドルードがランドレスにおやすみの挨拶をしたあとどうやって家に帰ったのか、彼はジャスパーとグラス一杯のワイン――このときは阿片入りのワイン――を飲み、ジャスパーは人事不省に陥った被害者を大聖堂の地下墓所へ運んで、そこで彼を殺害し――きっと絞殺でしょう――ドルードのポケットから彼の持ち物だとみなが知っている金時計とシャツピンを取り出し、しばらく前に空にされた墓の壁の煉瓦を取り除いて、ドルードの遺体をそこに押し込み、ダードルズの作業場の門のそばに積んである生石灰をとってきて遺体にかぶせ、墓の壁の煉瓦をはめ戻して、金時計とシャツピンを堰に放り込んで、ランドレスの仕業だと執拗に主張した、ということを陪審員に指摘してみせた。

バランタインが長椅子に着席すると、陪審員はそわそわと身体を動かしたものの、被告人にはちらりとも目をやらなかったのは重要な意味を示唆していた。

法廷内が落ち着くのを待って、ホーキンズは立ち上がった。鋭い目つきで陪審員を一人ずつ見ていく。

「裁判官ならびに陪審員のみなさん」ホーキンズが被告側の最終弁論を始めた。「本件における訴追側弁護士である、わが博学なる友バランタイン君がすでにお伝えしましたが、被告人ジョン・ジャスパー氏は被告側の証人を一人も指名していません。理由はいたって単純です――被告側の証人など存在しないからです。

陪審員のみなさんには、このような発言が被告側からされるとは意外に思われるでしょう。ですが、さらに踏み込んで考えたならば、それほど驚くことではないのです。一般的に言うと、被告人が自分自身の利益のために証人を呼ばないのには二通りの場合が考えられます。一つは、訴追側が圧倒的に優位に立っていて、被告人またはその弁護人がいくら力を尽くして逆転させようとしても、否認しても、無駄だと観念している場合です。そうした状況にある被告人にできることといえば、事件当時は一時的な心神耗弱状態にあったと申し立ててそれを立証するか――わたしがいま述べているのは、殺人事件についてです――情状酌量を認めてもらうための証拠を提出することくらいです。

被告人の利益となる証人を呼ばないもう一つの場合とはなんでしょうか。それは訴追側が圧倒的に優位に立っているのではなく、公訴事実がまちがっている場合です。言い換えると、起訴の内容が脆弱で、あらゆる点においていささかも有罪を立証できず、そのため、被告人は陪審員のみなさんの時間を浪費する必要はなく、裁判官も聡明な陪審員――そのような陪審員にはいまここでお目にかかる栄誉に浴していますが――にとってすでに明らかであることをさらに検証するために時間を費やすこともまずないわけです。

みなさん、わたしは後者こそが、みなさんが本気で取り組むと堅く誓った本件に該当すると主張します。起訴内容は嘆かわしいほどに弱く――あえて〝嘆かわしい〟と言わせていただきますが、わたしの依頼人に対する起訴は行われるべきではありませんでした。繰り返しますが、起訴内容は嘆かわしいほどに弱く、わたしの言葉がまだお耳に残っているあいだに、被告側弁護人として最初の論点に入ります。

陪審員のみなさん、何時の世でも、立証責任は訴追側が負うというのが法の原則です。すなわち、被告人が有罪であると陪審員にはっきりとわかるよう、訴追側が合理的な疑問を残すことなく被告人の有罪を立証しなければならないのです。事実、イギリスの法律のうち一部においてはこの規則が不可欠で、厳守され、公訴事実がじゅうぶんに証明されなければ、被告人は弁護を要求することさえありません。状況証拠で陪審裁判に持ち込まれる事件はなく、被告人はその場ですぐに、裁判官であれ、刑事法院の裁判官に指名された弁護士であれ、治安判事であれ、事件を審理する高位の人物によって放免されます。

申し立てられた犯罪について被告人が有罪であると立証するのは訴追側であり、無罪を立証するのは被告側の役割ではありません。訴追側があらゆる合理的な疑問を解決してその事実を立証しないなら、公訴された犯罪について被告人に〝無罪〟を宣言するのが陪審員の義務――法的にも倫理的にも――でしょう。

みなさん、これ以上あなたがたの義務について話して時間をとるまでもありません。みなさんは十二人の誠実で聡明な紳士であり、訴追側が合理的な疑問をいっさい残さずに有罪を立証したと考えないかぎり、ジャスパー氏に無罪の評決を言い渡すのがご自分たちの義務であるということはもうおわかりでしょう。それではここで、訴追側が提示した証言——嘆かわしいほどに根拠の弱い証言——をわたしが分析していきます。

まず初めに、陪審員のみなさん、きわめて並外れた二人の男性、ウィリアム・スティーヴンズ警部補とヒュー・アーノルド巡査部長——どちらもロンドン警視庁刑事課所属ですが——の証言について考えてみましょう。スティーヴンズ警部補に対する反対尋問で、わたしが彼に平服の警察官はこの国の人々から猜疑の目で見られているとの主張を否定するよう求めたのをお聞きになられたはずです。証人はわたしの主張を否定できませんでした。なぜならそれは真実であり、下院の特別委員会で〝国民の感情を最も逆なでし、憲法の精神に最も相容れない〟として論争にもなったことだからです。

しかしながら、刑事課もしくは本法廷で証言した刑事課を代表する二人の刑事を貶めるのはわたしの望むところではありません。スティーヴンズ警部補とアーノルド巡査部長に限って言えば、二人はある捜査を担当するよう上司に指示され、大部分において二人はその職務をきわめて実直にこなしました。ここでわたしは、〝大部分において〟と申し上げました。率直に言ってしまうと、二人の警察官の気分を害してしまうかもしれません。ですが、二人は犯人探しに熱意を燃やすあまり、いわば被告人にとって決定的に不利となる証拠を提出しておらず、訴追側の証人たちに明確すぎるほどの影響を与えていないことに物足りなさを感じるのです。

『どうしてそう感じるのか』とお尋ねになるかもしれません。ご説明しましょう。それらに対する答えとして、わが博学なる友バランタイン君もわたしも、この二人の警察官は厳粛で動じない法廷で耳にされたことがないような、おそらくは後々まで語り継がれるほど驚くべき信じがたい発言をしました。善か悪か彼らにも判断のできない力によって未来を――七十五年先の不思議な世界を目にしたと言ったのです。

あなたがたもご自分の耳でお聞きになりましたが、この二人の警察官によると、いったいなんという世界でしょうか。みなさんの聞いたスティーヴンズ警部補の予言では、みなさんの名誉や特権、そしてわたしの名誉や特権が女性に侵害される日が来ると言うのです。女性の医者に、女性の陪審員、女性の法廷弁護士ですと！」ホーキンズはここで少し間をおいて、陪審員を怖い目で見据え、あえてそうした信じられない出来事が現実のものとなる可能性を本気で考えさせた。その結果、陪審員席の紳士たちは、居心地悪そうにもぞもぞしているスティーヴンズを睨みつけた。女性の陪審員だと！

「それでは、みなさん、スティーヴンズ警部補とアーノルド巡査部長について述べるのはこれくらいにしておきます。ご自身でお聞きになったみなさんは、二人の発言に価値があるかないかご判断できるはずですから。また、言うなれば、訴追側の証人を探し出すことも二人の職務で、二人はこれを全うしました。みなさんが考えるべきは、そうした証人による証言です。わたしが二人の刑事について触れたのは、すでに指摘したように、二人が驚異の想像力を持たずして証人に接触したはずがないという、ただその一点の理由からです。二人の鮮明で途方もない想像はかなりの影響力を持ち、証人に同様の現実離れした空想にふけらせることになったのです。たとえば、ローザ・バッド嬢がそうです！」

ホーキンズは一息おいた。彼女の名前を挙げたとき、そこには嘲りの響きがこもっていた。口元にかすかな冷笑が浮かんでいる。彼は傲慢な態度で陪審員席を見渡した。

「ローザ・バッド嬢がそうです！」ホーキンズは繰り返した。「彼女以上に危険な若い女性がほかにいるでしょうか。ジャスパー氏に対してなんと証言したか。こう言っていましたね、ジャスパーさんはよく目で語りかけてきていた、目で脅しをかけてきていた――実際に言葉にしていない点にご留意ください、陪審員のみなさん――彼によく捕らえられたかのように感じていた。よく手に触れられ、震え上がらせられた。

そうですとも、ジャスパー氏は目で語りかけていたのです。〝人を責める前に自分を省みよ〟ですよ。ご臨席の紳士の中で、人生のある時期において若い女性に一度も目で語りかけたことがないというかたがおられるでしょうか。いらっしゃるならそのかたが、ジャスパー氏が魅力的な生徒に見とれたという理由で、大事にしていた甥の殺害容疑で彼を有罪とすればよろしい。

もちろん、ジャスパー氏はバッド嬢の手に触れたでしょう。厳格な音楽教師として、バッド嬢にピアノを正確に弾くことを求め、正しく演奏するためには、彼女が適切な指使いをする必要がありました。ジャスパー氏はいつも自分の右手を開いて彼女の右手の上で、あるいは左手を開いて彼女の左手の上で構えて、正しい音符はどの指で弾くかを示していました。

ヘレナ・ランドレス嬢の証言はどうでしょうか。ランドレス嬢は落ち着いていて聡明な人物だという印象を受けました。包み隠さずに言うと、ランドレス嬢が被告人に対してなにか物質的な証拠を挙げてきていたなら、わたしは不安を覚えたことでしょう。というのも、彼女の証言が想像の入り込む余地のない、それゆえ信頼できるものだとわかっていたからです。きっとわたしは胸の内でこうつぶやいたはずです――被告人の生徒に対する態度には恋愛感情が表れすぎていた、節度というものを超えて、証人の手にあるまじき触れ方をしたのかもしれないと。ですが、みなさん――」ホーキンズは両腕を大きく広げた。

「ランドレス嬢の証言はバッド嬢の想像に基づく証言を裏付けるだけのもので、物的証拠は一つとしてありませんでした。

バッド嬢はこう言った、バッド嬢はああ言ったというだけで、ジャスパー氏がバッド嬢に脅すような視線を投げかけている場面や、いやらしい眼差しを送っている場面を目撃したことはあるのでしょうか。彼がバッド嬢の手に触れるところは見たことがあるのでしょうか。どちらの問いかけも答えは〝ない〟です。ジャスパー氏とバッド嬢が一緒にいるところを見たのは一度きりで、その際にランドレス嬢が目にした彼の態度というのは、陪審員のみなさん、どこからどう見ても思慮深いとしか判断のしようのないものでした。バッド嬢は歌い、ジャスパー氏は伴奏していました。彼はときおり歌詞を小さく口ずさんでバッド嬢に教えていました。なんの前触れもなくバッド嬢が泣き出して――この証人は使い古された手を使って共感を求める傾向がありますが――ランドレス嬢に怖くてたまらないのだと訴える。なにがでしょうか。なにが怖いのでしょうか。バッド嬢が妄想の中で恐れているものは数多く存在しますが、公開の法廷の場で立証されたものは一つとしてありません。

たしかに、ジャスパー氏はバッド嬢を愛していました。ですが、彼女を愛していたというその事実が、彼がドルード氏を殺害したということを証明するのに役立つでしょうか。わかりきったことですが、役に立つはずがありません。さらに言うなら、彼女を愛していたのは彼だけではないのです。ネヴィル・ランドレス君もまた彼女を熱烈に愛していました。

ですから、みなさん、バッド嬢とランドレス嬢の証言にはなんの意味もないのです。別々であれ二人一緒にであれ、この若くて魅力あふれるお嬢さんがたは被告人に対して実質的に重要なものはいっさい証明していませんし、そのことをほかの誰よりも早く明確に認めるのがいずれも思慮深い陪審員のみなさんであることにわたしは満足を覚えるのです。

ネヴィル・ランドレス君の証言を検証してみましょう。この証人は、被告人が彼とドルード氏のあいだのいさかいを助長させたことを信じるようわれわれに求めました。あるときジャスパー氏がワインに薬物を入れてそのいさかいに火を注ぎ、ドルード氏を殺害するために仲直りの夕食会を計画し、同時に一石二鳥を狙ってランドレス君に疑惑がかかるようにした、と信じるよう求めました。

ですが、みなさん、非難するのはいたって簡単ですが、証明するのは並大抵のことではありません。それを裏付けるのに欠かせない証拠はどこにあるのでしょうか。ランドレス君が、被告人があれをしたこれをしたと言うのはかまいませんが、ジャスパー氏がそのうちの一つでも実際に行ったということを確かなものとする証拠はどこにあるのでしょうか。あらためて申し上げますが、ジャスパー氏がそうしたことをしたと立証するのも、彼が甥の殺害計画を進めるためにそれらをしたと立証するのも訴追側で――被告側があれをやらなかったこれをやらなかったと証明するものではありません。

それが裁判における一貫した立場です。石工のダードルズは真夜中に大聖堂へ行ったと話しました。いいですか、陪審員のみなさん、被告人は実際にその夜ダードルズと大聖堂に行き、ダードルズはいつものように大酒を飲んで、正体を失うほど酔っ払いました――別に珍しいことでもありません。ところで、ダードルズが飲んだ酒にジャスパー氏が薬物を入れておいた、ジャスパー氏が地下墓所の鍵の形をとった、ジャスパー氏がエドウィン・ドルード氏を殺害して地下墓所の壁の向こう側でその遺体を生石灰で溶かしたと立証するのは訴追側です。では、その証拠はどこにあるのでしょうか。合鍵を作った金属製の抜き型はどこにあるのでしょう。誰がジャスパー氏にその鍵の形をとるための蠟を売ったのでしょう。事件のあった夜、被告人が門番小屋を出ていくのを誰か見たのでしょうか。誰か彼の帰宅を目撃したのでしょうか。

ええ、そうですとも、みなさん、被告人の犯罪を示す証拠がこれほど少なく、だがその証拠不足をごまかすために披露された単なる想像を根拠とする推論がこれほど数多い裁判がかつてあったでしょうか。わが博学なる友でさえも、その最終弁論で、訴追側の手で証拠を提出する前に、多くの致命的な証拠の欠落部分を補うために想像力を利用するのはやむをえないと認めていたではありませんか――わが博学なる友はその事実を法律用語を用いることでわかりにくくしただけです。証拠のその部分を〝状況〟証拠と呼んで！」

そうやってヘンリー・ホーキンズはジャスパーに不利な点を一つ一つ取り上げては打ち砕いていった。やり手の被告側弁護人が難攻不落の訴追側に当たって砕けろとばかりにやみくもな抵抗をしているというだけではなかった。彼の最終弁論は詳細な分析と批判的な批評の集大成だった。訴追側と各得意分野で闘い、それぞれの証人は例外なくその想像を引き合いに出されていた。

クロイスタラム刑務所に一度ならず入れられているのを目撃されていたダードルズは、飲んだくれの烙印を押されていた。しらふのときが滅多になく、石を投げつけられなければ家に帰らない男の証言にどれほどの信憑性があるというのか。ジャスパーと地下墓所へ行ったという彼の話はどうなのか。酔っ払いが見た夢にほかならないのではないか。

*

ようやく、ホーキンズはついに尋ねた——地下墓所で発見した残骸はなんだったのか。訴追側はエドウィン・ドルードのものだと主張した。だが、本当にそうだったのだろうか？　グルージャスの指輪という見かけの証拠があるだけで、それ以外に身元を示すものはなかった。ドルードはまだ生きている可能性だってある。グルージャスが大いなる敬意をもってドルードに手渡したのはその指輪だったのだろうか。ドルードに手渡したのは別の指輪だったのではないのか？　その現場に居合わせた唯一の目撃者である書記のバザードがいまや故人となっているというのは奇妙だ。

「陪審員の顔が見えますか？」アーノルドがスティーヴンズにささやいた。

スティーヴンズはうなずいた。口元がへの字に曲がっている。「ああ。評決は〝有罪〟とはなりそうにないな」

「ぼくもそう思います」

「このあと判事はどんな略説をするのだろう」

「すぐにわかりますよ」とアーノルド。

アーノルドはまちがっていた。夢中で傍聴していたあまり、時間を忘れていた。ブラックバーン判事は口を開いたが、翌朝まで休廷とすると告げただけだった。

＊

陪審員はジャスパーに無罪と有罪のどちらの評決を下すのだろう？　翌朝、スティーヴンズとアーノルドはオールド・コートへ入りながら、周囲のありとあらゆる方向からそんな問いかけと答えを耳にしていた。大多数の意見は囚人は〝疑わしきは罰せず〟となるだろうというものだった。彼に不利な状況証拠がいくつかあるのはたしかだが、有罪とするには不十分だった。人々はホーキンズの意見に賛成していた――ジャスパーがあれやこれやをしたと言うのは容易いが、証拠はどこにある？

裁判官たちが着席するが早いか、ブラックバーン判事が陪審員に与える事件要点の説示を聞き逃すまいと、ほとんどすべての傍聴人が身を乗り出した。それでバランタインが立ち上がるのを見たとき、誰もが驚きを隠せなかった。

「裁判長閣下、ドルード氏の失踪事件について予備調査を行っていた際に、警察官が――スティーヴンズ警部補とアーノルド巡査部長です――聞き込みを進めていく中である人物に関心を持ちました。二人はその人物が本件に関連するきわめて重要な情報を握っていると気づいていましたが、当法廷でその名前がまだ口にされていないのは、訴追側がこの証人を呼ぶことができなかったためです。付け加えますと、プリンセス・パファーとして知られているこの証人に当然われわれは事情聴取を行うつもりでしたし、必要であれば当法廷に呼ぶ意思もありました。しかしながら、徹底的に捜索したものの、公判が始まるまでずっと彼女の居場所を突き止める手がかりとなるものさえつかめていませんでした。

昨日の公判でお知らせしました、不可解にも姿を消してしまったもう一人の証人についても申し上げておきたいと存じます。デピュティ少年のことです。最初に二人の刑事課の警察官にプリンセス・パファーなる女性から話を聞いておいたほうがいいと仄めかしたのはデピュティ少年です。ここで言い添えておきますと、彼女は王家につながる血筋の者ではなく、ロンドンのイーストエンドに居を置くいかがわしい人物です。昨日わたしは裁判長閣下にデピュティ少年が突然いなくなったときの様子をお伝えしました。今日は幸いにも、彼がとんでもない行動をとった理由をご説明することができます。デピュティ少年がその保護下にあった巡査から逃げ出したのは、遠くの角を曲がるプリンセス・パファーを見かけたからだったのです」

バランタインはそこで口をつぐんだ。法廷内は空気がぴんと張り詰め、静まり返っている。ブラックバーン判事が最上級法廷弁護士を見やった。「実に不思議な驚くべき話だね、バランタイン君」

「おっしゃるとおりです。このあと続く話はさらに意外性に満ちています。デピュティ少年によりますと、彼はその夜――つまり、一昨日の夜ですが――プリンセス・パファーのもとで過ごしました。彼女はロンドンではラスカー・サルという名で通っていて、だからこそ警察がいくらプリンセス・パファーと呼ばれる女性を探しても見つからなかったわけです。デピュティ少年がどんなふうにして成功にこぎつけたかわたしにはわかりませんが、知っていることを訴追側の証人として証言するようプリンセス・パファーを説き伏せたのは事実です。

彼女から供述調書をとり、複写したものをわが博学なる友ヘンリー・ホーキンズ君に渡してあります。このような状況ですので、裁判長閣下、デピュティ少年の証言だけでなくこのプリンセス・パファーの証言も差し挟むことをお許しいただきたいと存じます。わが博学なる友もこの提案が先例のないことではないと認めるでしょう。事実、ラッセル卿を殺害したクルボアジェの公判ではティンダル主席裁判官やパーク裁判官を前にわたしもその場にいて、訴追側は新しい証人を公判三日目に喚問しました」

「異議がありますか、ホーキンズ君?」

ホーキンズには異議があり、それを力強く訴えたが、反対意見を述べおえたとき、ブラックバーン判事はコーバーン裁判官と協議した結果、この場で新しい証人を呼ぶことを認めると言い渡した。

そこですぐにバランタインは指示した。「プリンセス・パファーをここへ」

XVIII

プリンセス・パファーが証言台に立つと、法廷にいる人々はいっせいに小さく息をのみ、そのあと笑いどよめいた。証人はどこ吹く風といった感じで落ち着き払っている。それどころか、時代がかった仕草で、裁判官や陪審員にだけではなく、訴追側、弁護側、法廷に詰めかけた大勢の老若男女にまでおじぎをした。爆笑が沸き起こった。

少しのあいだ傍聴人たちは制止されず、だからといって静まりもしなかった。廷吏は腹を抱えて笑うのに手一杯だ。裁判官たちはというと、少しばかり陽気に騒ぐのも無理はないと考えたようだった。

この証人はいったいどこから集めてきたのか誰も見当もつかないような衣装を身にまとっていた。古い時代の衣装に負けないくらいけばけばしく、そのけばけばしさに負けないくらい嵩があって、その嵩に負けないくらいぼろぼろだった。この壮観な衣装から、汚れきって常にずるそうな、だが嬉しそうに満面の笑みを浮かべ、大きく弧を描いた血の気のない唇からところどころ抜けた黄色い歯をのぞかせた、年老いてしなびた顔が突き出していた。

ようやく秩序が戻って、バランタインは証人に言った。「氏名を名乗ってください」

プリンセス・パファーは当惑の表情で訴追側弁護士を見て、証言台からぐっと身を乗り出した。

「なんでだい、お若いの？」

その様子があまりに滑稽で、バランタインがあからさまにぎょっとしているのを見て、またしても大爆笑が起こった。ブラックバーン判事が静かにするよう大声で求め、廷吏が静粛にと叫ぶ。ようやく騒ぎが落ち着いた。

「敬意をもって話すようにしていただきたい」バランタインが鋭い調子で警告した。

彼女は眉を上げた。「だけど、あたしはちゃんと敬意を示してるよ、お若いの」

バランタインの顔がいっそう赤みを増した。ブラックバーン判事、裁判官、廷吏の制止などおかまいなく、傍聴人はみなげらげら笑った。

バランタインは腹立たしげに老女に人差し指を向けて振った。「いいですか、あなたは法廷にいるんですよ。敬意をもってわたしの質問に答えなければならない。わたしのことは〝サー〟と呼ぶように」

プリンセス・パファーは小さくまとめた灰色の髪から帽子が飛んでいきそうな勢いで大きくうなずいた。

「あいよ、お若いの。あんたを〝サー〟って呼んでもいいよ」

バランタインは裁判官席に顔を向けた。「証人に場の厳粛さについてご教授願えませんでしょうか」

ブラックバーン判事はうなずいた。「バランタイン君、わたしはいまのところ、この証人にもこの場の厳粛さは理解できているものと思っているよ。たしかに変わった話し方だが、頻繁に口にする親愛の情を示す言葉は、わざとふざけているとか突っかかった態度をとっているというより、習慣からきているものだろう」

ホーキンズがさっと立ち上がった。「この証人は訴追側弁護士にそれほど好感を持っていないようですので、その証言もそれに相応したものであってくれるよう願ってやみません」

法廷弁護士たちが占めている席から多くの忍び笑いがあがった。判事の口元さえかすかにほころんでいるのを目にして、バランタインは顔をしかめた。

「ホーキンズ君、そんなことが公判で証明されるのならば、反対尋問におけるきみの手腕で必ずや真実を引き出せるだろう」

ホーキンズはこの判事の賛辞におじぎで応えた。

「ともあれきみは」ブラックバーン判事はプリンセス・パファーに向かって続けた。「訴追側および被告側弁護士に〝お若いの〟と呼びかけてはならない」

一瞬プリンセス・パファーは気圧されていた。「努力します、閣下」ささやくように言った。

「名前を言ってください」バランタインが要求した。

「プリンセス・パファー。パファー王女殿下だよ」彼女はぐいっと頭を上げて答えた。

「本名を知りたいのですよ。さあ、本当の名前は？」

「パファー。プリンセス・パファー」彼女は強情に繰り返した。

「それは商売仲間のあいだで使われている響きのいい装飾的な名称にすぎないでしょう。両親がつけてくれた名前ではない」

「どうしてそんなことわかるんだい、お若いの？」彼女は抜け目がなさそうに横目で見た。

バランタインは肩をすくめ、裁判官たちの方へ向いた。「刑事課の者たちはこの証人の名前について情報を手に入れようと何度も試みましたが、不首尾に終わっています。ロンドンでは彼女はラスカー・サルという名で知られておりまして、というのも、インド人水夫《ラスカー》やほかの有色の外国人と付き合いがあるからです。ですが、サルというのも彼女の本来の名前ではないと考えております」

「さほど意外でもないぞ、バランタイン君」ブラックバーンが言った。「本名を隠していることが証言に差し支えるかね？」

「それはありません」

「そういうことなら、王女殿下に証言を続けていただこうではないか、変名で」

「感謝いたします」バランタインは礼を述べてから、証人に向き直った。「職業はなんですか？」

プリンセス・パファーは病的に潤んだ目でバランタインを煙に巻くように見た。「働いてなんかないよ、お若いの。あたしは金持ちのレディなんだ」

「真実を話すと誓ったはずですよ」バランタインはきしむような声で言った。「あなたはセントジョージ・イン・ザ・イースト教区のコーンウォール・ストリートにほど近いコートヤードにある阿片窟《デン》の持ち主なのではないのですか？」

プリンセス・パファーは恐ろしそうに両手をあげた。「神様、お助けください！　なんて時代になったんだい、あたしのささやかな部屋がほら穴《デン》と呼ばれるようになるなんて。二階にあるんだよ、お若いの、二階にね。ほら穴なんかじゃないよ。ジャック・チャイナマンが塀の向こうに入ってないのとおんなしで、あたしは阿片窟の持ち主じゃないよ。ジョージ・アー・シングは自分のことをそう呼んでるんだよ。そんな異教徒っぽい名前にしてると、どんな悪さだってできるのさ。あたしはっていうと、友達としてたまには一人か二人と付き合うってことになるだけ」

「その友人たちは阿片を吸うのですか？」

「阿片を吸うだって！」彼女は憤懣やるかたないといった態度で、手をひらひらさせた。裁判官の方に向く。「閣下、そこの人はどうにかこうにか生きていってる哀れな年寄りをなんだと思ってんだろうね？」

「質問に答えなさい」ブラックバーン判事がいかめしい顔で言った。「阿片を吸いに来る客はいるのかね？」

「そりゃまあ、ときどき一人か二人くらいはちょいと一服しに寄ることはあるよ」プリンセス・パファーはためらいがちに認めた。

バランタインは大きく息をついた。「やれやれ、神よ、わずかばかりのお恵みに感謝します！　やっとまともな答えが聞けました！　裁判長閣下が陪審員のみなさんの重要性を――」

「われわれに期待されている方法で通例の義務を果たしていないからといって、きみがその点を懸念する必要はないと考えているよ」判事はバランタインにあっさりと申し渡した。

バランタインは会釈をした。「感謝いたします」そしてプリンセス・パファーに向けて言った。「被告人席の囚人を見てください」彼女は敵意に燃える目でジャスパーを食い入るように見つめた。「知っている人物ですか？」

「ああ、お若いの。ようく知ってるよ、とてもようくね」

「どういう状況で出会ったのですか？」

「イースト地区にあるあたしの部屋で会ったのさ」

「それは、彼があなたの家を訪ねたということですか？」

「何度もね」

「目的は？」

「ずいぶん長いあいだあたしのお得意さんだったんだよ。初めてプリンセス・パファーのもとへやってきたときは、不慣れもいいとこだったねえ。たった一服で頭を腕の中でがっくり垂れて、鳥みたいに歌を口ずさみながら眠っちまったもんだよ」

「そのあと、足しげく通うようになってからはどうなったのですか？」

「いい気持ちにしてあげるのに普通の量が必要になったよ」

「被告人が初めて訪れたとき、あなたは彼の名前や職業を知っていましたか？」

プリンセス・パファーはジャスパーを睨みつけた。「ああ」被告人に向かってしゃべる。「あんたのことはなんだって知ってる。ようく知ってるんだよ」

「被告人に話しかけてはなりません。わたしに話してください」バランタインは強い口調で注意した。

「わかったよ、お若いの」プリンセス・パファーは不満そうだった。

「被告人の普段の生活についても詳しく知っていると言うのですか？　どうしてそんなに詳しく知っているのです？」

「クロイスタラムの彼の家まで追っていったからさ」

「何回くらい？」

「二回」

「理由は？」

「あの男に関することをすべて突き止めたかったから」

法廷内に驚きのつぶやきが響いた。

「どうして客のことをそんなに知りたがったのですか？」

証人はすぐには答えようとしなかった。

「さあさあ、わたしの質問に答えなさい」

それでも言い渋っている。だがようやく、「どっちのときだい？」

「最初のときです」バランタインはしびれを切らしたように言った。

「そのときなら、ほら、あんたも知ってるだろう、阿片を吸った者が眠りながらしゃべるのは――」

「わたしは阿片のことも、阿片の作用についてもなにも知りません」バランタインはぶっきらぼうに口を挟んだ。「どのような作用があるのですか？」

「阿片は夢を見せるんだよ。そいつが抱えてる問題やなんかいっさい忘れさせて。そいつに天国を見せるのさ——」

「あるいは地獄を？」

「そいつはあとからだよ」プリンセス・パファーは思慮深そうにうなずいた。「目が覚めてからだ」

「続けてください」彼女がそこで口をつぐんでしまったので、バランタインは促した。

「あたしはなにをしゃべってたんだったかい、お若いの？」

「裁判官殿と陪審員のみなさんに、阿片の作用についてご説明していたところです」

プリンセス・パファーは続きをしゃべろうと口を開いたが、激しい咳に襲われた。痩せ衰えた全身を震わせて咳き込む。空気を求める苦しげなあえぎが法廷にこだました。裁判官の合図で廷吏が老女のそばに駆け寄って手を貸そうとするものの、彼女にはそれを受け入れることも断ることもできなかった。なんとか呼吸ができるようになるまで、一分近くかかった。

やがて、まだ苦痛に口元をゆがめながらも、プリンセス・パファーは涙で潤んだ目を皮肉っぽくきらめかせた。「これも阿片の作用さ、お若いの」とバランタインに言う。

一種異様な静けさが法廷に広がった。いかにもロンドン子らしい彼女のウイットに富んだ発言に、返ってきたのは沈黙だった。バランタインが再び口を開いたとき、彼の声は優しいと形容してもいいものになっていた。

「阿片を吸った者は眠りながらしゃべると言いましたね？」

プリンセス・パファーは勢いよく首を縦に振った。「そうだよ。量を与えすぎないようにすれば、秘密をしゃべっちまうのさ。どれだけプリンセス・パファーに教えてくれるかっていったら！クロイスタラムから来てたあたしの聖歌隊長さんは」——彼女はジャスパーを頭で示した——「そりゃあ、たくさんのことをその口から聞かせてくれたけど、彼のためになるようなことはあんましなかったねえ、ほんとに」

「被告人が意識が朦朧とした状態でなにか言ったから、あなたはクロイスタラムまで彼を追ったのでは？」

「そうだよ、お若いの」

「彼はなにをしゃべったんですか？」

「ネッドって人のことだよ。『警告ととれよ、ネッド。きみのいい人にもそう伝えておけ。おれは自分の心臓から悪魔を彫り出してしまったのだ。聖歌隊席や会衆席に彫るのではなく。すぐにでも用心しろよ、ネッド』」

「被告人はどういう意味で言ったのでしょう？」

「あたしが知るもんかね、お若いの。読心術師じゃないんだよ。あたしには戯言に聞こえたたね」

「それならどうして、被告人をクロイスタラムまで追いかけたのですか？」

プリンセス・パファーは顔をくしゃっとさせた。「言った内容じゃないんだよ、その言い方なんだ。声に邪悪なものが潜んでて、悪魔に取り憑かれたような表情をしてた。こいつは本気で誰かに危害を加えるってわかってたけど、まだおとなしく座って様子を見ていられるってことは、相手はあたしじゃないとも思った。もし一度でも人殺しってやつを見ていたら――」

バランタインが慌てて彼女の饒舌を止めに入った。「どんな印象を受けたかを話してはいけない。事実のみ話してください」

「あたしが話してるのは事実じゃないって言うのかい?」

「わたしの質問にできるかぎり簡潔に答えるように。あなたは自分の部屋からクロイスタラムの彼の家まで追っていった、そうですね?」

「いいや」

バランタインはぽかんとして彼女を見つめた。「追っていかなかった?」

「そうじゃないよ、お若いの。あの男の家までは行ってないってことさ。ストルードまでだよ。彼が乗合馬車に乗ってるあいだに見失ったんだ」

「そのあとは?」

「乗合馬車がどこ行きか人に尋ねたよ。そしたら、クロイスタラム行きだって言うんで、その乗合馬車がストルードに戻ってきたとき乗ったんだ」

「クロイスタラムへ行ったのですか?」

「ああ。だけど、お目当ての旦那を探すにはちょいと遅すぎたから、〈トラヴェラーズ・トゥーペニー〉って安宿で泊まった。朝になってから張り切って町じゅう彼を探して歩いたけど、どこにも見当たらなかった」

「一つ確かめさせてくれませんか。まだ初めてクロイスタラムを訪れたときのことを話しているのですか？」

「そうだよ、お若いの」

「そのときは被告人を見かけることなくロンドンへ帰った？」

「ああ」

「そのときはそれで全部ですか？」

老女はバランタインににやりとしてみせた。「そうでもないよ、お若いの」

「そうでもない！　ほかになにがあったのですか？」

「とても親切な若い紳士に出会って、そのお人が咳に効く薬を買うのに三シリング六ペンスくださったのさ」

「どうして三シリング六ペンスもくれたのですか？」

「あたしを気の毒に思ったんだろうね。それに、三シリング六ペンスくれたら、あることを教えてあげると言ったのさ」

「その若い紳士になにを話したのですか？」

「名前を訊いた」

「彼は教えた？」

「ああ。エドウィンだって教えてくれたよ」

プリンセス・パファーの言葉に法廷内は大騒ぎとなった。というのも、このたまたま飛び出した証言に、訴追側と弁護側の双方が驚いたからだ。

「エドウィンの名字は？」バランタインがすぐさま尋ねた。

彼女はぼんやりと首を振った。「聞いてないよ」

それでも、ここでは語られていない事件のいきさつを知っている多くの者が意味ありげな目配せを交わした。ほぼ全員が、世にも奇妙な偶然でプリンセス・パファーは彼女が救いたいと願っていたと思われる当の人物と出会っていたと思ったのはまちがいなかった。

「その若い紳士がエドウィンだと名乗ったとき、どうしたのですか？」

「短くした呼び名はエディかと尋ねると、『そう呼ぶ者もいる』と言うから、『恋人はそう呼ぶかい？』って訊いたら、『恋人なんていないのにそんなことはわからないよ』と返されたよ。そのあとあたしは、ネッドって名前じゃなくてよかったね、その名前は危険にさらされてる名前だから、物騒な名前だからと言った」

「彼はなんと？」

プリンセス・パファーは曖昧な表情でバランタインを見た。「それだけだよ。若い紳士は行ってしまって、あたしは〈トラヴェラーズ・トゥーペニー〉に戻った」

「その出来事があったのはいつのことですか？」

「去年のクリスマスイヴの日」

最初にクロイスタラムまで追っていったときのことについては、それ以上尋ねることがないように思えたので、バランタインは二度目に彼女がクロイスタラムを訪れたときのことについて質問することにした。

「その次に被告人を目にしたのはいつですか？」

プリンセス・パファーはげらげらと笑った。「六か月とちょっと経った頃だよ。あたしは彼は死んじゃったんだと思っていたね」

「どうしてそのように思ったのですか？」

「そんなに長いあいだ、あたしが用意してあげるパイプから離れていられっこないと思っていたからだけど、自己流でときどき吸っていたって、本人が打ち明けたよ。そのあと靴を脱いでベッドに横になった」

「それから？」

「一服やりだして、しゃべりはじめた」

「なにについて？」

「なにについてか教えてあげるよ」プリンセス・パファーは悪意のこもった声で吐き出すように言った。「彼はあたしのベッドに寝転がって、こう言ったのさ。『たとえば、あんたが頭の中でなにか、これからやろうとすることを考えていたとする。だが、そいつを本当にやるかどうかはまだ決めていない。ここで寝そべってこいつを吸ってると、それを夢の中でやってもおかしくはないな？』

『ああ、そうだね』とあたしは答えた。『きっと何度も何度もやるね』

『おれとそっくりだ』と彼。『おれも繰り返しやったんだよ、何百回となく、まさにこの部屋で』

『やって楽しかったかい、お若いの？』とあたしは訊いた」

ここでプリンセス・パファーはしゃべるのを唐突にやめた。証言台の近くにいた者は、彼女の目が残忍そうにきらめいているのが見てとれた。

「それで、被告人はなんと返事をしたのです？」バランタインが促した。

「『楽しかったとも』」彼女の声は刺すように厳しく、その語気の激しさと呼応するように、目はさも満足そうな喜びにあふれていた。目に見えない獲物に飛びかかろうとしているかのように背中を丸める。「彼はそう返事したのさ」彼女は声を潜めた。

プリンセス・パファーの終わりのほうの証言は予想外に写実的で、聞き手の多くはその会話が交わされた陰気でみすぼらしい部屋――汚れてひびの入った窓ガラス、壊れかけの家具、取り散らかしたベッド、そのベッドに寝転がって阿片を吸っている顔色の悪い黒髪の男、彼を横目で見ている饐えたようなにおいを放つ女、部屋にたちこめる不健全な甘ったるいにおい、そして最後に、彼女の質問に男が答えたことで生じた紛れもない憎しみ――を思い浮かべていた。

「ほかに被告人が口にしたことは？」

「『おれが考えていたことは旅だった。困難で危険な旅。一歩踏み外せば死が待つ場所をいくつも越えていく恐怖に満ちた旅だ。下を見ろ！　下を見ろ！　そこになにが横たわっているか見えるだろう！』」老女は骨と皮ばかりの震える指を芝居がかった仕草で床に突きつけた。「『その旅を十万回もやったんだ。あまりに何度もやったものだから、本当にやったときには、やる価値がないように思えたうえ、あっけなく終わってしまった』」

「それは被告人の言葉ですか？」バランタインはきびきびと彼女に確認した。

プリンセス・パファーはうなずいた。「彼が言ったとおりの言葉だよ、お若いの」

「ほかに被告人が話したことはありますか？」

「あるよ、お若いの」老女は咳の発作が起こるのをこらえた。「肺をすっかりやられていてね。もうすり減ってぼろぼろだよ」苦しげにあえぎながら言葉を絞り出した。

証人が呼吸を整えるのを待って、バランタインは容赦なく質問を再開した。「なにを話しました？」

「それが自分のやっていた旅だって彼は言ったよ。頭の中で考え、終わってしまった旅。『本当にあっというまで、簡単だった。抵抗はなく、危険も感じず、涙ながらの訴えもない』。そのあと、あたしにはなんのことやらさっぱりわからなかったけど、彼はこう続けたんだ。『あれはいままで一度も想像したことがなかった』

『なにを想像したことがなかったんだい？』ってあたしは訊いた。

『あれだよ。見ろ！　なんて哀れで惨めなんだ！　あれは現実にちがいない。終わったんだ』

はるか遠い昔、プリンセス・パファーは旅役者の一行に入っていたのか、どこかの劇場の専属劇団にいたのか、ひょっとして先祖から演技力を受け継いでいるのかもしれない。理由はともあれ、彼女は〝観衆〟の注意を一身に引き寄せていた。気味が悪いほどだ。彼女の声は耳障りで、しゃべり方は教養に欠けていたが、それにもかかわらず、折に触れて朗々と響くことがあった。意識的にか無意識的にか、被告人が口にした言葉にまつわる話をするとき、彼の柔らかく耳に心地いい声音を、誇張された態度を真似していた。顔の表情が目まぐるしく変わる。ジャスパーが謎めいた夢の内容に抱いていた憎しみに彩られていたかと思うと、今度はうつろになって、どこか一点を凝視している――それも、阿片のせいで知性が曇ってしまったジャスパーだった。

そんなプリンセス・パファーをジャスパーは揺るぎなく見つめていた。蠟のように白い顔のほとんどの部分は動きがなかったが、その目には相手を焦がさんばかりの憤怒の炎がたびたび燃え上がっていた。老女の語る内容が真実だったからかもしれないし、真実でなかったからかもしれない。彼女が表現したとおりの憎悪をあらわにするかもしれないし、しないかもしれなかった。

とはいえ、阿片の宴の案内人を憎んでいるのは疑いの余地がなかった。彼のそばにいる看守は万一の場合に備えて、いつでも囚人を取り押さえられるように、動かずじっと待機していた。

スティーヴンズが座っている場所からは、被告人と証人の双方の顔が見えた。ジャスパーの裁判が始まるずっと以前から、彼は聖歌隊長の有罪を確信していた。いまでは、これまで以上にジャスパーが甥を殺害したことを信じていた。一時の怒りや激情に駆られてではなく、何か月にも及んで胸算用をし、何週間も前から準備して計画的に実行したのだ。

それでも、とスティーヴンズは自問した。プリンセス・パファーの証言にどれだけの法的効力があるだろうか。自分でさえ、彼女の証言を反対尋問で覆すことができると感じていた。被告側弁護人の席にちらりと視線を向けると、彼は目の前に置いたメモ帳に所在なげになにか書いていた。どこか人をばかにしたようなかすかな笑みがヘンリー・ホーキンズの顔に浮かんでいる。彼は自分の出番を待ち構えていた。

XIX

だが、被告側弁護人の登場とはならなかった。バランタインはまだプリンセス・パファーへの証人尋問を終わっていなかった。

「ほかに被告人が話したことはありますか?」

証人は力なく首を振った。「それで全部だよ。彼は意識が混濁しはじめて、もう一言もしゃべらなかった」彼女の落胆ぶりといったら、滑稽なほどだった。「そのあとの夜は、丸太みたいにぴくりとも動かなかった」

「夜が明けてからは?」

「お代を払って出ていったよ」

「あなたはどうしたのですか?」

プリンセス・パファーはこれみよがしに片目をつぶってみせた。「あたしがどうしたかだって、お若いの? 今回はご立派な紳士を見失うことなく家まで追おうと心を決めたよ」

「被告人を尾行した?」

「そうさ。帽子をかぶると部屋を出た。彼はオルダーズゲート・ストリートの裏通りまで行って、ある宿屋のドアを叩いてそのドアが開くと、中へ入っていった。あたしは別の家の戸口にしゃがんで彼が出てくるのを待ってた。正午に出てきたよ。

彼が通りへと消えていってから、あたしはその宿屋のドアを叩いて、出てきた女に、クロイスタラムから来た紳士はいつ町へ帰るのか尋ねた。彼女は午後六時だと教えてくれた。それだけ聞けばじゅうぶんだ。それであたしは早い時間の列車でクロイスタラムへ行き、ハイストリートをぶらついて時間をつぶしながら、目当ての紳士が乗合馬車で午後九時に到着するのを待った」長くしゃべったせいで息が切れていた彼女は、そこで中断した。

「被告人は午後九時に乗合馬車で戻ってきたのですか？」

「ああ。この目で見たよ。ハイストリートを歩いていって、アーチ形の門をくぐっていったと思ったら姿が消えちまった。慌ててあとを追ったけど、もうどこにも見当たらなかった。悪魔だってあんなにあっさりと飲み込めないだろうよ」

証人がまた自分の考えを披露しようとしているのを危ぶんで、バランタインは急いで訊いた。

「被告人がどこへ行ったのか突き止めたのですか？」

「突き止めたよ。あたしがいったいどういうことだろうと首をかしげてたら、気さくで感じのいい年配の紳士が『誰か探しているのかい？』って声をかけてきてくれたんだよ。それであたしは、ついさっきここを通っていった人を探してると話したら、その紳士が、通ったのではなくて反対側にある階段をのぼっていったのだと教えてくれたんだ。

『おやまあ！』あたしは言って、『いったい――』

ホーキンズが抗議に立ち上がりかけているのを見て、バランタインが機先を制した。「その紳士がなにを話したのか、われわれは聞くべきではありません。とにかく——」

「なんでいけないんだい、お若いの?」プリンセス・パファーが自分の番だとばかりに割って入った。「あたしがなにを発見したのか知りたくないのかい?」

「わたしの質問に答えてください」バランタインが不機嫌そうに言った。「その感じのいい紳士だとあなたが表現したのはどのような人物でしたか?」

「感じのいい年配の紳士だったよ」

傍聴人たちのあいだからおかしそうにくすくす笑う声が聞こえた。

「それはもう聞きました。たとえば、髪の色は?」

「髪かい? あたしのみたいに長くて、白くて、波打ってたよ」

プリンセス・パファーの髪はくすんだ灰色で、まっすぐなうえに小さく束ねていたので、またあちこちから忍び笑いがあがった。

「紳士は名前を言いましたか?」

「その晩は言わなかったよ」

「会ったのは一度だけではないのですか?」

「次の日の昼も会ったよ」

「彼はなんと名乗ったのです?」

「ディック・ダッチェリーだって」

バランタインは満足げにうなずいた。「では、善良なる証人、あなたはダッチェリー氏の話から、クロイスタラムまで追ってきた男性の氏名と住所を知ったのですね？」

「そうだよ。ジョン・ジャスパーだってね」

「それで、その夜、家までつけていった男性がそこの席にいる被告人なのですね？」

「ああ」

「被告人についてほかに聞いたことは？」

「あるよ。その感じのいい紳士が、彼は聖歌隊の歌い手で、次の朝に〝大した堂〟で歌うって教えてくれたよ」

「それを知ってどうしました？」

「次の朝に〝大した堂〟へ行ったかって訊いているのかい？」

「そうです」

「だったら、行ったよ。そこであたしのご立派な紳士がまさに天使みたいに歌ってるのを見た」

「ディック・ダッチェリー氏には会ったのですか？」

「ああ、お若いの。その朝〝大した堂〟の外で会ったし、そのあと昼にもちょっとしゃべったよ」

「あなたの話では、その白髪の紳士がディック・ダッチェリーという名前を教えてくれたのは二度目に会ったときです。ダッチェリー氏は被告人に関心を持っているような感じでしたか？」

プリンセス・パファーは曖昧な表情でバランタインをうかがった。「わからないよ。彼に訊かなかったし」

「ダッチェリー氏は被告人についてなにか尋ねたのではないですか？」

「ああ、訊かれたよ」

「ということは、そうした問いかけに対するあなたの答えを通して、ダッチェリー氏も、本日われわれがあなたの証言から得ている被告人の情報に匹敵するものを知ったのでは？」

証人は小さく口を開けたまま、なんとかこの質問の意味を咀嚼しようとしていた。だが、そうするには彼女の理解力を超えていたので、いつまで経っても言葉が出てこなかった。

「さあさあ、簡単な質問でしょう。あなたはここで証言した被告人のことをダッチェリー氏にも話したのではないのですか？」

「ああ、そういうことなら、話したよ、お若いの」

バランタインは着席した。

ヘンリー・ホーキンズが立ち上がった。

「阿片を吸うのですか？」いきなり尋ねた。

プリンセス・パファーはぽかんとしてホーキンズを見つめたあと、バランタインに目をやったが、彼は証言内容をせっせとまとめはじめたところだった。そこで彼女はまた被告側弁護人に視線を戻した。

「それがあんたとなんの関係があるんだい、お若いの？」

法廷は大爆笑に包まれ、少しも静まる気配がない。今回はホーキンズが赤くなって、その対立者が微笑む番だった。

「バランタイン君の質問に答えたように、ホーキンズ君の質問にも答えなさい」ブラックバーン判事がきっぱりと言い渡した。

「そういうこと！」証人は裁判長に向かって片目をつぶってみせた。「あたしはてっきり、このお人が余計な口出しをしなさろうとしてるんだと思って」彼女は弁解をした。ホーキンズに向けて言う。「ああ、お若いの、吸うこともあるよ。咳がこの老体をこっぴどく苦しめるときに一服やると、つらさを忘れさせてくれるんだ」

「たしかきみは、わが博学なる友の質問に対して、その咳は阿片を吸引したことによるものだと答えませんでしたか？」

「たぶんね、お若いの、たぶん」

「だが、そう答えたでしょう？」ホーキンズは声を荒らげて問い返した。

「ああ」

「ところが、今度は咳のせいで阿片を吸うと言う」

「いいや、そんなことは言ってないよ」

「では、どう言っているのですか？」

「つらさを忘れるために一服やるって言っているのさ。咳がつらいんじゃないんだ。まったく別物だよ」

さらに笑い声があがった。バランタインが立ち上がる。彼はにこりともせず、ちくりと皮肉を言った。「裁判長閣下が証人にわが博学なる友を困らせないよう求めても、わたしのときのようにましにはならないでしょうか」

ブラックバーン判事の口元がゆがんだ。「必要とあれば、バランタイン君、われわれは総力をあげてホーキンズ君の質問に対する証人の答えがなにを意味するのか明らかにしようではないか」

「感謝いたします、裁判長閣下」

ホーキンズは自分を肴にしたこの洒落をできるかぎり礼儀正しく無視して、プリンセス・パファーに質問した。「阿片を吸うという事実は否定しないのですね？」

「ああ」

「きみはわが博学なる友に、阿片はその使用者に夢を見させる効果があると伝えましたが、それは本当でしょうか？」

「そうだよ、お若いの」

「どんなたぐいの夢ですか？」

プリンセス・パファーは含みのある表情を浮かべた。「そりゃ、場合によりけりだよ。愛やキスに溺れる者だっている。そういう連中は妻が何十人もいるトルコの御大尽になる夢を見る。酒飲みは泡立つ大量のビールの夢を見る。臆病者は英雄になって、数限りない敵と戦って斃《たお》す夢を見る。まあ、ほかにもいろいろとね、お若いの」

「なるほど。どうやら阿片を吸う者の夢は人生を戯画化したもののようですね。すなわち、誇大妄想的と言えるのではありませんか？　きわめて現実離れした」

プリンセス・パファーは思い切りよくうなずくと、ところどころ抜けた黄色い歯を見せてにやりとした。「現実離れってのはぴったりの言葉だよ、お若いの」

ホーキンズがふいに表情を引き締めた。「きみは阿片を吸うのでしたね？」

「そう言っただろう」プリンセス・パファーはホーキンズに誘導されて計略にはまったとはつゆとも疑わず、むっとした顔で言い返した。彼は反対尋問において、バランタインとの差を急速に縮めつつあった。

「たしかに！」ホーキンズがさっと腕を伸ばして、人差し指を証人に突きつけた。「それなら、阿片を吸うきみもまた、現実離れした夢を、誇大妄想的な夢を見るのではありませんか？」

「見ないと答えたら嘘になるね」

「まさにそのとおり！　それゆえ、プリンセス・パファー、このような名称を名乗っている点からいって、ジョン・ジャスパー氏の夢の話は、きみが阿片を使用したことで引き起こされたきみ自身の妄想による荒唐無稽な産物にほかならないのではないかと言いたいのですよ」

ホーキンズの指摘に、法廷内にざわめきが起こった。その場にいた者の多くが、被告側弁護人がどこまでがジャスパーの夢でどこからがプリンセス・パファーの夢かわかったものではないと指摘して、被告人に対する彼女の証言全体を、ほとんど根底から覆したことに気づいたからだ。

この観点に理解が及んでいない少数派の中にプリンセス・パファー本人がいた。

彼女は首を振った。「なにを言ってるのかわからないよ、お若いの」

「では、わたしの主張をもっとシンプルにしましょう。わたしは、きみはジャスパー氏が夢を見ながらしゃべっているのを耳にしていないのではないか、きみが証言したように彼としゃべっていないのではないかと言っているのです。阿片を吸ったきみが自分の夢の中で、きみが主張している会話をジャスパー氏と交わしたのではないかと」

ようやく証人も、ホーキンズがどのような仮説を立てているのか飲み込めた。

「真実だよ、あたしが話したことはどれもこれも、本当に」彼女は耳障りな声でわめいた。「夢なんか見てないよ。言ったとおりのことがあったんだ。神かけて真実なんだよ!」

バランタインは立ち上がると、裁判官に向けて口を開いた。「わが博学なる友は、被告人は阿片を吸う目的で証人のもとを訪れたのではないと仄めかしているのでしょうか」

「わたしの依頼人があいにく阿片の常習者であると立証されていることは承知しています」ホーキンズが反論する。「その点は議論の余地がありません。ただし、阿片を吸うからといって、殺人犯になる必要はないのです。ですからそれ以外の点で、証人の話それ自体が幻覚であり、信用のおけるものではないと主張します。しかしながら、その問題は、わたしの最終弁論の中でより時間をかけて触れるものとします」

ホーキンズはプリンセス・パファーに向き直った。「どうしてジャスパー氏をクロイスタラムまで追ったのですか?」

「ネッドという男性の命を救いたかったからさ」しばらくしてから、彼女はぼそぼそと答えた。

「それはジャスパー氏が意識朦朧の状態でしゃべったというきみの話が真実だとしたらでしょう。われわれ弁護側は否定しています」ホーキンズはすかさず言葉を挟んだ。「だが、仮にその話が真実だということにしても、きみの語った内容は一度目の追跡を説明するにとどまっています。この〝ネッド〟なる人物が死ぬと信じていたとしても、どうしてもう一度ジャスパー氏を尾行したのですか？」

プリンセス・パファーがみせたロンドン子らしい鋭い才知は、ホーキンズの当を得た質問に引けをとらなかった。「ネッドが死ぬと信じていたとは一言も言ってないよ」彼女はすぐさま切り返した。

被告側弁護人はプリンセス・パファーに軽くおじぎをした。「これはどうも」彼は小ばかにしたような口調で低く言った。「では、ジャスパー氏のものと主張する告白――『頭の中で考え、終わってしまった旅』――の話を信じるとしても、『抵抗はなく、危険も感じず、涙ながらの訴えもない』となってしまう〝旅〟は、訴追側がエドウィン・ドルード氏と同一視しようとする〝ネッド〟に対するものであり、誰か別の人物に対するものだとは、きみは考えもしなかったのですか？」

「その質問は証人が理解するには複雑すぎやしないだろうか」ブラックバーン判事が異議を唱えた。「それに、ホーキンズ君、わたしの手元には、犯罪につながる被告人のものとされる会話――謎めいた会話――について、まして〝ネッド〟の死について証人が推測でものを言ったという記録はない。被告人のものとされる発言が示すものをどう解釈するかは陪審員のみなさんご自身だ」

「仰せのとおりです」そう言ってから、ホーキンズはプリンセス・パファーに顔を向けた。「二度目はどうしてジャスパー氏を尾行したのですか？」

「彼がどこに住んでいるのか知りたかったからさ」彼女はぶっきらぼうに答えた。

「だが、どうして彼の住んでいる場所を知りたいと？」ホーキンズは食い下がった。

プリンセス・パファーは口を開こうとはせず、代わりに敵意もあらわに質問者を睨みつけた。

「質問に答えてください」被告側弁護人が厳しい調子で言う。「どうして彼の名前と住所を探り出そうとしたのですか？」

「興味を持ったんだよ」

「興味を持った！」ホーキンズが口真似をする。「それでは、ダッチェリー氏からジャスパー氏が門番小屋に住んでいることを聞いて好奇心が満たされたところで、なぜロンドンへ戻らなかったのでしょう？」

老女は黙ったままだった。

「どうして翌朝、大聖堂で行われた礼拝に出たのですか？」彼はあきらめなかった。

それでも彼女は答えない。

「これが最後です」ホーキンズは執拗に質問を重ねた。「どうしてジャスパー氏に向かってこぶしを振り上げたのですか？」

ついにプリンセス・パファーが返事をした。「憎くてたまらなかったからだよ」彼女は叫ぶように言った。その憎悪のこもった声に、聴衆は証人が真実を語っていると確信した。

「憎くてたまらなかったから！」ホーキンズがまた彼女の口真似をする。彼の顔が勝ち誇ったように輝いていた。「感謝しますよ、その言葉が聞きたかったのです。陪審員のみなさんは、被告人を憎んでいる人物の証言にどれほどの価値があるかおわかりでしょう」一呼吸おいてから、はっきりとした声で尋ねた。「どうして被告人を憎んでいるのですか？」

「憎いからだよ」プリンセス・パファーは悲しそうに訴えた。

「さあさあ、ジャスパー氏を憎んでいるのには相応の理由があるはずです。てっきりきみはジャスパー氏に好意的な感情を持っているものだと思っていました。結局のところ、この嘆かわしい裁判となるまで、ジャスパー氏はきみの上得意だったのでは？　怪しげなサービスを受ける代わりにしょっちゅう結構な金額を支払っていたのでしょう？　その金できみは生きていくための食べ物や飲み物を買うことができたし、楽しく、すてきな、現実離れした夢を見るための阿片を手に入れることもできた。きみは自分の客みなに憎しみを抱くのですか？」

「ちがうよ」

「では、どうして被告人を憎むのです？」

返事はなかった。

「わたしが代わりに説明しましょう」ホーキンズは厳しい声音で言った。「きみがジャスパー氏を憎むのは、彼が若く、顔形が整っていて、健康であるのに引き換え、自分は年老いて痩せ衰え、長年悪習に溺れ、表現しえないほど劣悪な環境の中で暮らしてきたせいで心身ともに蝕まれているからです。きみが彼を憎むのは、自分が望んでも手にできなかったものを彼がすべて持っているから。その考えがどれほど恥ずべきものだとしても、彼こそきみの客の中で最上の紳士でした――それできみは彼を憎み、自分の力が及ぶ範囲で彼に痛手を与えようとしているのです。これがきみが彼を憎む理由だ、ちがいますか？」

緊張に満ちた数秒間、法廷内は水を打ったように静まり返っていた。やがて、なんの前触れもなく、プリンセス・パファーが首をのけぞらせて笑いだした。その笑いは辛辣で、嘲りに満ちて、ヒステリックで、そこにこもる不浄な悪意に聞く者を身震いさせ、だが突然、笑いはぞっとする激しい咳へと変わった。

身体を大きく前後に揺らして苦しげにあえいでいたが、そのうちまた呼吸ができるくらいに回復した。

「あたしがあの男を憎むのは、そんな理由からじゃないよ、お若いの。彼が憎いのは、あたしが彼のことを知っているからだ。そうとも、お若いの、あたしは神父さんや牧師さんをみんな合わせたより、ずっと彼のことを知ってるのさ。なにもかもすっかりね。彼の邪悪な心と真っ黒い魂のことも知ってるよ。あたしほど彼のことを知ってる者なんていやしない。だってあたしは――あたしは――」

プリンセス・パファーは言葉を切って、また苦しそうにあえいだ。必死で息をしようとしているその音は聞くのに耐えがたいほどだった。

ホーキンズが身を乗り出した。「きみは――」彼は短く促した。

「あの男の祖母だからだよ！」彼女は激しい息遣いの下から言った。

しばらくのあいだ、法廷には物音一つしなかった。

XX

耳が痛くなるほどの静寂！　あまりに劇的でささやき声で話すことさえはばかられた。刺激を追い求める者たちの鼓動は少し速くなっている。なんという興奮！　予想だにしなかった意外な新事実！　さらに驚くべき事実が明らかにされるのではないかという痛いほどの期待で、法廷にいる誰もがじっとしたまま身じろぎ一つしなかった。

「ジャスパーの祖母！」ホーキンズがゆっくりと繰り返した。ほかのみなと同様、彼もまたプリンセス・パファーと被告人との関係に度肝を抜かれていた。

「そうさ、お若いの、あの男の祖母だよ。彼の母親——その魂が安らかならんことを——はあたしの実の娘だった。あたしと娘は互いに二人で一つだった……ヘンリー・ジャスパーが現れるまでは。ヘンリー・ジャスパーは自分のことを洗練された粋な人物だと思っていたよ。ああ、そうとも、あいつは自分こそ名士だとうぬぼれていた。そこにいる息子もそっくりだよ」彼女は痩せ細った震える指で被告人を示しながら、毒がしたたるような声でささやいた。

ジャスパーは邪悪そうな目つきで睨み返したが、すぐに視線を外した。人々が興奮にざわめく。ホーキンズは裁判官に向けて身振りで訴えた。

「芝居がかった発言は控えるように」ブラックバーン判事はプリンセス・パファーに厳しく注意

した。「被告側弁護人の質問に答えるだけにしなさい」

「わかったよ」彼女は挑みかかるような目でホーキンズを見据えた。「ほかになにが聞きたいんだい、お若いの？」

「息子同様、その父親も憎んでいるのですか？」

「そうさ、お若いの。父親も憎かった。あの男とその尊大な態度が娘の顔をあたしから背けさせたんだ。哀れな母親を恥ずかしい存在だと思わせるようにしたんだ。ヘンリー・ジャスパーに出会ってからというもの、娘はあたしとはいっさい関わりを持ちたがらなくなった」

「それだけのことでジャスパー氏を憎んだのですか？」

「それじゃじゅうぶんじゃないって言うのかい？」プリンセス・パファーは噛みつくように問い返した。

「結局のところ、ヘンリー・ジャスパー氏はきみの娘と結婚したのですか？」

「ああ、でも順序が逆だった。あいつはそういうたぐいの、口がうまいろくでなしだったのさ。それがあのヘンリー・ジャスパーの正体だ。だから、お若いの、おなかに赤ちゃんがいるとわかったとき、あたしが彼を娘と結婚させた。そうしないと、娘を身ごもらせたことをあいつの友人たちにぶちまけるって言ったんだ。あいつは臆病者だ。友人たちから軽蔑されることを恐れた。それで、あたしの大切な娘と結婚した――ああ、そんなことをあいつにさせた自分をいったい何度呪ったことか。あいつをいつまでも呪ってやる！　あいつは娘を犬以下の扱いにした。そしてとうとうあいつとあいつの息子は娘を死に追いやった。神に誓ったっていい、二人で殺したんだ。

あいつお得意の口のうまさと当たりの柔らかなやり方で。娘にあれやこれやさせて、身体が衰弱すればさらに働かせた。それもこれも娘に死んでほしかったからだ」

プリンセス・パファーは娘の受けた苦しみを思い出して逆上せんばかりだった。両手を揉み絞りながら身体を前後に揺らし、半ば涙にむせんでいた。

「そのうち、あいつは娘を棒で殴りはじめたんだ、あの人でなしめ。一度だけ娘の背中を見たことがある。あいつに殴られて、痣だらけだった。だが、もっとひどい仕打ちもされた。あいつは息子が物心つくようになるとすぐ、母親に反抗するよう仕向け、やがてある日、悪魔の子供が母親の顔を殴るようになると、それを見物しながら高笑いした」

ずっしりと重みのある沈黙が流れる。それを破ったのは、プリンセス・パファーがあえぎながら激しくすすり泣く声で、その場にいる感受性の強い女性のあいだからもらい泣きが起こった。

「あたしが父親と息子の両方を憎むのはそういう理由なんだよ。二人で共謀してあたしのかわいい娘を殺したんだ。あいつらは娘に身の回りの世話をさせ、冷笑を浴びせ、暴力を振るった。そしてかわいそうな娘はなにもかもずっと耐えた。あたしのところに戻ってこようとはしなかった。結婚の誓いを守るのだと言ってね。あたしは二人がそれぞれ殴った分を一つ残らず仕返ししてやるって約束したんだ」

「で、実行したわけですか?」ホーキンズがさっと尋ねた。

プリンセス・パファーは抜け目がなさそうに横目で彼を見た。「ああ、お若いの、全部あたしがやったんだよ。ヘンリー・ジャスパーが死んだとき、あたしは実際の気持ちをぐっと抑えて、ジョン・ジャスパーに親切にするふりをした。彼から目を離さないようにして、時期を見て、阿片を吸うことを教えた。そのあとやつは姿を消してしまった。どこへ引っ越したのか、あたしには見当もつかなかった。それでも、やつは阿片を吸いには来ていた。そうなるようにしたのはあたしなんだよ！　あたしなんだ！」彼女はまたヒステリックに笑いだした。「あいつの邪悪な性質からいって、阿片に夢中になるだろうとわかっていたさ。で、ごく自然にそのとおりになった。やつの吸うことといったら！　まったく！　それからそう時間が経たないうちに、やつはインド人水夫や中国人なんかの誰よりよく吸えるようになった。阿片を吸うことに関して、ジョン・ジャスパーは父親のようなプライドは持っていなかった。あっはっは」彼女の声は甲高くなっていった。「そう、あたしはあいつを憎んでる。お若いの、あんたがつべこべ言ってもだめだ。あたしがあいつを憎んでいるのは、あいつとその父親があたしの大事な娘を殺したからだよ」そう言いおわるなり、彼女はくずおれた。

＊

プリンセス・パファーが証言を続けられるくらいに元気を取り戻すと、ホーキンズは彼女を呼び戻した。情け容赦なく彼は反対尋問を再開した。

「こうではないですか――こうではないですか――こうではないですか――」ホーキンズは冷たく堅苦しい口調で、プリンセス・パファーが被告人への憎しみで嘘の証言をしたのではないか、被告人の夢に関する証言は彼女自身が見た夢の話にほかならないのではないかという意見を繰り返した。ホーキンズの仮説すべてをプリンセス・パファーは猛然と否定したが、彼女に犯意があることは火を見るよりも明らかで、その証言が暗示しているものを陪審員がまともに受け取ることはなさそうだった。

ついにプリンセス・パファーは解放された。証言台をよろめき出ながら、最後にもう一度勝ち誇ったように被告人を横目で見た。ジャスパーは彼女を睨み返しながら、虚しく宙を引っ掻いた。

次の瞬間、デピュティが証言台に姿を現した。

*

笑いを誘ったり、その反対に静かになったりしたのは、証言台に立ったデピュティの姿が一風変わっていたからではなかった。いや、それもあったかもしれないが、デピュティが普段よりさらに異様に見えたからだ。不細工な顔は洗ってもいないようで、ずるそうに光る小さな目は、一人また一人とちらちら見やって、絶えず落ち着きなく動いていた。これまで一度としてブラシも櫛も、それを言うなら、石鹸と水も触れたことがないかのような針金みたいな髪はがちがちにくっつき、てんでばらばらに頭から伸びていた。彼の服は、目にしたこともないほど、ぼろぼろで汚かった。

笑いをそそるみっともないデピュティは公判の早い時期に証人として呼ばれており、傍聴人

――彼らにとっては公判で繰り広げられるやりとりは、ドルリー・レーンにあるロイヤル劇場で観られるものをも凌ぐおもしろいショーだった――はプリンセス・パファーの劇的な暴露話でまだ興奮していた。人々は興味をそそられ、デピュティについてはすでにあれこれ聞かされていることもあって、もっとんでもない話が飛び出すのではないかと期待に胸を高鳴らせていた。

宣誓を行うために廷吏が証人に歩み寄ったとき、ヘンリー・ホーキンズが立ち上がって異議を申し立てた。

「裁判官殿、この少年にはこれから立てようとしている誓いの意味を理解できないと思われることから、証人として証言することに反対します」

「わたしにはこの証人は年齢も満たしているし、誓いを立てる意味を理解するだけの知性があるように思うぞ」ブラックバーン判事が異議を退けた。デピュティに向かって尋ねる。「真実を語ると誓うのがどういうことかわかるね？」

デピュティ少年はこくんとうなずいた。「ああ、誰もでたらめを話しちゃいけないって意味だ」

「嘘をついたらその人物はどうなる？」

「地獄へ真っ逆さまだ」

「真実を話さないときみは地獄へ真っ逆さまだということを信じるかね？」

「信じるよ」

「わたしの意見としては、ホーキンズ君」判事は静かに言った。「証人は誓いを立てることになんの支障もない」

「仰せのとおりです」

デピュティは大きな声で熱っぽく、神にかけて嘘偽りのない真実だけを話すと誓った。

「きみはデピュティと呼ばれているのかね？」バランタインが質問を始めた。

「そうさ」

「本名は？」

「デピュティ」

「それがきみの知っている唯一の名前か？」

「ああ」

「〈トラヴェラーズ・トゥーペニー〉として知られる簡易宿泊所の使用人かね？」

「下男だよ、使用人じゃない」

「下男か！　よろしい、デピュティ、昨年のクリスマスの何週間か前の夜更けに、ダードルズという男性が大聖堂の地下墓所から出てくるのを見たことを思い出せるかな？」

「もちろん。あいつはジャスパーさんと一緒だった、ほんとだ」興奮して言う。

「わたしの質問の先回りをしないように。きみはダードルズに誰か連れがあったのを見たというのだね？」

「だからいまそう言ったじゃないか。あいつはジャスパーさんと一緒だった」

「彼はジャスパー氏と一緒だった！　ジャスパー氏はこの法廷にいるかね？」

デピュティはばかにしたような目つきでバランタインを見た。「いるに決まってるだろ」被告人席にぐいと親指を向けた。「ほら、あそこ、いるべき場所にさ」

「返答に脚色をしてはいけない」バランタインが厳格に注意した。「簡潔に〝はい〟か〝いいえ〟で答えなさい。ダードルズと被告人が出てきたのは何時だったかね？」

答えはなかった。

「これこれ、この質問には答えられないのかね？」

「はい」とだけ返事をする。

「どうしてだね？」

「いま、〝はい〟か〝いいえ〟だけで答えろって言ったじゃないか」

この切り返しに、あちらこちらからくすくす笑う声がはっきりと聞こえてきた。バランタインは肩をすくめた。「この質問にはもっと多くの言葉で答えてよろしい」

「だったら、午前二時くらい」

「どうしてそれが午前二時くらいだとわかったのかね？」

「そのちょっと前に時計の鐘が二度鳴ったのが聞こえたから」

「二人のほうもきみに気づいたかね？」

「はい、気づいてた。で、そこにいるジャスパーが悪魔のように怒って、おれを捕まえると、血を見させてやるって脅した」

「それからどうなった？」

「あいつの土手っ腹に膝で蹴りを入れて手を離させた。そのあと、石工のダードルズがおれをかばってくれた」

「被告人は、きみに血を見させてやると脅したほかに、なにか言ったかね？」

「はい、おれが二人を見張ってて、〝大した堂〟まで尾行してきたって言いがかりをつけてきた」

「被告人は大聖堂からダードルズと出てきたところを見られたことに激怒したと言うのだね？」

「そうじゃないか？　あいつがあんなに怒ったから、二度目にあいつが夜遅く〝大した堂〟へ行ったのをおれは見過ごせなかったんだ」

バランタインは目の前の机に置いた書類の束にさっと視線を落とした。供述書を一、二ページ繰ると、うしろを振り返って自分の補佐役と小声で話した。そのあと、緊張の面持ちでデピュティに、「二度目だと！　きみは被告人が夜更けに大聖堂から出てくるのを見たのは一度だけではないのか？」

「いいえ」

「何度見た？」

「二度」

「その二度目はいつのことだ？」

「去年のクリスマスイヴ」

*

その瞬間、法廷は興奮の坩堝と化していた。というのも、デピュティの証言がなにを意味するのか気づかなかった者はほとんどいなかったからだ。ホーキンズは立ち上がりかけたが、また席に腰を下ろした。法廷に大挙してきていた法廷弁護士たちは口角泡を飛ばす勢いで意見を交わしている。傍聴人たちも興奮のあまりじっとしていられない様子で座席の上の身体を動かしていた。被告人は身を乗り出し、その顔はかつてないほど血の気が引いて、目を恐怖と憎悪でぎらつかせ、手をこぶしにしたり開いたりしている。看守は油断なく警戒して彼を注視していた。

「それでは、慎重によく考えたうえで、この質問に答えなさい」バランタインはゆっくりとデピュティに言った。「きみは被告人が夜遅くあるいは朝早くに大聖堂から出てくるのを一度ならず目撃したと言うのかね？」

「そう言わなかったかい？」デピュティは生意気そうに言い返した。

「それで、二度目は何時頃だった？」

「去年のクリスマスの日の午前四時」

これでみな聞きまちがいでなかったことがはっきりした。デピュティは、ドルードが失踪したとされる時刻から数時間後に大聖堂から出てくるジャスパーを目撃していたのだ。バランタインはうっすらと勝利の表情を浮かべ、証人への尋問を続けた。

「どうしてこれまでこの事実について黙っていたのかね？　きみは事情聴取でも、クロイスタラムの治安判事の前で証言したときも話していない」

「誰にも訊かれなかったから」デピュティはあっさりと答えた。

少年の精神構造を考えると、もっともだと思われる返答だった。

「きみ自身の言葉でなら、被告人が二度目に大聖堂を訪れたときの状況について、もっと詳しく話せるだろう」

「もう〝はい〟か〝いいえ〟で答えなくてもいいのか？」デピュティは臆面もなく尋ねた。

「とりあえずは」バランタインは不機嫌に答えた。

「わかったよ。クリスマスイヴの〈トラヴェラーズ・トゥーペニー〉ときたら、もうどんちゃん騒ぎでさ、寝に戻れたのは一時半だった。ちょうど寝床に入ろうとしたとき、ダードルズのことをすっかり忘れてたことを思い出したんだ。そいで起き上がって、石をぶつけてやっこさんを家に帰らせに外へ出た。〝大した堂〟に着いたとき――」

「ちょっと待て、デピュティ。いまの話だと、きみはまっすぐ大聖堂へ行ったということかね？」

「そうさ」

「どうしてだ？」

「どうして？　ダードルズがそこにいるんじゃないかって思ったからさ」

「だが、どうしてほかのどこでもなく、そこにダードルズがいると思ったのだ？」

「その前の年のクリスマスイヴにそこにいたからだよ。めちゃくちゃ酔っ払ってて、このおれでさえ家にゃ帰らせられなかった」

「なるほど。歴史は繰り返すを信じたわけだ」

「なに言ってんのかわからねえけど。おれは前の年のクリスマスイヴみたいにダードルズが〝大した堂〟のそばにいるんじゃないかと思ったから、そこへ行ったんだ」

「ダードルズはいたかね？」

「いたよ。見たことがねえくらいぐでんぐでんに酔っ払ってた。腕が痛くなるくらいまで石を投げたけど、あの老いぼれた飲んだくれを起こせなかった」

「起こすのに失敗して、きみはどうしたのかね？」

「あいつを家に帰らせて半ペニー稼げるように、座ってあいつが目を覚ますのを待ってた」

「それから？」

「三十分かそこらしたとき、男が〝大した堂〟の方へ歩いていくのが見えた。なんだろうと思ってそっとあとをつけてみたら、そいつはなにかを肩に担いでた。どんどん地下墓所に近づいてって、しまいにゃ、右手でドアの鍵を開けて中へ入っちまった。そのあと中から鍵を閉めた」

「どうして男が中から鍵を閉めたとわかった？」バランタインが質問を挟んだ。

「おれが開けようとしても開かなかったんだよ」

「ほう。それから？」

「そのあと、男は外に出てきて、ダードルズの家の方へ行った。あとを追ってってたら、そいつはバケツに死体を溶かしちまうやつを入れて――」

「生石灰か？」

「そう、その生石灰を――」

そのとき驚くべき横槍が入った。ジャスパーがぱっと立ち上がると、「嘘だ！　この悪魔小僧は嘘をついている！」と目を血走らせて喚き立てたのだ。「そいつの話はなにからなにまででたらめだ。誰も耳を貸してはならない。そいつはわたしを憎んでいて、絞首台へ送ろうとしているんだ。ああ、神様！　縛り首だ」

「静粛に！」ブラックバーン判事が怖い顔で被告人に怒鳴った。「座りなさい。この種の口出しは認められない。なにか発言したいことがあるのならば、あとにしなさい。それにまた、きみの弁護人であるホーキンズ君が、証人の証言が正当なものかどうかきっちりと検証してくれる」

ジャスパーは身体をひねって、両肩に置かれていた看守の手を振り払った。「ですが、ホーキンズ氏にどう検証できると言うのですか？　その悪魔小僧が嘘をついているとわかるのはこのわたししかいないのに！」

「座りなさい」判事はあらためて命令した。ジャスパーは痛ましいほどに顔をゆがめて、椅子に腰を下ろした。

「生石灰を拾い集めた被告人はそのあとどうした？」バランタインが質問を再開する。

「地下墓所に戻って、また内側から鍵をかけた。一時間近くそこにいたよ。そのあと、また出てきて、バケツをダードルズの家に返してから、門番小屋に戻って自分の部屋に上がってった」

「きみは彼を追って門番小屋まで行ったのか？」

「そうさ」

＊

まもなくバランタインのデピュティに対する証人尋問が終わった。ホーキンズが立ち上がる。

「その夜はどんな状態だった——クリスマスイヴの夜は？」

「ひどいもんだったよ。めちゃくちゃ風が吹いていて、塔からなにかがものすごい音で落ちてきやがった」

「ああ」

「その夜、塔が被害を受けたことは周知の事実だ、そうだろう？」

「きみの話だと、その男はクリスマスの早朝に地下墓所へ入っていったということだが——それは誰かね？」

「ジャスパーだよ」

「どうしてわかる？」ホーキンズが猛然と問いただした。

「あいつを見たと言わなかったかい？」

「きみが被告人を見たのは何時だ？」

「午前二時半くらい」

「被告人はランプを持っていたのか？」

「いいや」

「だが、月が煌々と照っていたわけではないだろう？」

「まさか。コールタールみたいに真っ暗だった」

「そのとおり！」ホーキンズがしたり顔で声をあげた。「コールタールみたいに真っ暗だった！それではどうやってジャスパー氏だと見分けられたのか？」

「見分けられたなんて言ってねえ」

「ついさっききみがジャスパー氏が地下墓所へ入っていくのを見たと言ったのだ。どうして地下墓所へ入っていった男がジャスパー氏だとわかる？」

「そいつのあとをつけて門番小屋まで行ったからだ。あいつのほかに誰があそこの部屋に入っていく？」

＊

ホーキンズは力のかぎりを尽くしてデピュティの証言をひっくり返そうとしたが、歯が立たないとわかって、ついには着席した。

デピュティが証言台から下がったあと、バランタインは前日に締めくくっていた最終弁論に、プリンセス・パファーとデピュティの証言についての所見を追加した。それが終わると、ホーキンズも同様にした。

被告側弁護人はプリンセス・パファーの証言を徹底的に叩いた。ジャスパーのものとされる会話についての彼女の証言は、本人も認める被告人への憎悪の念に発した意図的な偽証であると執拗に主張した——たとえ意図的な偽証でないとして、証人に疑わしきは罰せずの原則を適用するとしても、どこまでがジャスパーの夢でどこからが彼女の夢なのかは誰にわかるというのでしょうか？　その会話なるもの全体が、彼女が阿片によって見た夢の中の出来事にすぎないかもしれないのです！

デピュティの証言についても巧妙に覆そうとしたが、あまりうまくいかなかった。少年の証言を被告人に有利な方向へもっていくのは容易ではなかったからだ。

ホーキンズの最終弁論が終わると、ブラックバーン判事が申し立てを略説した。公明かつ正大にまとめたものだった——が、被告人に不利なものとなった。そのうえで、証拠のほとんどが間接的なものであり、状況証拠だけでは、絞首刑とするには不十分であると認めた。だが、状況証拠もデピュティがしたような証言によって裏付けられれば——『さらに、ラスカー・サル別名プリンセス・パファーとして知られる女性による非常に重要な証言にいくらかでも信用を置いてもよいとするなら』——事実は被告人がドルード殺害を計画したのみならず、その計画を実行したかのように見えてくる。

そのあと、陪審員は別室に閉じ込められた——全員一致の評決に達するまで、冷えきった部屋で、食べ物も飲み物も与えられずに。

時間が過ぎていき、陪審員が戻ってきた。重苦しい沈黙が支配する中、事務官が問いかける。

陪審長が答えた。「有罪！」

XXI

ジャスパーの死刑が執行される日の夜明けは眩しいくらいだった。曙光がさすと同時にスティーヴンズはベッドから起き上がって、窓のそばへ行った。小型の菱形窓のガラス越しに見上げると、空はまだ暗くて寒そうだったが、雲一つなかった。視線を下に移すと、舗道の敷石が霜できらきらと輝いている。彼はふいに身体を震わせた。寒かった。

スティーヴンズはシーツや上掛けが端からだらしなく垂れ下がっているベッドに目をやり、それから時計を見た。階下へ下りて朝食を食べるには早すぎる時間だ。それでもまた、眼下の霜の降りた通りに視線を向けた。

ベッドに戻ろうかどうしようかまだ迷っていると、ドアが控えめにノックされた。びっくりした声で、「どうぞ」と応えると、アーノルドが入ってきた。

「ベッドから起きる音が聞こえたものですから」アーノルドは早い時間に部屋を訪ねた言い訳をした。「あまりおやすみになれなかったんじゃないですか？」

「ああ」

「ぼくもです。警視はどうなさったんです？　処刑を見たくはないが、そのくせなにか不思議と心をそそられるものがあって、起きてしまったとか？」

スティーヴンズは目をきらりと光らせて部下をじっと見つめた。「おまえも同じように感じているんだな?」アーノルドがうなずく。「図星だよ」スティーヴンズは続けた。「何度あの哀れな悪魔がこの世から葬り去られるのを見に行くのはやめようと心に決めたことか。それなのに——それなのに、わたしは行かずにはいられないんだ。くそっ!」彼は不機嫌そうに心の内を吐露した。「磁石に引き寄せられる鉄の欠片にでもなった気がする」

「どうしてわれわれは吐き気をもよおしてしまうのか考えてみたんです」部長刑事は思いに沈む声で言った。「きっと警視は、一八五七年を生きる人々が処刑を見てもさほど尻込みをしないことにお気づきになるでしょう。一九三〇年から一九四〇年にかけての人々はもっと感傷的、あるいはもっと品がよくなっている——というか、やわになっているのでは?」

スティーヴンズはその問いかけに答えようとしなかった。ベッドのそばに敷かれたカーペットの上を行ったり来たりしはじめ、ときおり胸の前で勢いよく腕をまわして身体を温めた。

*

午前十時頃、スティーヴンズとアーノルドはファーニヴァル・ホテルを出て、ジャスパーの公開処刑を見学しに向かった。ホルボーン通りまで来ると、絶え間ない人の流れがニューゲート刑務所の方向へ進んでいた。

年配の男性や青年に混じって子供もいる。老婆もいれば、若い女性もいて、中には腕に乳飲み児を抱いた者までいた。身なりのよい者もちらほら見受けられるが、この寒空の下、ぼろをまとった者やろくに服を着ていない者が圧倒的に多い。二十人はいる呼び売り商人や行商人が、〝クロイスタラムの聖歌隊長にして平信徒前唱者ジャスパーの公判における一部始終を忠実かつ正確に記した記事〟だとする新聞や、〝こうしてジョン・ジャスパーはかわいがっていた甥のエドウィン・ドルードを手にかけ、その遺体をクロイスタラム大聖堂の地下にある墓所の壁の中に隠した〟のお粗末なイラストを売っていた。

別の呼び売り商人は商品を並べて置いていた。「エドウィン・ドルードが入れられていた墓の本物の石片だよ。今朝採ってきた男から買いな。さあ、寄ってらっしゃい、冷酷な殺人鬼ジョン・ジャスパー先生様が吊るされた記念にちょっと買っていきなせえ。さあ、買った、買った」別の男は、「あるよ！　あるよ！　あるよ！　ほかに二つとない正真正銘の告白文を販売中だ。むごたらしい殺人の血も凍るような話が読めるよ。ジョン・ジャスパーがどうやったのか、彼本人の言葉で語ったものだ。あるよ！　あるよ！　あるよ！」

二人の刑事は百ヤードかそこら進まないうちに、なにか買わないかとしつこくまつわりつかれ、ついに音を上げて、スティーヴンズは合計二ペンスを口の悪い薄汚れた身なりの幼い少年に支払って、雑に印刷された黄色い紙を一枚受け取った。

平信徒前唱者の報われない恋

すなわち

すべて愛しいローズバッドのために
咎人聖歌隊長が引き起こした犯罪
を押韻で語る

販売価格二ペンス

読者のみなさん、少し待って考えて
この忌まわしい物語を読む前に
クリスマスの日の朝いかにして
ネッド・ドルードは惨殺された
　それをしたのは、よこしまなジャスパー叔父さん

それより数時間前のこと、親愛の杯を手にとって
若いネッドとランドレス、二人一緒に酒を飲む
そこでとある男が二人に食事を勧めて
とりわけ阿片入りのワインを飲むように
　それがずる賢いジャスパー叔父さん

ネッドもネヴィルも愛していて
（そのうえジャスパーまでも）無邪気なかわいい人を
その名もぴったりローザ・バッドと言って
人にはまさしく蕾薇の蕾《ローズバッド》と知られてる
　とくに知っていたのが、たちの悪いジャスパー叔父さん

このときネッドとローズバッドは婚約していて
一方ジャスパーはローザに心底嫌われていた
そこで、悪魔の忠告に耳を傾けて
魔王に生贄を捧げることに
　本当に怪物のようなジャスパー叔父さん

彼は、この二人の若者に堰へ行くよう言って
真夜中に水が波立つさまを見るために
けれども、そこでなにが見えたって
今日この日まで謎のまま
　知っているのは、悪名高いジャスパー叔父さん

哀れなネッドがネヴィル青年と戸口で別れて
叔父さんの家に戻るやいなや
もう一杯、叔父さんと乾杯して
意識をすっかりなくしてしまった
　見ていたのは、邪悪なジャスパー叔父さん

その瞬間こそ、悪意を持って計画されて
ジョン・ジャスパーは慎重にスタンドをとった
力まかせに打ち下ろし、かわいそうなネッドは死んでいて
「これでローズバッドはわたしと結婚するだろう」
　そう言ったのは、人殺しのジャスパー叔父さん

「なんだこれは！」スティーヴンズは腹立たしげな声をあげて、紙をくしゃくしゃに丸めた。「くだらないにもほどがある！　二ペンスの値打ちすらないぞ」

　ニューゲート刑務所に近づくほどに群衆の密度が高くなって、ほとんど進めなくなった。いや、それどころか、絞首台まであと百ヤードもないのだが、身動きがとれなくなっていた。目の前の空間はおびただしい数の人がびっしりと埋め尽くして、二人に見えるのは人ばかりで、腕を上げることも、足を動かすこともできなかった。

「少し戻ったほうがよくはないでしょうか？」まもなくアーノルドは、背後に集まりはじめている人々に目をやりながら、スティーヴンズに耳打ちした。警視はうなずいたが、もっと落ち着けそうな場所を見つけ、向きを変えて避難しようとしたときには遅すぎた。二人の背後には、前方にいるのと大差ない数の人々があっというまに集まってきていた。五分後、どっと前の方に押しやられる。気がつくと二人は身じろぎ一つできない状態で、頭さえ動かせなかった。

見物人は何万人といた。刑場のそばにある窓という窓、屋根という屋根はおろか、絞首台が視界に入るありとあらゆる場所が人で埋め尽くされていた。周辺は数百ヤード四方にわたって人だかりの山だ――しかも、まだ十一時にもなっていない。処刑が行われるのは正午だった。

処刑台のすぐ前は、かなりの広さが柵で囲われていた。スティーヴンズとアーノルドがそのそばへ行くと、中に数人の警官がいただけだった。だがたちまち、さまざまな人々が柵の中に姿を現しはじめた。

「特等席に入ってきているのはどういう人たちなんだ？」スティーヴンズが誰にともなくつぶやいた。

隣にいた男が耳に留めて、すぐさま答えた。「連中か！」男は吐き捨てるように言った。「一等いい場所を占めてるやつらは仕事で来てんのさ。不公平だろ、おれたち貧乏人はよ、ほとんどなんも見えねえ場所に立ってなくちゃなんねえのに」

男はおしゃべり好きだったようで、嬉々として話しつづけた。「あそこに立ってお巡りとしゃべってる男、あいつは死刑執行のときはいつだって来てるよ。マダム・タッソー蠟人形館のところのやつだ。ここへは展示のため、ジャスパーの服を引き取りに来てんのさ。それから向こうにいる紳士」男はちょうど柵の中に入ってきた男をスティーヴンズに指で示した。「あいつもよく処刑んときにやってくる。バリーって名前だ。顔の凹凸を感じ取るために頭部の型をとる連中の一人だ。そういうのがなんて呼ばれてんのか思いつかんが」男は手の甲で口元をぬぐった。「まるで誰だって顔の凹凸を手でなぞれば、なんだって他人に言えるみたいだろ。ほかの連中は」おしゃべり男は先を続けた。「新聞記者だ。そんでもって向こうにいるのが牧師様だ」彼は興奮して指差した。

興奮していたのは彼だけでなく、ほかの人々もだった。笑い声、あちこちで熱っぽく会話をしているがやがやという人の声、行商人の大きな呼び声がぴたりとやんだ。なにかがあって、そうした喧噪がすぐに戻ることもなかった。刑務所から出てきた牧師が、絞首台の木製の階段をのぼっていき、絞首門の真下に立って、数秒ほど上を見ていた。そのあと横梁にわたされた鉄製の鎖に触ると、肩をすくめて刑務所へ戻っていった。こうした異例の行動がなにを意味しているのかわかる者は一人もいなかったが、盛大な笑い声が空高く響きわたった――死刑囚房にいるジャスパーにも聞こえたはずだ――あとにはまた、客引きの声や呼び売りの声、喧嘩や笑い声が入り混じった騒々しさが戻った。

「いま中でなにが起こってるのか、わしにはわかる」スティーヴンズの隣の男がまた口を開いた。「一時期そこのニューゲートの看守をやってたんだ。ジャスパーは自分の独房で牧師様に罪の告白をして、牧師様は神様に人殺しの卑劣漢を許してくださるよう彼のために祈る。そして最後の食事として、パンとバター、コーヒーが出される。そのあと刑務所長がやってきて、時間だと告げる。ジャスパーはプレス室に連れていかれ、そこで椅子に座らされ、腕を縛られる。

それから、年配の牧師様がまた最初からやり直して、別の牧師様が祈りを捧げ、みんな一列になって外に出る。あとは自分の目で見ることった。ほら、そろそろ始まるぞ」

再び群衆が静かになった。絞首台の付近で小さな動きがあった。一、二分経ったとき、元看守の予測どおり、ニューゲート刑務所長、先ほどとは別の牧師、ぶるぶる震えている顔面蒼白の男——恐怖に魅入られているかのように怯えた目を群衆に注いでいる——が一列になった不気味な一行が刑務所から出てきた。

腕を縛られたジャスパーは看守に支えられながらロープの下がった梁の下へと連れていかれた。ロンドンで最も名の知られている死刑執行人のカルクラフトが歩み寄って、白いかぶりものをジャスパーの頭にかぶせる。その場に立っているジャスパーに向かって二人の牧師が歩いていき、彼の両側にそれぞれ立つと、二人は、おそらくはジャスパーも、短い祈りを捧げた。最後に厳かに「アーメン」と唱えると、牧師たちは絞首台の端まで下がった。

二人が今度は声を張りあげて祈りの言葉を唱えはじめる。次の瞬間、刑務所長が合図を送った——

近くからかすかな歓声があがった。歓声をあげなかった者や興奮に身をよじらなかった者は、揺れる姿を食い入るように見つめている。スティーヴンズとアーノルドは唇をぎゅっと嚙んで――目をつぶった。

＊

数分後、遺体はロープを切って落とされた。群衆は散り散りに立ち去りはじめた。行商人が自分の商品を売り込む声が一段と高くなる。どうやら新たな商品が登場して競争心を煽られたからのようだった。

「さあみなさん、一インチ一シリング、たったの一シリング。ジョン・ジャスパーを吊るしてあの世へ送ったロープを一インチだよ。今日ロンドンで一番の値打ちもんだよ。一インチ一シリング！　いかがですか、旦那、一インチたったの一シリング――」

＊

「うむ、二人とも」その日の午後、法務長官サー・リチャード・ベセルがスティーヴンズとアーノルドに言った。「きみたちの働きで悪党に当然の報いを受けさせたのだから、自慢してよいのだよ。きみたちは実に立派に職務を果たしてくれた。よくやったぞ！」

「ありがとうございます」スティーヴンズはもごもごと礼を述べた。

「一筋縄ではいかない、厳しい闘いだった」サー・リチャード・ベセルが続けた。「デピュティ少年の証言がなければ、ホーキンズ氏が展開した見事な反撃で、ジャスパーは無罪となっていただろう。いやになるくらい見事な反撃でな。

あのデピュティ少年には大いに感謝している。なにしろ、自分が目撃したものを陪審員に証言しただけでなく、プリンセス・パファーまで連れてきてくれたのだからな。なにか彼にしてやるべきだろう」法務長官は言葉を切って、素早く考えを巡らせた。「警部補、ロンドン警視庁のために働くという前提で、学校に行かせてやろうではないか。サー・リチャード・メインはきみらがクロイスタラムへ戻ってこの件について少年と話し合うのを許してくれるはずだ」

「名案ですね、ですが――」

「ですが、なんだね、警部補？」

「デピュティは学校へ行かされることを褒美とは考えないかと。おそらく罰ととらえるでしょう。彼には腕白な悪童の面がありますが、大人びた面もあります。一般的なやり方で手懐けるには、あまりにも社会性に欠け乱暴です。彼は自分の力で道を切り拓いていくでしょう」

「きみの言うとおりかもしれない。それでもやはり、デピュティ少年に会いに行くよう勧めよう。なにか別のやり方で援助できるかもしれないから。どうして彼は進んで訴追側に協力したのだろうな」

「理由は二つあります。デピュティは聖歌隊長から危害を加えると脅されていたことと、どういうわけか奇妙な愛情のようなものをディック・ダッチェリーに抱いていたため、ジャスパーを憎んでいました。ダッチェリー――われわれにはバザードという名前のほうが馴染みがありますが――を殺した犯人に復讐を望んでいました」

「どうして彼はそこまでジャスパーがバザードを殺害したと確信していたのだろうか。きみ自身、ジャスパーが直接手を下したと判断してはいない、ちがうかね？　その腕白な少年はまだ情報を隠しているのだろうか」

「同じ疑問をわたしも持ちました」スティーヴンズは打ち明けた。

「もう一度デピュティ少年に聞き取りを行いたまえ、警部補、そうすればなにかわかるだろう」法務長官はうなずいて、これで用事は終わったことを仄めかした。「それで、少年がどう答えたか、わたしに報告するように」二人の刑事が立ち上がると、彼は言い足した。

＊

翌日、二人の刑事はまたクロイスタラムへ赴き、まっすぐ〈トラヴェラーズ・トゥーペニー〉へ行った。だが、その日デピュティは仕事に来ておらず、彼の居場所を知る者もいなかった。それどころか、刑事たちにどのあたりを探せばいいかを言える者さえいなかった。

「今夜ダードルズを連れ出して、酔っ払わせますか」アーノルドがにやりとして提案した。「そうすれば、いずれデピュティが石をぶつけて家に帰らせようと出てくるでしょう」

だが、この案を試してみるまでもなく、それからしばらくして、墓地で墓石に石を投げつけている彼を見つけた。

「やあ、デピュティ！」少年はスティーヴンズとは言葉を交わそうとしないので、アーノルドが声をかけると、デピュティは不信感もあらわに彼を見上げた。「探していたんだよ」

デピュティは例によって挨拶代わりにわめいた。

「嘘言うな、おれを探してなんかねえだろ」それにもかかわらず、「なんの用だよ？」

「ちょっと話があるんだ」アーノルドは気軽に言いながら、倒れた古い墓石の上に腰を下ろした。デピュティは芝生が濡れているのもかまわずしゃがんだ。スティーヴンズは別の墓石にもたれて、傍観者を決め込んだ。

「学校へ通ってみないか？」

デピュティの恐怖に引きつった顔を見れば、答えを聞くまでもなかった。少年が立ち上がりかける。「いやいや、いいんだ」部長刑事は慌てて言った。「いまの話は忘れてくれ。どうして今日は〈トラヴェラーズ・トゥーペニー〉に行ってないんだい？」

デピュティは唾を吐いた。「あそこじゃもう働く気はねえ。ロンドンに行くんだ」

「まさかプリンセス・パファーのところじゃないだろうな？」

「ちがうに決まってんだろ！　稼いだ金をみんなあのくそばばあに吸い取られたがってると思ってんのか？」彼はもったいぶって言った。

「ともあれ、おまえはロンドンに行くわけだ。どうやら全国の田舎者みたいに、ロンドンでは楽に金儲けができると信じているようだな。でも、それについてはあとで話そう。とりあえず、また一シリング稼ぎたくないか？」またしも少年の表情が雄弁に物語った。「デピュティ、ダッチェリー氏が殺された件でまだぼくたちに話していないことがあるだろう」

「なんでわかった？」

「どうしてかは気にしなくていい。秘密にしていることを話してくれたら、一シリングやるよ。いや、ちょっと待て！　もっといい条件を提示しよう。おまえがいい子にして質問にすべて答えるなら、ロンドンまでの旅費を出すよ」

デピュティの醜い小さな顔がいっぱいの喜びで輝いた。「知ってることはなんだって答えるよ、誓って絶対に」

「よし、いいだろう。取引成立だ。ダッチェリー氏の死についてなにを知っているんだ？」

少年は唇をねじ曲げた。「あの晩、あんたらより先にディックの死体を発見してたんだ」

「なんだって！」アーノルドが背筋をぴんと伸ばした。

「ほんとさ。ディックにいつか夜に軽く食べに来ないかと誘われたことがあったんだ。あの晩はダードルズ爺さんは安全だってことを確認してたから、ディックんちも訪ねてみてもいいかと思って。

家に着いたとき、ドアを押して開けてみたけど、誰もいなくて、ランプも消えてた。それで火をつけてあたりを見たら食器棚に飲み物の入ったグラスが一つ置いてあって、喉が渇いてたから、そこへ行ってグラスの中身を味見してみた」デピュティは顔をしかめた。「うへっ！　喉が焼けつくみたいだった！　そいつを棚に戻したあと――」彼は目を一、二度しばたたいた。「そのあと、哀れなディックの足が突き出てるのに気づいた」

二人の刑事は目を見交わした。「つまり、あれはデピュティの指紋だったのか」スティーヴンズが短く笑った。「それがわかっていれば——まあ、いいさ！　すんだことをあれこれ言っても始まらない。ジャスパーがダッチェリーを殺害したのは明らかだ。殺人者はもう死んだのだ。二度縛り首にはできないからな。ジャスパーがグラスを手にしたとはかぎらない。きっとすでに口が上に向けて置かれており、彼は酒を注いだだけで、そのあとダッチェリーを殺害し、グラスに触れることはなかったのだ」

アーノルドはうなずいたあと、デピュティの方へ顔を向けた。「そのあとはどうした？」

「どう見てもディックは死んじまってたから、なるたけ速く走って寝床に戻った」

「恐ろしかったのか」

「そうだよ」

「かわいそうに！　じゃあ、この話はもうおしまいにしよう」

「ディックを殺したのはジャスパーなんだろ？」

「ぼくたちはそう堅く信じている」

デピュティは顔をゆがめた。「よかったよ、やつが死んで。やつには身体を溶かすのに生石灰なんて必要ねえ。地獄で炎に焼かれるに決まってんだから、絶対に」

「そうだな！　ジャスパーは罰を受けて当然だし、デピュティ、そうできたのはおまえのおかげだよ。おまえがクリスマスの早朝に大聖堂の地下墓所から出てきた彼を目撃したおかげで、正義がなされたんだ」

「嘘言うな。おれじゃねえ」

二人は呆気にとられてデピュティを見た。「どういう意味だ？」

デピュティはあちこち欠けた不揃いの歯をむき出して、獰猛そうににやりとした。「おれはクリスマスの朝に地下墓所から出てくるジャスパーを見てなんかないからさ。さっさと寝ちまったんだ」

アーノルドは息をのんだ。「でも――しかし――法廷で――おまえは誓いを――」それ以上、言葉が出てこなかった。

「そうとも、誓ったよ」デピュティは平然と言った。「あの鼻持ちならない青っちろいろくでなしが吊るされるのを見たかったんだ」

「こ、こいつは想像で証言したのか」アーノルドは言葉につかえながら、ヘンリー・ホーキンズのことを思い浮かべていた。

スティーヴンズは「なんてことだ！」とつぶやくことしかできなかった。

XXII

ロンドン警視庁犯罪捜査部のスティーヴンズ警視は、執拗に肩を揺する手にいらだって払いのけようとした。ところが手はいっこうに離れず、しだいに彼は深い眠りから覚めていった。かすみのかかっていた視界がすっかり晴れて、これほど強引に眠りを邪魔したのが誰なのか確かめようと視線を上げる。妻がベッド脇に立っていた。

「やっとね。あなたを起こそうと一分近くも揺すっていたのよ」彼女は夫の仰天した表情に気づいて、声をあげて笑った。「いったいどうしたの、あなた？　どうしてそんな目でわたしを見るの？」

「本当にきみなんだな」スティーヴンズは口の中でつぶやくように言った。

「当たり前じゃないの、わたしよ。ほかに誰があなたを起こすと思っていたの？」

スティーヴンズはひげを剃っていない顎をなでた。「あの本庁の若いやつだよ、ゆうべきみに話した。ほら、ヒュー・アーノルドだ」

「ホワイトクリフを逮捕した人？」

「そうだ」

「でも、どうして彼があなたを起こすはずだと思ったの？」

「どうしてって、それはきみ、夢を見ていたからさ」スティーヴンズは両腕を頭の上にやって思いっきり伸びをした。

「無理もないわ。ほら、急いで。今日はオールド・ベイリーで証言しないといけないんだから」

スティーヴンズはうなずくと、シーツや上掛けを押しやって起き上がった。「どうしてわたしが夢を見ていたことを意外に思わないんだ？」

「ゆうべは本を読みながら寝たでしょう。午前三時頃に目が覚めたとき、明かりがつけっぱなしになっていたもの」スティーヴンズ夫人はベッド脇のテーブルに置いてある電気スタンドを指差した。

警視は床に目をやった。スリッパのそばに彼が読んでいた本があった。眠ったときに手から滑り落ちたにちがいない。

表題紙が開いていて、刑事は苦笑しながらそれを読んだ。

エドウィン・ドルードの謎
チャールズ・ディケンズ

彼はあくびをして、スリッパに足を突っ込んだ。

解説

森 英俊

はじめに

まずは以下のリストをご覧いただきたい。

『悪霊』（江戸川乱歩）
『平家殺人事件』（浜尾四郎）
『悪霊』（小栗虫太郎）
『未来少年』（海野十三）
『復員殺人事件』（坂口安吾）
『模造殺人事件』（横溝正史）
『地獄の舞姫』（高木彬光）
『美の悲劇』（木々高太郎）
『魔の誘い』（牧野吉晴）

『白樺荘事件』（鮎川哲也）
Hilda Wade（グラント・アレン）
『エイプリル・ロビン殺人事件』（クレイグ・ライス）
『プードル・スプリングス物語』（レイモンド・チャンドラー）
『夜の闇の中へ』（コーネル・ウールリッチ）
Hildegarde Withers Makes the Scene（スチュアート・パーマー）
Thrones, Dominations（ドロシー・L・セイヤーズ）
『間違いの悲劇』（エラリー・クイーン）

これらの作品の共通点がおわかりだろうか？　そう、いずれも未完に終わってしまった作品なのである。

小栗虫太郎の『悪霊』は笹沢左保が、『復員殺人事件』は『樹のごときもの歩く』として高木彬光が完成させ、海野十三のジュヴナイル『未来少年』も高木が『続・未来少年』という完結編を書いている。浮世絵の世界を背景にした美術ミステリ『魔の誘い』は牧野の弟子にあたる野瀬光二が書き継いだ。

Hilda Wade は作者自身の手では完成を見なかったが、親友で隣人でもあった著名作家が最終話を書きあげ、みずからのシリーズの掲載誌でもあった《ストランド》に発表。ご想像のとおり、くだんの著名作家というのはコナン・ドイルに他ならない。

『エイプリル・ロビン殺人事件』、『プードル・スプリングス物語』、『夜の闇の中へ』、*Hildegarde Withers Makes the Scene* はそれぞれ、エド・マクベイン、ロバート・B・パーカー、ローレンス・ブロック、フレッチャー・フローラといった、実力あるミステリ作家が未完原稿を引き継いだものの、じゅうぶん満足いく作品に仕上がっているとはいいがたい。唯一の例外が、わが国にはジュヴィナイル作品のみ紹介されているジル・ペイトン・ウォルシュの完成させた *Thrones, Dominations* で、セイヤーズの世界をみごとに甦らせることに成功している。同書の好評を受け、ウォルシュの手でピーター・ウィムジイ卿のさらなる探偵譚も書かれた。

チャールズ・ディケンズの『エドウィン・ドルードの謎』(一八七〇)もまた、未完に終わってしまった作品であり、これまで幾多の人々の想像をかき立ててきた。次節では、その『エドウィン・ドルードの謎』をめぐるあれこれについて軽くふれることにしよう。

『エドウィン・ドルードの謎』をめぐるあれこれ

『エドウィン・ドルードの謎』の創元推理文庫版(小池滋訳)はとうに品切れになってしまっているが、幸いなことに本書の出版とタイミングを合わせるかのようにして、白水社の〈海外小説永遠の本棚〉シリーズの一冊として新書版で再刊された(白水社版には原著の挿絵が転載されている)。

テンポのいい現代のミステリを読み慣れた読者からすると、事件が起きるまでの導入部がやや冗長で、物語がなかなか進まないのにいらだちをおぼえることだろう。だが、大聖堂のある町クロイスタラムでエドウィン・ドルードがクリスマスイヴに謎の失踪を遂げるや、物語は一気に加速度を増す。失踪人と乱闘騒ぎを起こしたネヴィル・ランドレスに疑惑の目が向けられるなか、河底からドルードの時計とシャツ・ピンが発見されると、他殺説が一挙に強まる。ところが、その説をもっとも声高に主張していたドルードの叔父で後見人のジョン・ジャスパーにも、甥の存在をうとましく感じるような動機が存在していたことが判明する。ダッチェリーなる謎の紳士が登場し、だれかの変装ではないかと思われるものの、その正体は明かされぬまま、物語は中絶してしまう……。

十九世紀の国民的作家が満を持して世に問うた探偵小説だけあって、未解決のまま残された謎の数々——ドルード青年のゆくえ、だれがその失踪に関わっているか、ダッチェリーの正体、プリンセス・パファーなる老婆の役割など——は大きな関心を呼び、百数十年にわたって人々の想像をかき立ててきた。

一九一四年一月七日には、ロンドンのコヴェント・ガーデンにあるキングス・ホールで、ジョン・ジャスパーを被告人、G・K・チェスタトンを裁判長とした模擬裁判が大真面目に行なわれ、そのときの公判記録が同年にチャップマン＆ホール（Chapman & Hall）社より *Trial of John Jasper* の表題で刊行された。同テキストは現在オンデマンド化されており、だれでも簡単に読めるようになっている。

戦前『男装女装』の邦題で抄訳のあるオースティン・フリーマンのソーンダイク博士物の長編

The Mystery of Angelina Frood（一九二四）は、『エドウィン・ドルードの謎』へのオマージュともいうべき作品で、クロイスタラムのモデルになったといわれているケント州のロチェスターが舞台。やはり失踪事件を物語の中心に据え、死亡したと推測されるものの死体の見つからない状況が描かれている。

この両作品には実際多くの共通点があり、そのうちいくつかを紹介すると――


失踪人の姓がドルード（Drood）とフルード（Frood）。

どちらも表題に「The Mystery of」が入っている。

失踪人の遺留品が発見され、ある人物に殺人容疑がかかる。

失踪人には叔父がおり、この人物が作中で重要な役割をはたす。

生石灰の山が重要な小道具として用いられる。ただし、ディケンズが想定した生石灰の作用について、ソーンダイク博士は作中で明確に否定する。


ピーター・ローランドの『エドウィン・ドルードの失踪』（一九九一）は本書と似かよった趣の作品で、シャーロック・ホームズがドルードの叔父のジョン・ジャスパーの依頼を受け、エドウィン・ドルード失踪の謎に挑む。ホームズの活躍した時代とドルード失踪事件の起こった時代とは、実際にはかなりずれがあり、そのあたりがうまく処理されているとはいいがたい。ホームズの手で導き出される真相もごくありきたりで、意外性にとぼしく、最後に披露されるダッチェリーの正体に関するホームズの推理も、ややこじつけのきらいがある。文庫本にして二百頁たらずという長さゆえに、物語の膨らみも不十分。ひと言でいって、趣向倒れの典型的な作品だ。

『エドウィン・ドルードの謎』はルパート・ホームズの手でブロードウェイ・ミュージカルにもなっており、近年、再演もされている。観客の投票によって犯人や結末がきまるというアイディアが斬新で、そのあたりが評価され、トニー賞に輝いた。

このように、『エドウィン・ドルードの謎』に対する関心は薄れるどころか、ますます増してきているような感さえある。

作者およびそのシリーズ作品について

続いて、ほとんどの読者にとってなじみが薄いと思われる本書の作者とそのシリーズ作品について。

ブルース・グレイムは本名をグラハム・モンタギュー・ジェフリーズ（Graham Montague Jeffries）といい、一九〇〇年にロンドンで生まれた（一九八二年没）。もっとも作品数の多いブルース・グレイムの名前のほかにも、ピーター・ボーン（Peter Bourne）、デヴィッド・グレイム（David Graeme）、フィールディング・ホープ（Fielding Hope）、ロデリック・ヘイスティングス（Roderick Hastings）、ジェフリー・モンタギュー（Jeffrey Montague）など、さまざまな別名義を使い分け、ミステリだけで百冊近い著作がある。息子のロデリック・ジェフリーズ（Roderic Jeffries）もミステリ作家で、父親の人気シリーズ〈黒シャツ〉を書き継いでいるほか、法廷ミステリの力作もいくつかコリンズ社のクライム・クラブ叢書より上梓している。

グレイムは第一次世界大戦後、フリーランスのジャーナリスト、映画の脚本家兼プロデューサー、著作権代理人などの職を転々とし、著作権代理人をしていた一九二二年に初めての長編小説を書きあげたものの、日の目を見ずに終わった。それからほどなくして〈黒シャツ〉の活躍する中編が雑誌に掲載されて人気を博し、一九二五年に同シリーズの中短編八つを収めた*Blackshirt*が出版されるや、百万部を超えるベストセラーとなり、それ以降、数多くの続編が書かれることとなった。〈黒シャツ〉ことリチャード・ヴェレルは英国版アルセーヌ・ルパンともいうべき怪盗紳士で、黒い服装と黒い覆面がトレードマーク。当初は怪盗として世間を騒がせるが、妻となるべき女性と出会って改心してからは、正義の味方として、犯罪者たちと戦うようになる。

この〈黒シャツ〉物に続いて執筆されたのが、ロンドン警視庁犯罪捜査部のウィリアム・スティーヴンズ警視とフランス国家警察に所属するピエール・アレン警部のコンビが共同捜査にあたる本格ミステリの連作。*Murder of Some Importance*(一九三一)から*News Travels by Night*(一九四三)まで、計十三作が書かれた。そのなかには、アレン警部が不在の本書(「昔なじみのピエール・アレン」として、ほんのちょっとだけ名前の言及される箇所がある)や、アレンが単独で事件を解決する*News Travels by Night*など、シリーズ番外編ともいうべき作品もある。

同シリーズの面白さは、なんといってもシリーズ探偵をつとめるふたりの警察官がまったく真逆の存在であることで、アレンの暴走とスタンドプレーを地味な常識人のスティーヴンズが懸命に抑え、事件の解決へとつなげていく（そのため、プライドが人一倍高いアレンもスティーヴンズにだけは一目置いている）。アレンの造型は、英国人が描くある種のフランス人のイメージを戯画化したものであり、そのため、アレンの独断的な行動が時に滑稽に映ることも。

捜査というのはさまざまな専門家や部署の働きが結びついたうえで成果があがるものだという信念を持ち、チームワークを重視する人情家のスティーヴンズは、警視総監や部下たちの信頼も厚い。家庭でもよき夫で、歳の離れた妻のエミリーとは二十年以上にわたって幸福な結婚生活を送っている。かたや、自分にスポットライトがあたるのをなにより好む気分屋のアレンのほうは、まさに一匹狼という表現がぴったりくる警察官で、平気で上司にたてつき、部下たちからは畏怖されているものの、お世辞にも好かれているとはいえない。天性の女たらしでもあり、狙った相手は絶対に逃さない。女たちが抗えないような目力と魔性の魅力（そのメフィストフェレスめいた容貌は、どことなくアンリ・バンコランを思わせる）でもって、これまでに数々の女をものにしてきた。それでいながら、ひとりに愛情を注ぐということをせず、独身を貫いている。

同シリーズのなかで本書と並ぶ代表作なのが、英国の誇る豪華客船クイーン・メリー号の処女航海を背景にした *The Mystery of Queen Mary*（一九三七）。とりたてて目新しいトリックが用いられているわけではないが、本書同様、ストーリーテリングが絶妙で、船の内外でのいくつもの事件や出来事がまるで綴れ織りのように複雑にからみ合い、乗客や船員たちを巻きこんでいく。作者自身がくだんの処女航海を体験しているだけあって、リアリティーや迫力にも富み、事件の解決もさることながら、予期せぬ霧の発生によって航行速度の記録更新というクイーン・メリー号が挑戦中の偉業の達成が危うくなる終盤の展開には、手に汗を握らされる。スティーヴンズの愛妻エミリーが思いがけない形で夫の捜査を助けるあたりも、実にうまい。

グレイムはさらに *Seven Clues in Search of a Crime*（一九四一）でもうひとり、魅力的なシリーズ・キャラクターを創り出した。小さな田舎町で古書店を経営するセオドア・ターヒューン青年で、同書を含めた七冊のビブリオ・ミステリでしろうと探偵として活躍する。

本書について

（プロットの根幹にふれている箇所がありますので、本文を読了後にお読みください）

ミステリ、とりわけ本格ミステリにとって、冒頭のつかみの部分は重要だが、本書のほど魅力的なのはそうそうはないだろう。なにせ、スティーヴンズが部下のアーノルドと共に石畳の通りに出てみると、たったひと晩で景色が一変しており、近所の様子も、人々も、まったく違ってしまっているのだから。ふたりの所属するニュー・スコットランド・ヤードは移転前のスコットランド・ヤードに戻っており、ふたりを出迎えた巡査の制服もどこかおかしい。ふたりは狭くて薄汚い見慣れぬ総監室で、警視総監からある事件の捜査を命じられる。それは八か月も前のクリスマスイヴに謎めいた状況で行方不明になったクロイスタラムの青年をめぐるもので、ふたりはどことなくその青年の名前――エドウィン・ドルード――に聞き覚えがある。そして、警視総監から預かった手紙の左下の隅にある日付を目にするや、アーノルドの目は輝きを失い、顔面は蒼白となり、手足はこわばる。そのアーノルドの指の先を目で追ったスティーヴンズは、世界がぐらりと揺れたように感じる。というのも、くだんの手紙の日付が一八五七年七月六日になっていたからだ。

本書はスティーヴンズ警視の登場するシリーズの三作目にあたり、このシリーズを一冊目からリアルタイムで読んできた読者にとって、さぞかしこの冒頭部分は衝撃的だったことだろう。これまで愛読してきたシリーズの主役であり、現代人であるはずのスティーヴンズ警視が、七十五年以上も前の世界にタイムスリップ（当時はそういった概念は一般的ではなかったろうが）してしまっているうえ、チャールズ・ディケンズの未完の探偵小説の世界に足を踏み入れてしまっているのだから、驚かないはずはない。

本書でスティーヴンズの相棒をつとめるヒュー・アーノルド部長刑事は、シリーズでは準レギュラー的な存在で、このあと ***Not Proven***（一九三五）にも登場する。ロデリック・アレンやジョン・アプルビー同様、大学出のインテリ（大学では文学士号を取得）という新しいタイプの警察官で、警察に入ったのは、なくなった父親のせいで無一文になったうえにデスクワークが苦手だという理由による。当初は同僚たちから白い目で見られたものの、次第に彼らの信頼を勝ち得ていき、いまではだれからも好かれる存在になっている。いい刑事が持ち合わせている第六感めいたものは有していないが、勤勉で誠実であり、社交界に出入りしていた経験が捜査に役立つことも。捜査のいい補佐役として、犯罪捜査部では重宝がられている存在だ。

スティーヴンズとアーノルドという現代の警察官が過去の世界で味わうはがゆさ、その状況によって生み出されるユーモアは、本書ならではのユニークなもので、読みどころでもある。指紋で犯人を特定しようとしても、肝心の検出方法自体がまだ発見されていなかったり、法廷で我を忘れて未来のことを口走ってしまったがために、敵方の弁護士からさんざん揶揄されることになったりと、過去の世界でふたりが右往左往するさまには同情を禁じ得ない。

エドウィン・ドルード失踪事件の解決はおおむねディケンズが抱いていた構想の線に沿ったものだが、そこはプロのミステリ作家らしく、想像力を遺憾なく働かせ、謎の老紳士ダッチェリーの意外な正体を明かしたあと、第二の事件を発生させるなどして、物語に膨らみとミステリ小説としてのキレを持たせている。持ち前のストーリーテリングもさえわたっており、プリンセス・パファーをもっとも効果的な場面で再登場させているのもさすがだ。物語の幕切れの場面もあざやかで、やや夢オチ的なきらいがあるのに眉を顰める向きもあるかもしれないが、黄金時代まっただなか、さらにはSFという分野がまだ確立されていない時代にあって、物語にリアリティーを持たせるためには、ぎりぎりそうせざるを得なかったのだろう。

いずれにせよ、のちにディクスン・カーが『火よ燃えろ！』（一九五一）や『ビロードの悪魔』（一九五七）、さらにはカーター・ディクスン名義の『恐怖は同じ』（一九五六）で導入し、大成功を収めることになる仕掛けの先駆的作品として、あるいはまた、あまたの人々を悩ませてきた未完の探偵小説のエピローグとして、記憶にとどめるべき異色作であるのはまちがいない。

［スティーヴンズ警視&アレン警部シリーズ］

Murder of Some Importance（一九三一）
The Imperfect Crime（一九三二）
Epilogue（一九三三）本書　＊スティーヴンズのみ登場
International Affair（一九三四）
Satan's Mistress（一九三五）
Not Proven（一九三五）
Mystery on the "Queen Mary"（一九三七）
The Man from Michigan［米題：*The Mystery of the Stolen Hats*］（一九三八）
Body Unknown（一九三九）
Poisoned Sleep（一九三九）
The Corporal Died in Bed（一九四〇）
Encore Allain!（一九四一）
News Travels by Night（一九四三）　＊アレンのみ登場

【著者】**ブルース・グレイム** Bruce Graeme

1900 ～ 1982 年、イギリス。新聞記者として活躍の後、処女作「怪盗黒シャツ」シリーズがベストセラーとなり流行作家に。本書にも登場するスコットランド・ヤードのスティーヴンズ警視シリーズなどがある。

【訳者】**森沢くみ子**（もりさわ・くみこ）

英米翻訳家。主な訳書にキース『ムーンズエンド荘の殺人』、スレッサー『最期の言葉』、キング『ロンドン幽霊列車の謎　辻馬車探偵ネッドの事件簿』など。

ヴィンテージ・ミステリ・シリーズ

エドウィン・ドルードの

エピローグ

2014年10月28日　第1刷

著者…………ブルース・グレイム
訳者…………森沢《もりさわ》くみ子《こ》

装幀…………藤田美咲

発行者…………成瀬雅人
発行所…………株式会社原書房
〒160-0022 東京都新宿区新宿 1-25-13
電話・代表 03 (3354) 0685
http://www.harashobo.co.jp
振替・00150-6-151594

印刷…………新灯印刷株式会社
製本…………東京美術紙工協業組合

ISBN978-4-562-05104-5, Printed in Japan